問學

丛书编委会

（按姓氏音序排列）

主　编

傅　杰　　刘进宝

编　委

程章灿　杜泽逊　廖可斌　刘跃进
荣新江　桑　兵　舒大刚　王　素
王云路　吴振武　张　剑　张涌泉

切问近思录

王云路 著

浙江古籍出版社

图书在版编目（CIP）数据

切问近思录/王云路著.-- 杭州：浙江古籍出版社，2023.7

（问学）

ISBN 978-7-5540-2636-6

Ⅰ.①切…Ⅱ.①王…Ⅲ.①随笔－作品集－中国－当代Ⅳ.①I267.1

中国国家版本馆CIP数据核字（2023）第107206号

问　学

切问近思录

王云路　著

出版发行	浙江古籍出版社
	（杭州体育场路347号　电话：0571-85068292）
网　　址	https://zjgj.zjcbcm.com
责任编辑	周　密
封面设计	吴思璐
责任校对	吴颖胤
责任印务	楼浩凯
照　　排	浙江时代出版服务有限公司
印　　刷	浙江海虹彩色印务有限公司
开　　本	787mm×1092mm　1/32
印　　张	11.75
字　　数	232千字
版　　次	2023年7月第1版
印　　次	2023年7月第1次印刷
书　　号	ISBN 978-7-5540-2636-6
定　　价	72.00元

如发现印装质量问题，影响阅读，请与本社市场营销部联系调换。

写在前边的话

大约三年前,浙江古籍出版社策划了一套"问学"丛书,我也忝列作者之一。本来想把一部书稿交上去,可是后来一想,那样就与出版社策划这套丛书的宗旨相悖了。"问学",大约可以是自己的求学问学经历,也可以是向读者展示该如何求学问学,反正不是通常的学术著作。我视野较窄,文笔枯瘦,经历平淡,好像还真不会写论文之外的"问学"随笔。问学不易:没有学问,不足以问学;没有见识,无法问学。思前想后,跟学术研究著述比起来,书稿的前言、后记或者某个场合的发言与零札散记大约是最能够直接坦露心声的文字。所以我把部分相关内容搜罗出来,汇在一起,或许可以看出自己当时的心路历程和所思所想;而且随着拾起一些陈芝麻烂谷子,当时的场景细节也涌上心头:原来我还用心思干了这些事啊。感谢浙江古籍出版社王旭斌社长给了我一次梳理以往零篇散札的机会和动力。这些散篇恐怕不能达到"问学"的目的,但是回首往事,也算是一次人生的回顾吧!翻翻捡捡，感悟不少，我已经过了"耳顺"之年，觉得似乎还是陶渊明说得在理："悟已往之不谏，知来者之可追。实迷途其未远，觉今是而昨非。""来者"已来，下一次"问学"，一是希望不要那么凌乱，二是希望还有点味道，不至于像现在这般"鸡肋"。

这些内容大约分为五个部分。

第一部分是自己书稿的前言后记。整理这些，当时辛苦爬梳的经历就浮现在眼前，感慨颇多。这里主要是我部分著述的序言和后记，而我的头两部书稿都是跟我丈夫方一新教授合作的，虽然不是我一个人写的，但是作为学术著作的开端，有意义，我也收录了其前言与后记。我们的书稿除了出版社要求的之外，通常没有请人作序，怕给长辈添麻烦。所以，我们只有三本书有老师辈的序言：一是《中古汉语语词例释》，有导师蒋礼鸿先生的序言；二是《中古汉语读本》，有中国社会科学院刘坚先生的序言；三是《中古诗歌语言研究》，有贵州大学王锳先生的序言。这三位先生，都是我们十分敬重、永远怀念的前辈。为了表达我的感念，就把这三篇序言放在文集中。

第二部分是我主编的书稿，自然也要写序，就纳入其中。有的序是集体创造，比如《中华礼藏》，虽然我是主编，其序言也不收录。

第三部分是应同门或其他作者索求而写的序言。写起同学书稿的序言我是比较欣喜的，因为是我大致了解的内容，也不必很长；而有些应约写的书序，就不能零篇短札，内容又不甚熟悉，就有些力不从心了。

第四部分是参政资料。我年轻时，担任过三届浙江省政协委员和常委，一届省人大代表，三届浙江省民盟副主委，还是第九届（补选）、第十届、第十一届民盟中央委员，还曾兼任杭州大学民盟主委和浙江大学副主委等，近来还担任过两届省政府参事，目前还是省文史馆馆员，在关注国家民生方面也有所用力。所以我也酌情收入少量作为民主党派的建言等，希望能够留下印记，看出我在专业之外的努力与付出。

第五部分是其他发表在报章上的小文和会议发言等。零篇散札，以近期的居多，因为类似的内容已大多散佚，趁这个机会，也搜罗几篇。

这些内容基本保持原貌。目录按照类别，然后依照时间顺序排列。博士生梁逍帮助核对了不少资料的时间与出处，校勘失误；博士后刘芳最后调整排序，统一字体，这些都颇费工夫，谨致谢忱。

《论语》记载子夏的话："博学而笃志，切问而近思，仁在其中矣。"我希望朝着这个方向努力，"虽不能至，心向往之"，书名就取"切问近思录"吧，也似乎贴近了出版社这套丛书的主题"问学"。是为序。

王云路

2023 年 2 月 27 日于浙大紫金西苑

目录
CONTENTS

1 **一、自序与后记**

3 《中古汉语语词例释》前言（附序言）

23 《中古汉语读本》前言、后记（附序言）

36 《荀子直解》前言

44 《词汇训诂论稿》后记

48 《中古汉语论稿》后记

53 《中古汉语词汇史》后记

61 《汉语词汇核心义研究》前言、后记

70 《中古诗歌语言研究》后记（附序言）

81 **二、主编之序**

83 守望着这一片家园

86 《汉语史学报》第七辑"编者的话"

91 《君子文化》序：中国古代的"君子"文化

144 中华礼藏家礼类《居家必用事类全集》总论、后记

155 《刘操南全集》序言

160 《中国语言学前沿丛书》总序

166　《浙大文献学研究生教程》总序

三、应约之序

175　文言文学习的益友良师
　　　——方青稚《高考古诗文翻译与鉴赏》序
182　葛佳才《东汉副词系统初探》序
187　丁喜霞《中古常用并列双音词的成词和演变研究》序
190　胡百熙《558汉语检索法字典》序言
195　郭作飞《近代汉语词汇语法论稿》序
198　《浙江大学图书馆藏国家珍贵古籍名录图录》序
204　张福通《唐代公文词语专题研究》序
209　大众化文库英汉对照本《古文观止》前言
228　付建荣《唐宋禅籍俗成语研究》序言

四、参政心声

241　在西溪校区民盟委员会作的一九九八年工作总结发言
249　建立科学与民主相结合的决策制度是浙大建设世界一流大学的重

要保证
- 256 在民盟浙大委员会年终会议上的发言
- 258 关于人才强校问题的一点想法
- 264 民盟引领我成长

269 五、零篇散札
- 271 2003年在人文学院研究生毕业典礼上的发言
- 274 在姜亮夫先生110周年诞辰座谈会上的发言
- 278 学术研究感言：信、乐、静
- 283 什么是古籍所的精神？
- 286 关于"礼"的两则对话
- 294 学习世界眼光，不忘历史眼光
- 298 2015年在本科生毕业典礼上的发言
- 300 "金无足赤，人无完人"
- 306 谈谈如何做学问
- 309 关注当代语言学家和语言学的最新动态
- 312 呼吁《史记校注》的诞生

- 318 在辽宁师范大学70周年典礼上的视频发言
- 321 我的第一篇投稿论文
- 333 讲好汉语故事:学习《关于推进新时代古籍工作的意见》的体会
- 338 在北京大学"汉语形音义关系研究"高端论坛上的致辞
- 341 浙江工业大学"第二届汉语音义学研究国际学术研讨会"开幕词
- 348 我对幸福的理解
- 352 汉字蕴含的思维方式和文化基因

一、自序与后记

《中古汉语语词例释》前言（附序言）

《中古汉语语词例释》前言

纵观上下几千年的中国古代历史，确如罗贯中《三国演义》所说，是"分久必合，合久必分"，其朝代更换之频繁，汉族与汉族之间、汉族与少数民族之间战争之持续不断，都是世界上其他文明古国所罕见的。自东汉末年至魏晋南北朝这短短的四百年间，更是社会大动荡、大分化、大裂变时期，其朝代嬗替之快，地方割据之盛，强臣叛乱之多，外族入侵之频，又是其他朝代所难以比拟的。在思想文化领域，也发生了巨大的变化：两汉的神学经学走向没落，魏晋玄学起而代之；道教开始形成并得到发展；佛教传入内地，早期依附于道教和玄学得到发展，并逐渐为中土统治阶层和民众所接受。由儒学独尊转变为儒释道三教并存。凡此种种，都对这一时期的语言——特别是语言诸要素中变化最快的词汇——产生了极大的影响，使之具有了若干鲜明的特点。约而言之，可有以下数端。

一、随着佛教的传入，汉译佛经的产生，汉语中出现了当时典范文言作品中难以见到的口语词和梵语音译词。

佛教创立于印度，大约在两汉之交时传入我国。随着佛教的传入，各种佛教经典也逐渐流传到中土，并由僧侣们翻译成汉文。正如吕叔湘先生所指出的那样："宗教是以群众为对象的，所以佛经的文字也包含较多的口语成分。"（《语文常谈》第81页）佛经中有不少叙事完整、情节生动的故事，加上译经僧侣有意无意地用当时的口语进行翻译，故东汉以来为数甚多的先唐译经中有较大的口语成分，把它们比作汉魏六朝口语词材料的聚宝盆，是毫不夸张的。因此，汉译佛经在汉语词汇史的研究方面具有其他中土文献所不能替代的重要而特殊的价值，亟待我们去发掘、利用。

除了口语词外，译经中还有许多梵语音译词，如偈、般若、菩提、阇梨、伽蓝、兰若、刹、优婆塞、优婆夷、佛、菩萨、和尚、尼姑、罗汉、阎罗、塔、魔鬼、地狱等，其中有不少词后来进入了民众日常用语中，成为汉语词汇的一部分。

还应当指出的是，一些佛经口语词的用法，已经影响了当时文人的语言。例如：西晋陆云在给他胞兄陆机的信中惯以"呼"作以为、认为讲，东晋王羲之、王献之父子的书札以"行"指屎尿，刘义庆《世说新语》以"并当"（屏当）指整理、收拾，"喜踊"指欣喜，"鸣"指亲吻等，都可在佛经中找到源头。

二、随着东汉以来品评人物风气的兴起,两晋清谈风的盛行,产生了一批相关联的词语。

汉代举士选郎,一般要先经过州郡推荐,即所谓"乡举里选"。而名士的品评题鉴,则是荐举的重要依据。故自东汉末年以来,品评人物之风开始兴起。例如,郭泰、谢甄号称有人伦之鉴,许劭、许靖有"月旦评"。魏晋以后,此风愈盛,"品评标榜,相扇成风,一经品题,身价十倍,世俗流传,以为美谈"(徐震堮《世说新语校笺·前言》语)。加之受正始玄学的影响,曹魏两晋清谈风盛行,产生了一大批与品评题鉴、清谈标榜相关的词语。诸如"道"由言说义引申为品评人物义,"云"由言说义引申为以为、认为义,"商略"由商量、商谈义引申为评骘、评论义,"往复""往反"(往返)由进退、来回义引申为争论、辩难等,都与此风尚有关。

除了产生新义外,也产生了不少相关的新词。仅以《世说新语·赏誉》一篇中以"清"字为修饰词构成的双音节词为例,据粗略统计,就有清峻、清格、清明、清通、清真、清伦、清微、清谈、清和、清纯、清朗、清识、清职、清才、清虚、清远、清峙、清婉、清中、清厉、清粹、清惠、清标、清言、清贵、清贫、清鉴、清举、清畅、清约、清称、清令、清疏、清辞、清辩等,达35个之多,全书更不待言。

三、朝代的更迭嬗替,政局的动荡不安,外族的频频入侵,造成了百姓的迁徙、移居以及各民族间的杂居、融合,因而出现了一批少数民族词语和汉语方言词。

魏晋南北朝既是社会大动荡、大分化、大裂变时期，也是各民族大融合、大聚居时期，这一时期出现的少数民族词语和汉语方言词，数量也很可观。仅以《世说新语》为例，就有"兰阇"（盖胡语）、"姊隅"（蛮名鱼）、"澹"（吴语谓冷）、"解"（吴语谓锯木）、"两娑"（疑为"两三"之方言词）等。当时中原人与江南一带人互相轻视，中原人骂江南人为"溪狗""貉子"，江南人贬称中原人为"伧""伧父"，也都属于这类词语。书中还出现了一些区域性的名物、器具。如北方的"羊酪"，南方的"莼羹"，少数民族创制的"胡床"等等，也都和各地的生活习俗有直接关系。至于《后汉书·南蛮西南夷传》中悬疑已久的"仆鉴""独力"二语，近代有学者认为源自泰语（参张永言先生《训诂学简论》第39页）；也有学者认为"有可能以壮语释通"（见《文史》第23辑）。虽尚有不同看法，但它们是外来语则应无问题。

魏晋以来人们习惯翻用先秦词语，因而产生了许多新词和新义。

翻开六朝典籍，常常可以看到这样一种情况，即：许多在先秦文献中使用的词组、仂语，到魏晋以后就被当作词来使用，以至约定俗成，为后世所沿用。最典型的是"友于"，此语见于《书·君陈》"唯孝友于兄弟"，"孝友"连读，"于"是介词。魏晋人则割裂使用"友于"一语，后遂专以"友于"指兄弟之间的情谊，产生了一个新词。与"友于"相类似的又有"山陵"（出《战国策·秦策五》）、"乐推"（出《老子》第六十六章）、"式遏"（出

《诗·大雅·民劳》)、"祝予"(出《公羊传·哀公十四年》)、"亲亲"(出《孟子·尽心上》)等可在《世说新语》中得见;"凡百"(出《诗·小雅·雨无正》)、"代耕"(出《孟子·万章》)、"驾言"(出《诗·邶风·泉水》),可在《陶渊明集》中得见;"启手"(《论语·泰伯》)、"蹄涔"(出《淮南子·氾论》)则可在《晋书》中得见,等等。

六朝人翻用先秦词语还表现在把原来专属帝王的用词扩大用于人臣或百姓身上。例如"谅暗",本指帝王居丧;"登遐"("登假"),本指帝王之死,但晋人把这两个词都用在臣民身上。《晋诗》卷13孙绰《表哀诗序》:"作诗一首,敢冒谅暗之讥,以申罔极之痛。"又卷2孙楚《除妇服》:"时迈不停,日月电流;神爽登遐,忽已一周。"是其证(参宋·王楙《野客丛书》卷28)。又如"孤""寡人",本亦皆为帝王之自称,《世说新语》中则均可用作人臣自称,分见《政事》第3、《文学》第19两条。"哭临",本指帝后死丧,集众举哀的哀悼仪式,《三国志·魏志·孙礼传》:"礼为死事者设祀哭临,哀号发心。"其对象只是普通将士。

更多的,是由于书面语与口语的逐渐脱节,六朝文献中程度不同地保存了汉魏两晋以来产生并流行的方俗语词。

书面语与口语分离的痕迹,早在西汉的一些典籍中就已见其端倪。像王褒的《僮约》、氾胜之的《氾胜之书》和一些诏令、书信等,就表现出与当时传统的文言作品的明显差别,有不少口语成分。以《僮约》为例,在这份短短的几百字的契约中,就有"倩""捍大杖""上券""交关""俾偶""雨堕""吮尝""力索""仡仡""自搏""鼻涕""黄土陌""作恶"等俚俗化的词语,为同时代的正统作品所罕见,透露出西汉口语的一些消息。到了东汉、魏晋南北朝时期,书面语与实际口语相脱节的现象就更趋严重。一方面,文字典雅、辞藻华丽的辞赋、骈体文充斥文坛;另一方面,又出现了明快生动、俚俗随便的乐府诗、小说、书札以及医书、农书等,保存了大量的东汉、魏晋以来产生并流行的方俗语词。即便是向来被人们视为正统作品的六朝文人诗和史书,其口语词的蕴藏量也相当丰富,不容忽视。这些都是研究汉魏六朝词汇的最有价值的语言材料。

以上,我们对汉魏两晋南北朝时期词汇的特点作了一个大致的揭示。概括说,第一点系指佛典而言,后四点则是指其他中土文献而言。可以看出,从汉代(主要是东汉)以至魏晋南北朝阶段的汉语词汇极具特色,自成体系,它理应与先秦古汉语、唐宋后的白话文鼎足而立三分天下,成为相对独立的研究领域和阶段。而传统的看法则把它笼统划入"古代汉语"的范畴之内,事实上成了上古汉语的附庸,受到冷落,这不能不说是一个很大的缺憾。

我们知道,任何一门学科的研究,都须利用纵向联系和横向比较的方法才能深入,才具有说服力,因而也更具科学性。以汉语史研究为例,一是要注意历史上不同文化系统间的交流对汉语产生的深刻影响(如印度佛教的传入);二是要注意中国文化的大系统内部汉语与其他子文化系统的交互影响（如民族战争导致少数民族语言与汉语的混杂）；三是要注意汉语系统内部自身发展的各个重要阶段的接续与变异（如先秦语言到六朝语言的演变轨迹。这一点实质上就是指汉语史的分期问题）。如果忽视了某一阶段的语言在外部影响和内在演变规律的双重制约下产生不同于前后阶段的巨大差异和质的变化，就会影响汉语史的研究与构建。就词汇史研究而言，则将会影响众多词语的断代、溯源以及对词义发展脉络的考察，而导致判断失误，以偏概全或前后脱节。这在一些汉语词汇史研究的论著中是并不鲜见的。

说到汉语史的分期问题，目前国内比较有影响的是王力、吕叔湘两位前辈的观点。王先生在《汉语史稿》上册《绪论》一章中，把汉语史分为四个时期，即：（一）公元三世纪以前（五胡乱华以前）为上古期。（二）公元四世纪到十二世纪（南宋前半）为中古期。（三）公元十三世纪到十九世纪（鸦片战争）为近代。（四）二十世纪（五四运动以后）为现代。并概括出每一时期的特点。吕先生近年来对这一问题的看法体现在为《近代汉语指代词》和刘坚先生著《近代汉语读本》所作的两篇序中。吕先生说："秦以前的书面语和口语的距离估计不至于太大，但汉魏以后逐渐形成一种相当固定的书面语，即后来所说的'文言'。虽然在某些类型的文章中会出现少量口语成分，但是以口语为主体的'白话'篇章，如敦煌文献和禅宗语录，却要到晚唐五代才开始出现，并且一直要到不久之前才取代'文言'的书面汉语的地位。根据

这个情况，以晚唐五代为界，把汉语的历史分成古代汉语和近代汉语两个大的阶段是比较合适的。"(《近代汉语指代词·序》)

王先生的观点代表了五六十年代语言学界对汉语史分期问题的看法。《史稿》在三十多年前就把汉语的历史分为四个时期，尽管是粗线条的，但筚路蓝缕，诚属不易。一些学者在此基础上又陆续提出补充修正意见，以期使汉语史的分期更加科学、合理。吕先生用"以口语为主体的白话篇章……开始出现"为标志，明确提出以晚唐五代为界，在汉语史中划分出"近代汉语"阶段，从而动摇了以往的"古代汉语"一统"五四"以前汉语史天下的传统看法，是极具卓识和远见的。在吕先生的倡导下，近代汉语成为汉语史研究中的一个新的分支，研究队伍不断扩大，研究成果日益增多，"近代汉语"这一名称开始在语言学界通行。而这正是近年来国内研究汉语史分期问题的重大突破。

我们认为，关于汉语史的分期问题还可以再作进一步的讨论，这是因为：通常所说的"古代汉语"是指"以先秦口语为基础而形成的上古汉语书面语言以及后来历代作家仿古的作品中的语言，也就是通常所谓的文言"(王力主编《古代汉语·绪论》语)，而从汉代（主要是东汉）以来直至魏晋南北朝隋，书面语与口语的分化日见明显，除了大量的散文、韵文等传统的文言作品外，还确确实实地出现了门类不同、数量可观而含有较多口语成分的作品，它们既有别于以先秦口语为主的"文言"，又有别于以唐宋口语为主的"白话"，而是介于这两者之间，处于通语与方言并举、文言与口语相杂状态下的语言体系,是一个处在由文言词汇向白话词汇过渡这样一种特殊地位的语言体系。因此,有必要把"近代汉语"以前的"古代汉语"一分为二,析成"上古汉语"与"中古汉语"两块,前者以先秦、秦汉的书面语言为代表,后者以自东汉到隋末四五百年间含有较多口语成分的典籍的语言为代表。也就是说,用"上古汉语"来指代传统所说的"古代汉语",用"中古汉语"来指代东汉魏晋南北朝隋时期文献、特别是富含口语文献的语言。西汉可以看作是从上古汉语向中古汉语演变的过渡阶段,初唐、中唐则可以看作是从中古汉语向近代汉语演变的过渡阶段。兹表释如下:

先秦、秦汉——上古汉语

西汉——上古汉语向中古汉语演变的过渡阶段

东汉魏晋南北朝隋——中古汉语

初唐、中唐——中古汉语向近代汉语演变的过渡阶段

晚唐五代以后——近代汉语

当然,讨论汉语史的分期问题,不能光从词汇的角度看,还应该综合考察语音、语法这两方面的演变情况和阶段特点。由于受到篇幅等因素的限制,我们未对此作展开论述。关于"中古汉语"这一说法,中外学者已有提及。我们只是想在此基础上作进一步

的阐发，以期引起学界的重视。

郭在贻师生前曾经指出："关于汉语词汇史的研究，魏晋南北朝这一阶段向来是最薄弱的环节。"（《读江蓝生〈魏晋南北朝小说词语汇释〉》，《中国语文》，1989年第3期）先师的这一总体评价是很中肯的。现就识见所及，对前人在这方面的研究概况作一简单回顾。

如前所述，从汉代开始，言文分离的痕迹逐渐明显起来，在非正统的文献中，方俗语词时有所见。汉末服虔的《通俗文》，是最早解释这些词语的专书。此书虽已佚，但从清人辑本中仍可窥见其梗概。如说"言不通利谓之謇吃""撞出曰打""理乱谓之撩理""除物曰捌挡""服饰鲜盛谓之嫱嫱""难可谓之坤詘""小儿戏谓之狡狯""以箸取物曰敌""去汁曰滗"等等，所释的都是较俚俗的口语词和方言词。服氏之后，较早措意晋、宋方俗口语的，有东晋孙盛、萧梁刘孝标和梁、陈之际的顾野王等人。孙氏著《晋阳秋》曰："吴人以中州人为伧。"（《世说新语·雅量》注引）刘氏注《世说新语·排调》云："吴人以冷为淘。"顾氏在《原本玉篇残卷·只部》"㬎"下说："《说文》：'㬎，声也。'野王案：今谓'如此'为'如㬎'，是也。即'如馨'。"均其例。

唐、宋时期学者，特别是众多的宋代学者，都曾留意于汉魏六朝语词，在各类笔记中加以考释或驳辩。唐代如段成式《酉阳杂俎》续集卷4《贬误》，举释了北朝人婚嫁时布置"青庐"的习俗和作用，苏鹗《苏氏演义》卷上释"干没""拉飒"；颜师古《匡谬正俗》卷5释"便面""阏氏"，卷6释"底""鏒"，卷7释"量"，卷8释"上下"等，都考释了汉晋人语。而宋代学者最注意的莫过于"宁馨""阿堵"二词，刘昌诗《芦浦笔记》卷1、朱翌《猗觉寮杂记》、张淏《云谷杂记》卷4和补编卷2、马永卿《懒真子》卷3、洪迈《容斋随笔》卷4以及叶大庆《考古质疑》卷6等笔记均曾论及。（单释"宁馨"者，有高似孙《纬略》卷1；单释"阿堵"者，有黄朝英《靖康缃素杂志》卷4、庄绰《鸡肋编》卷下、许观《东斋记事》等）其他如王观国《学林》卷4"方俗声语"条释"夥颐""爹""侬"；赵叔向《肯綮录》释"客作"；孔平仲《珩璜新论》卷4释"官家""劣"；袁文《瓮牖闲评》卷3释"卿"；程大昌《演繁露》卷6释"淘"，卷10释"白接䍦"；吴曾《能改斋漫录》卷1《事始》释"欢""爹"，卷2释"併当""一顿"，卷5《辨误》释"褦襶子"；高似孙《纬略》卷3释"凤毛""麈尾"，卷6释"褦襶"；陆游《老学庵笔记》卷6释"儿""可儿"；王楙《野客丛书》卷13释"阿""丈人"，卷23释"咄嗟"；杨伯岩《臆乘》释"郎""奴""索妻"；赵与时《宾退录》卷3释"分疏"，卷9释"索妻""不快"；俞德邻《佩韦斋辑闻》卷3释"绝倒""併当"等，都诠释了六朝人语。其中多数词语释义妥切，若干条目还比较精彩，但也出现了一些在今天看来尚属幼稚的错误。如吴曾《辨误录》卷中"宁馨儿"条以"宁馨儿"为"不佳"；杨伯岩《臆乘》以"可儿"为王敦"小字"；黄朝英《靖康缃素杂记》卷8"阿奴"条沿袭《世说新语》刘注之误，以"阿奴"为周谟小字，因议改《晋书·周颛传》"阿奴火攻，固出下策耳"之"阿奴"为"阿嵩"，王楙《野客丛书》卷3"晋史舛误"条说同，均误。

宋人笔记中还有一类内容，即：为俗语寻源。如《珩璜新论》卷4为"仰""平善""瓜葛""阿谁""停待"等词找出处，又《鸡肋编》卷上"管中窥豹出处"、《野客丛书》卷29"俗语有所自"和卷30"健儿跋扈"条、王应麟《困学纪闻》卷19《评文》"俗语皆有所本"条等条目，亦为部分六朝语词寻找出处。这为后世俗语、俗谚等专书(如《通俗编》《恒言录》)的出现打下了基础。

金朝的王若虚也注意到了晋、宋语词，并能从语法上加以阐明。如《滹南遗老集》卷33《谬误杂辨》引释"宁馨"曰："宁犹'如此'，馨，语助也。"

元代对六朝语词研究有贡献者，应当首推元初学者胡三省。他的《资治通鉴注》虽为《通鉴》而作，但在注魏晋南北朝一段历史时，每每指明当时俗语，类皆精核。像《晋纪二·武帝泰始十年》注："自列，犹自陈也。"《晋纪四·惠帝元康七年》注引程大昌说："将无者，犹言殆是此人也。"《晋纪十五·成帝咸和元年》注："中朝，谓西晋。"《晋纪三四·安帝隆安五年》注："江东人士，其名位通显于时者，率谓之佳胜、名胜。"《齐纪七·明帝建武四年》注："晋宋间人，多谓从弟为阿戎，至唐犹然。"皆是。元人笔记中也有类似的内容。如李冶《敬斋古今黈》卷4释"料理""倒载"，陶宗仪《南村辍耕录》卷7释"客作"、卷9释"不快"等。

明人谈经史训诂之学的笔记，大都芜杂空疏，偶尔亦有涉及晋、宋以来语词者。如李翊《戒庵老人漫笔》卷3"晋多用信字"条，焦竑《焦氏笔乘》续集卷5"阿堵""宁馨""明驼"条，杨慎《艺林伐山》卷6"茗柯"条等。又杨慎《谭苑醍醐》卷6"《世说》误字"条辨《赏誉》"逸少清贵人""清贵"为"清真"之误，以李白诗"右军本清真"为证，并释"清真"为"谓清致而真率也"，较有见地。

特别值得一提的，是明末方以智的《通雅》。此书一破传统雅书对汉魏以来俗语不甚措意的弊病，用较多篇幅考释了中古语词。如卷4《释诂·古隽》释"凿空""相於""逗留""通傥""喁噱"，卷5释"冰衿""登""摸索""郑重"，卷6《谰语》释"拉沓""笼东""屏当""料简""落魄"，卷49《谚原》释"宁馨""阿堵""淘""将牢""透水"，等等。除个别条（如"乃淘""透水"）的释义不当外，大抵言而有征，考辨精审。

清代学者把研究文字音韵训诂之学的重点放在上古汉语一段，对魏晋南北朝时期的语言不够重视，但在一些学者的著作中也时有论及。例如：黄生《义府》卷下"新妇""踢蹋""将无同""茗柯""掺挏""《冥通记》"等条；顾炎武《日知录》卷24"郎"、卷32"信"等条；胡鸣玉《订讹杂录》卷3"宁馨""阿堵"、卷5"茗芋"、卷6"狡狯"、卷9"客作"等条，李调元《卍斋琐录》卷1释"傒"、卷4释"阿堵"、卷5释"将牢"；

李调元《剿说》卷1释"脱"、卷3释"已";祁骏佳《遁翁随笔》卷上释"宁馨""阿堵";王应奎《柳南随笔》卷5释"身";卢文弨《钟山札记》卷3释"觉""卿";赵翼《陔余丛考》卷22释"猖獗""绝倒",卷36释"卿""小郎",卷43释"相打""生活""你";段玉裁《说文解字注》"灂""咄""糇"等字注;俞正燮《癸巳类稿》卷7"乃淘还音义"条释"宁馨""尔馨""如馨"等;梁绍壬《两般秋雨盦随笔》卷2释"信"、卷3释"下官"、卷7释"头";周寿昌《思益堂日札》卷5释"亲亲"、卷8释"饶",等等,都考释了汉魏六朝语词。

此外,像翟灏的《通俗编》、梁章钜的《称谓录》、钱大昕的《恒言录》、陈鳣的《恒言广证》、钱大昭的《迩言》等,都是俗语、俗谚或俗称的专书,其中部分条目即取材于六朝典籍,对研究六朝语词亦有一定的参考价值。

在清代学者中,于魏晋南北朝语词研究较深并卓有成就者有两人:一为研究虚词的刘淇,一为研究实词的郝懿行。刘氏著《助字辨略》,除了广采上古典籍乃至唐、宋诗词为例证外,还注意搜集中古时期口语词较多的作品(如《三国志》《后汉书》《世说新语》《颜氏家训》等)中的有关材料,诠释了一批六朝特有或习见的虚词。大多精审细密,准确可信。郝氏不仅为传统语文学的大家,著《尔雅义疏》,还能摒弃传统偏见,于魏晋以来文献用力甚勤,撰有《晋宋书故》和《证俗文》二书,注重辨释六朝方俗语词。如《晋宋书故》考释了汉魏六朝语词凡四十条,其中释"门生""通家""文笔""阿堵""宁馨"等语词,征引翔实,考证确当,代表了清儒在这一研究领域内的最高水准。

以上我们简单勾勒了近代以前学者研究中古语汇的大致轮廓。不难看出,汉魏六朝语词的研究历史已经相当悠久,历代都不乏解释者,有关著述,特别是笔记,为数可观。除了零散的考释外,还出现了一批专书,研究水平也在不断提高。但同时也应看到,宋元以来笔记考释的语词集中在"宁馨""阿堵"等少数口语词上,大量的六朝语词尚未论及,后出笔记明抄暗用前人之说,重复解释的现象也较为普遍。《助字辨略》《晋宋书故》和《证俗文》的成就较高,但所释的真正属于六朝语词,尤其是口语词的,毕竟还很有限。《通俗编》《称谓录》等几种书分类编排,逐条引证,对研究中古及近代语词都有参考之用。但这几种书的作者往往以举出一些书证为满足,考证较少,溯源也不够,学术价值并不很高。

真正开始重视汉魏六朝语词,并能从汉语史的角度来进行研究的,还应数现、当代学者。吕叔湘先生在20世纪40年代就发表了《将无同》《一不作、二不休》和《读〈三国志〉》等论文,考释了"将无同""作""自""然赞""迎""部"等六朝语词,开了现代俗语词研究的先河。解放后,张相著《诗词曲语辞汇释》、蒋云从师著《敦煌变文字义通释》,不少条目都上溯到汉魏六朝。《通释》的溯源工作尤足称道。另如钱锺书先生《管锥编》、王利器先生《颜氏家训集解》、徐仁甫先生《广释词》、周一良先生《魏晋南北朝史论集》《魏晋南北朝史札记》和郭在贻师《训诂丛稿》等著作均考释了部分汉魏六朝语词，胜义迭出。余嘉锡先生《世说新语笺疏》、徐震堮先生《世说新语校笺》二书则在解释《世说》语词方面用力甚勤，颇多发明。此外，近些年来考释六朝语词的单篇文章有增多的趋势，成绩喜人。特别要指出的是江蓝生先生的新著《魏晋南北朝小说词语汇释》一书，凡释六朝词语327条，释义审慎细密，多发人所未发，给人以较大的启迪。

尽管现、当代学者在汉魏六朝词汇的研究领域内取得了很大的成绩，但就总体成就而言，中古汉语的词汇研究较之上古和近代汉语来说，还是要逊色得多。要迎头赶上，需要学者们的共同努力，以便把研究的面拓得更宽，点掘得更深。这本《中古汉语语词例释》是我们在这方面的一个尝试。本书的材料来源包括释藏、史乘、诗、文、笔记小说、诸子、杂著、医书、农书、注疏、出土文书及金石碑帖等汉魏两晋南北朝隋文献，力求从中抉发、考定一批汉魏以来产生或流行的新词和新义，重点放在不见或少见于正统作品的口语词的考释上，为断代的汉语词汇史，即汉魏六朝词汇史的研究提供一些材料，为重新确定和构建汉语史的分期做一点具体的工作。本书还可为从事古籍整理、辞书编纂工作者提供参考。

我们写这本书的构想，始于1987年初；尔后开始分头搜集材料，选拟条目。材料大体上齐备后，在去年春天开始动笔至今年暑假间写定，历时一年有半，凡二易其稿。值本书出版之际，我们深切怀念带领我们走上俗语词研究之路的先师郭在贻先生。郭师生前十分注重对六朝语词的研究，身体力行，并从研究方法到研究材料上都给了我们很多的教诲。我们要特别感谢姜亮夫、蒋云从、祝鸿熹三位业师。姜老年届九十高龄，仍扶病为本书题署书名；云从师不仅对本书的写作提出了具体的指导意见，还在酷暑中审稿、写序；鸿熹师对本书的撰写也给予了很多支持和鼓励。这些，都令我们感动不已。吉林教育出版社的李静同志给了我们很大帮助，使本书得以顺利完成，在此表示深深的谢意。限于学识，书中未安之处定当不少，恳切希望读者多多指教。

1990年8月于杭州大学

附记：《中古汉语语词例释》由我和方一新教授合著，由吉林教育出版社1992年出版。

附：《中古汉语语词例释》蒋礼鸿先生序

我的学生方一新、王云路写成了《中古汉语语词例释》一书，要我在简端写上几句话。

以前说的"古汉语"，并没有人给分过期，而一新在他的一篇关于《世说新语》语汇的论文里提出了把"古汉语"分成上古和中古两期。这个设想很好，现在他俩这部书就是这个设想的具体实践。所谓"中古汉语",和前汉以上的"上古汉语"有其不同的地方,那就是它的语汇的口语化。这个口语化的现象表现在汉译佛经、小说、书简等方面。因为书简(如二王的"杂帖")称心而谈,不借藻饰;佛经译语和小说则要适应一般市民的领受能力,需要采用通俗的语言:这都是很自然的。即使如此,有些高文典册如"正史"当中,也渗透一些通俗的成分,足资印证,所以作者也没有放松眼光而加以撷取。所谓"中古汉语",其语汇来源大致是这样的。

我以为本书有两个特点和许多可取之处,试述说如下:

特点之一是研究、阐发的方面比较独特,关于中古汉语的著作,目前尚不多见。徐震堮先生的《世说新语校笺》不是专书,只是零星地解释了《世说新语》里一些词的意义,没有蔚为大观。江蓝生同志的《魏晋南北朝小说词语汇释》才是这方面的专著,而本书更加以推广,范围愈益扩展,与江书媲美而范围之广过之,这是很可喜的。

另一个特点是取材的浩博,从史传、佛经、地理书、书简、农书、笔记小说,到学术笔记,无不采录,以至列于"经部"的《左传》也有所不遗。此外,对于古人的注解和时贤的说法,或择善而从,或加以补充修正,所花的工夫是很多的。因此,本书能取得较多的成果,为中古汉语展示出较完整的面貌。

至于可取之处,则有如下述诸端:

一是对某些词条有很好的解释。如"浑"释为整个,全物不分割，因而说"囫囵吞枣"的"囫囵"当是"浑"音的缓读，可谓妙得神旨。

二是对前人、时贤的说法多所辨正。如"落英"条据蒋骥和近人游国恩、钱锺书等先生的说法批驳了"落英"是初开的花的说法。又如"贪狼"一条，《汉书·董仲舒传》有"以贪狼为俗"的话，颜师古注道："狼性皆贪，故谓贪为贪狼也。"作者则以为颜说是错误的，因为根据古汉语的行文规律，如果指狼性贪，则应当作"狼贪"。相似的词语有许多，如《汉书·严助传》的"狼戾"、《食货志》的"狼顾"、《文帝纪》的"狐疑"，都是先名词后动词（或形容词），何以"贪狼"独独相反？实则"贪狼"犹言"贪婪"，狼、婪双声。又可作"贪惏"，见《魏书·酷吏·高遵传》。"贪狼""贪惏"与"贪婪"都义同音近。举这两个例子，可以说明本书对前人、时贤释义的辨正之功。为了节省篇幅，其他的例子就不再征引了。

三是有些条目能够上溯它的远源（沿流就不管了）。如"善"条解为"易；容易。犹'好（音 hào）'"。除举证外，又说："'善'字作'易''好'解，早在《黄帝内经·素问》中就已出现，如卷一《生气通天论》：'陷脉为瘘，留连肉腠，俞气化薄，传为善畏，及为惊骇。'又卷十《刺疟》：'足太阴之疟，令人不乐，好大息，不嗜食，多寒热汗出，病至则善呕。''善呕'之'善'与'好大息'之'好'义同。又卷十一《刺腰痛》：'解脉令人腰痛，如引带，常如折腰状，善恐。'亦其例。"像这样的例子，能把词义出现的时间推溯到很久以前，对于说明词义的源流演变是有好处的。

四是有些条目中有很正确的校勘，能还古籍以真面目。如"贪狼"条说：（唐）张鷟《朝野佥载》卷二："又苏州嘉兴令杨廷玉，则天之表侄也，贪狼无厌。"此为中华书局一九七九年标点本，疑"贪狼"为"贪狼"之误。又如"解日"条释为"混日子，度日"，引《全晋文》卷二十三王羲之《杂帖》："仆日弊而得此热，勿勿解白耳。"而说"解白"当是"解日"之误，这是很确当的。又如"从"条释"从"为堂兄弟，而徐震堮先生以为《世说新语·赏誉》的"人问王长史江彪兄弟群从"这句话的"从"字下脱去弟字。作者按云："从"即从弟，不必补字。这是因为知道"从"是堂兄弟而能纠正脱字的说法，假如不知"从"的意义，就无法纠正徐先生的误校了。

五是指出了文籍中的一些僻义，可补一般词典、词书之缺。如"出"条指出这个词有翻译的意义，是。又如"道"有品评义、"小行"有小便义，也是。

综观上面所说，这部书无疑是值得推荐的好书，故写下上面这些话，以告读者。

《中古汉语读本》前言、后记（附序言）

《中古汉语读本》前言

吕叔湘先生曾经指出："进一步开展近代汉语词汇语法的研究，我以为有几件事要做。第一，做好资料工作……第二，总结研究成果……第三，编辑读本。"（《近代汉语读本·序》）这本《中古汉语读本》，是我们继《中古汉语语词例释》之后，在中古汉语研究领域内的又一尝试。

中华人民共和国成立以来，有关古代语言的作品选读书籍，先后出版了南开大学中文系古代汉语教研室编写的《古代汉语读本》（天津人民出版社，1981年版）和刘坚先生编著的《近代汉语读本》（上海教育出版社，1985年版）。前者以先秦、秦汉典籍为主要内容，后者以唐、宋以来的白话作品为主要内容，都受到了读者的欢迎。尤其是《近代汉语读本》的问世，是近年来汉语史研究的可喜突破，为学习和研究近代汉语提供了很大的便利。

我们以为，在上述两种《读本》中间还有一段空白，那就是东汉魏晋南北朝时期的早期白话文献，我们称之为"中古汉语"。经过几年的准备和积累，现在试图做这一工作。刘坚先生《近代汉语读本》已经收入了六朝作品《世说新语》《百喻经》和《奏弹刘整》，我们在广泛调查、阅读汉魏六朝文献的基础上加以扩展和充实，分"佛经""小说""诗歌""杂著""其他"这五类（前两类由方一新主要编写，后三类由王云路主要编写），选录了这一时期部分口语词汇较多的篇章。各类中的作品大体依照作（译）者年代排列；每一类下有总说，书名后是对该书及作（译）者的简单介绍；篇以下依次是篇名（标题）、题解、原文、注释。许多口语词和熟语条下，除了释义外，还辅之以较多的例证，以求言而有征，举一反三，力图揭示汉魏六朝口语词汇的一些基本特点，展现部分习用语的使用情况。

我们编选这本《中古汉语读本》，旨在抛砖引玉，引起学界对汉魏六朝语言研究，尤其是口语词汇研究的重视；也希望藉此向广大语文爱好者介绍汉魏六朝时期比较通俗的作品的概貌。篇幅所限，很多本应入选的篇章不得不割爱了。如果本书能给从事语言研究的同仁们和普通读者以些微帮助，能为汉语史研究尽绵薄之力，我们的目的也就达到了。

我们应该感谢刘坚先生。编注这本书的想法是在刘先生《近代汉语读本》的启发下形成的。现在，刘先生又在百忙中欣然作序，体现了前辈学者对后学的关怀和厚爱。我们要感谢吉林教育出版社。在出版业并不景气的今天,他们愿意赔钱出这本书,令人感动。更要感谢自始至终都鼓励、关注本书写作的责任编辑李静同志。没有她的支持和帮助,书稿的完成肯定是不可能的。

本书在注释过程中参考了前辈时贤的不少论著,如蒋云从师《敦煌变文字义通释》、郭在贻师《训诂丛稿》、周一良先生《魏晋南北朝史札记》、江蓝生先生《魏晋南北朝小说词语汇释》、蔡镜浩先生《魏晋南北朝词语例释》和吴金华先生《〈三国志〉校诂》等,限于体例,未能逐一说明,谨此一并致谢,兼示不敢掠美之意。作者学浅识庸,书中阙失之处难免,敬祈海内外博雅之士教正。

1992 年

《中古汉语读本》再版前言

本书完成于 1992 年,出版于 1993 年,现在已经是 2004 年的岁尾了。十多年过去了,看看以前的注释,重读刘坚先生的序言,感慨良多。

那时没有电脑,没有检索系统,不知道翻阅多少古书才找到一个合适的例子,才有了合适的解释,所以我们为找到一个例证而欣喜不已,也就舍不得扔掉一个例证,所谓韩信将兵,多多益善,这是我们的心血,也是这个《读本》的特色。现在,电脑检索系统可以在几分钟时间完成我们几天,甚至几十天才能完成的工作,所以我们在保留原有特色的基础上,例证作了适当删削,也纠正了个别误解的注释;同时补充了一些具有口语特色的篇章,包括《晋书·愍怀太子传》《宋书·庾炳之传》《魏书·尔朱彦伯传》等史书片断,王褒《僮约》、戴良《失父零丁》等契约文书,《修行本起经》《十诵律》《弥沙塞部和醯五分律》等佛教文献,《孔雀东南飞》《木兰辞》等民间诗歌,《观世音应验记》《异苑》等志怪小说,还有道教文献《太平经》的部分篇章;章节安排也由五部分改为六部分:(一)佛经;(二)小说;(三)史书;(四)诗歌;(五)杂著;(六)其他。这就是修订本的大致内容。

刘坚先生离开我们已经多年了,但是刘先生的音容笑貌仍在眼前浮现。刘坚先生重情意,他是我们的导师郭在贻先生的朋友,1996年刘先生寄给我们5本《语文研究》,那里有他的一篇回忆故友郭老师的文章《纪念语言学家郭在贻逝世七周年》(载《语文研究》1996年第4期),声情并茂,感人至深。刘先生信里说:郭老师不在了,我写的回忆文章只有给你们几位郭老师的弟子看看了,分给大家,留个纪念吧。刘先生提携后进不遗余力,为我们主持答辩,为我们的国家社科基金课题作鉴定组长,为我们的书稿写序,为我们的一点点进步加油助威。有一年王云路到北京开语言学年会,还应邀与法国语言学家贝罗贝先生一道到刘先生家做客,饭菜朴素,看得出先生简单的生活,也看得出先生真诚的品格。现在,上海教育出版社要我们修订《中古汉语读本》,

与刘坚先生的《近代汉语读本》一道再版，作为一套书推出，更作为对刘先生的纪念。这就是《读本》修订再版的一个原因。

当年编辑《读本》时，我们曾随书编了一个词语索引，但出版社考虑到费用问题，最终没能放上去。后来承蒙日本花园大学教授衣川贤次先生的美意，索引得以在日本《中国语研究》第42号（白帝社，2000年10月）刊出。《读本》出版后，我们及学界朋友也陆续发现了其中的不少排校错误，我们在《中国语研究》第42号上作过一个勘误。此次修订，对原书作了比较细致的校勘和补正，刊正了原版中的不少错误。

《中古汉语读本》出版后，语言学界的不少朋友提出过意见和建议，年近八旬的张永言先生还把他的意见专门写给我们，令人感动。友人汪维辉教授为《读本》的修订献计献策，订讹补阙。博士生钱群英为《读本》索引录入电脑，在此基础上为修订本编了索引；浙大中文系古典文献班的袁佩娜、彭燕飞、赵庸等同学，都曾为《读本》的录入、检核原文出过力。2001级古典文献班在"中古汉语词汇"课上，为读本新增的史书部分作注献疑。此外，还有其他一些朋友都为《读本》出过力，作过贡献，谨在此一并致以衷心的感谢。

希望这本小书能给中古汉语研究者提供一点帮助，也作为向刘坚先生汇报的一个成果吧。不妥之处（书中肯定还有很多错误），希望继续得到学界同仁和广大读者的批评指正。

2004年12月27日

重印附记：

拙编自今年3月印行以来，幸承学界师长、友人的厚爱，屡蒙指正。特别是年届八秩高龄的张永言先生以及南京大学的真大成博士等师友先后赐信，眼明心热，校正了许多排校及原文疏误。我们自己在阅读和使用时，也发现了不少问题。今趁重印之际，在不影响版面的情况下，尽可能地对已经发现的疏失及体例不一之处进行修改订正。在此，对张先生、大成博士以及所有关注本书的同仁、读者致以衷心的感谢。希望今后继续得到各位的帮助和指正。

2006年7月20日

《中古汉语读本》新版后记

今年开春时节，我们收到上海教育出版社徐川山先生的邮件，说今年恰逢上海教育出版社建社60周年，社里计划重印一批60年来的经典著作，作为纪念和献礼，《中古汉语读本》也在计划之列。

听闻消息，我们受宠若惊，也很感激。《读本》从20世纪90年代初期初版以来，陆续有多位先生撰文商榷，提出讨论，只要我们觉得有道理，就都欣然采纳，已于2006年修订再版。如今承蒙不弃，再次修订，自当尽力完善之。但上教社说时间紧，建议我们不作全面修订，主要是就发现的2006版的一些疏误酌作订正。

于是我们急忙翻检札记,把原先发现的记有2006年3月版的《读本》错误的过录本找出来,加上友生阚绪良、许菊芳、孙尊章、黄沚青、王健等几位订补帮助,综合几篇商榷补正文章,研究生刘潇、陆海燕等帮助录入,写出了一个34条订补的校勘记发给川山兄。接着请友生孟奕辰核对了所有梵文引例,是正多处;孙尊章博士带着他的本科生,轮流细读拙编,总计又校正了《读本》的失误十多例。本书责编廖宏艳带着熊润竹、方祺祎和乐优,重新编辑索引,友生王健博士通读索引,共同检核订正了2006版索引的许多失误,提高了准确性。

对为《读本》修订提供帮助的各位朋友和友生,我们都牢记在心,谨在这里表示衷心的感谢。还要感谢的是上教社本版次责编廖宏艳女士,她认真负责,常常会为了某个字词的解释、某个索引的差错细加斟酌,跟我们往返讨论,令人感动。

从1993年在吉林教育出版社出版第一版,到2006年由上海教育出版社出版修订本(第二版),直到今天,《读本》已经走过了二十五年的路程,而我们也已经由青年踏入老年的门槛了。在这二十五年中,随着计算机科技的发展,研究手段和搜集资料的方式也已经发生了翻天覆地的变化,当时为一个例证而"踏破铁鞋无觅处"的苦恼和"得来全不费工夫"的欣喜都烟消云散了,便捷的检索方式和多年的学习积累,使我们很想对《读本》作一次全面修订。以后有机会,当对《读本》再作修订,弥补缺憾。

读者诸君如果发现《读本》重印本的错误，希望能不吝指正，我们非常感谢。

谢谢上海教育出版社，谢谢徐川山先生，谢谢廖宏艳编辑，更要感谢各位同门友生、广大读者的关心和厚爱，有你们的关心和帮助，我们会在中古汉语研究领域继续走下去。谢谢大家！

2018 年 12 月 5 日

附：《中古汉语读本》刘坚先生序

方一新、王云路两位同志合著的《中古汉语读本》即将出版，这是一件很有意义的事。编著这部书是具有开创性的工作，也是汉语史研究工作中的新进展。我相信，无论专业语文工作者或是业余爱好语文的同志，都可以从这部书里获益不少。

对于汉语发展历史的研究，近几十年来有了长足的进展，成果相当可观。如果说，几十年以前我们对汉语史的理解还比较粗疏，只停留在把汉语简单地划分为文言和白话（古代汉语和现代汉语）两大块这么一个阶段，那么，几十年以后的今天，我们的认识就丰富多了，对汉语的理解也深刻多了。现在，语言学界都承认，在汉语的发展过程中，除了古代汉语和现代汉语这两个阶段以外，还有一个近代汉语时期。这一点是大家的共同认识，尽管在这三个时期的具体划分上，以及这三个时期之间的关系是鼎足而三还是一分为二（即把现代汉语看成近代汉语的一个阶段）等问题上，看法还不完全一致。

　　看法不一致并不是坏事，它常常是认识更趋深化的起点。由于看法不一致，就促使我们更进一步去占有语言资料，更仔细地观察语言现象，更深入地探索汉语发展的特点。现在，越来越多的学者已经注意到，汉代以后的汉语比之先秦时期的汉语有许多不同。有的学者指出，从东汉开始，到魏晋南北朝，古代汉语起了质的变化，出现了许多新的词语和新的句法格式，成为古代汉语向近代汉语过渡的时期。有的学者明确主张把这一个阶段从古代汉语中划分出来，认为这一个阶段应属汉语史上的中古汉语时期。"上古汉语—中古汉语—近代汉语—现代汉语"这样一种划分已经越来越得到学者们的注意与承认。

　　一新、云路两位的《中古汉语读本》所处理的语言材料就是上面所说的东汉魏晋南北朝时期的中古汉语。这一时期最明显的特点是接近口语的成分开始出现，并且呈现由少到多的发展趋势。其所以拿东汉作起点，是因为从东汉开始已经出现了在不同程度上反映当时口语的白话材料。本书选录的汉代乐府和汉译佛经就是很有力的证明。汉代乐府民歌上承《诗经》十五国风的余绪，比较接近口语，并且影响到一部分文人的诗作，跟同一时期的散文相比，更能反映当时的语言实际。至于汉译佛经的影响就更大了，正如本书两位著者所说：

> 汉译佛经的出现，同样也是汉语发展史上的一件大事。由于多种原因（诸如为了便于传教、译师汉语水平不高、笔受者便于记录等），东汉以至隋代间为数众多的翻译佛经，其口语成分较之同时代中土固有文献要大得多，并对当时乃至后世的语言及文学创作产生了巨大的影响，是研究汉语史，尤其是汉魏六朝词汇史的宝贵材料，应该引起我们的充分注意。（见本书1页）

正是接近口语的中土固有文献和因域外传入佛教而出现的汉译佛经这两股力量，影响了东汉以后五六百年的中古汉语。中古汉语虽然还不是纯粹的口语，但是比之汉魏以后文人刻意模仿先秦的语言规范而形成的脱离口语的"文言"，其面貌已有很大不同。我们要了解这一时期汉语的真实面貌，只能到这一类文献里去找寻。这类文献大多不见于高文典册，而且往往很零碎，需要做一番旁搜博采、披沙拣金的艰苦工作。本书的两位著者在这方面花了不少精力，把他们搜集到的文献按照（1）佛经、（2）小说、（3）诗歌、（4）杂著、（5）其他这五类加以排列，"举一隅而以三隅反"，读者可以从中窥见中古汉语的概貌。这项工作过去还没有人做过，这是著者的一大贡献，填补了一大块空白。

本书更大的贡献在于对这些文献所作的诠释。诠释包括对原文的"题解"和对原文的词语的"注释"。本书题解部分往往能做到要言不烦，只着重介绍原文的性质、主要内容、语言特点以及版本出处等等。用简单的话，说清楚要说的事，这是对题解的一般要求。因为原文毕竟是主体，题解只是辅助而不能代替原文。"如人饮水，冷暖自知"，要知道中古汉语究竟是怎么回事，还需要认真阅读原文。

这些中古文献都是距离我们一千几百年的作品。这一千几百年间，文言变化不大，因为它已经形成固定的模式，而口语的变化肯定是非常之大的。这类文献越接近当时的口语，今天就越不容易读懂。本书对原文的词语的注释，跟题解部分不同，可谓不厌其详。为了说清楚一个词的确切含义，著者往往要引证几种、十几种乃至更多种材料，其功力显现于此，对读者帮助最大的也在于此。我们阅读古籍，最困难的还不在于那些从字面到内容都与今天的用语迥然不同的词语（这些词语的意思一般能从字书、辞书、类书中查到），最困难的是与今天的用语字面相同而字义迥异的那些词语，要是简单地望文生义，那就非弄错不可。我读了这部《中古汉语读本》，由衷钦佩著者对原文词语，特别是容易与今语相混同的那些词语的详尽注释。这里面有著者本人穷源竟委的努力，也有前人和时贤研究的成果经过著者的消化融会而吸收到本书中来的。吸取现有研究成果，是非常重要的，其意义绝不低于研究者本人的钻研。无论做什么研究，社会科学或是自然科学，首先必须知道别人已经对这项课题做过哪些工作，有哪些成果可以参考，有哪些弯路应该避免。任何研究工作，只要有人做过，哪怕只有少数人做过，也不管做得怎么样，我们接着做，就不是从零开始,就得先看看人家已经走到了哪一步。别人做对了的,我们不必重复;别人弄错了的,我们要避免:只有这样,研究的水平才能不断提高。一新、云路两位的水平高,因为他们没有重复无效劳动,他们是站在前人的肩上向前攀登不息的。

我初次结识方一新、王云路伉俪,是1989年。那年秋天,承蒋云从先生的厚意,约我到杭州大学参加几位博士生的毕业论文答辩,一新就是其中的一位,而且是很杰出的一位。他师从蒋先生和故友郭在贻先生,论文是关于《世说新语》的词汇研究的,研究对象正是属于中古汉语时期。给我印象最深的就是前面所说与今天的用语在字面上相同而字义迥异、容易让人望文生义的那些词语,他能够把这些词语阐释得清清楚楚。读了他的博士论文以后再读《世说新语》,就感觉"积滞群疑,涣然冰释"了。

方一新、王云路两位继承了他们师辈谨严求实的学风,这本著作证明了这一点。郭在贻先生英年早逝,朋辈无不扼腕叹息。现在读了一新、云路的新著,我想大家都可以为亡友薪尽火传、后继有人而感觉欣慰了。

刘坚
1992年2月

附记:刘坚先生是中国社科院语言研究所所长,也是我的导师郭在贻先生的好朋友。因此,我们与刘先生有过一些交往。记得大约1998年在北京参加中国语言学年会时,刘先生曾约我和法国高等社科院的贝罗贝先生到他家做客。由刘师母烧饭,我很拘谨,好像什么味道也没有吃出来。只记得刘先生在客厅聊天时问了我两次:"方一新怎么没有来?方一新快60岁了吗?"我已经感觉到刘先生有点迟钝了。而以往刘先生才思敏捷,文笔生动。他曾经在郭在贻老师去世七周年时写的充满感情的回忆文章就可为证。在这里,我也想用这篇序再次表示我们对刘坚先生深深的敬意和永远的思念。

《中古汉语读本》最初是在吉林教育出版社出版的。后由上海教育出版社数次修订再版,较受欢迎。书稿是方一新教授和我共同完成的,序言也是我们共同完成的,但是因为一再修订,作为历史的记录,姑且存录此处。

2021年9月1日

《荀子直解》前言

古语说:"国有与立。"(《左传·昭公元年》曰:"国于天下,有与立焉。")中华民族屹立于世界东方,必定有其足以立国的思想基础。这立国的思想基础就是光辉灿烂的中国传统文化,就是中国传统学术中的精湛思想,其源头可以追溯到上古。春秋战国时期是我国学术史上第一个百家争鸣的高潮,儒、道、墨、法、名、农等流派争相立说,各显所长。诸子之书作为先民思想和智慧的结晶,奠定了绵延数千年中华思想史和文化史的基础。儒家学说是传统国学中的核心内容和主要支柱,而《荀子》一书又是儒学中的代表作之一,因而在中国学术史上占有重要的历史地位。

《荀子》一书是战国时期杰出思想家荀子的代表作。荀子,名况,字卿,又称荀卿、孙卿,战国时赵人,生于公元前307年前后,卒于公元前213年左右。荀子生逢中国历史上第一次思想大解放、学术大繁荣的春秋战国时期,又处于当时人材荟萃、百家争鸣的学术圣地——位于齐国都城的稷下学宫,使他有条件完成这部杰出的著作。

据有关史料记载，荀子十五岁时即游学于齐，在稷下学宫居留较长时间。当时齐国正值威王、宣王当政，志在称雄东方，不惜重金招贤纳士，因而学者云集，稷下学宫呈现最为繁荣的景象。齐湣王时，稷下学宫开始衰败，学者们纷纷离去，"慎到、接子皆亡去，田骈如薛，孙卿适楚"（见桓宽《盐铁论·论儒》）。齐襄王执政，稷下学宫再度兴盛，荀子又回到齐国，成为最有威望、最受推重的学长，曾三为"祭酒"（古时饮食祭祀时，推举席中年长位尊者一人为"祭酒"，后因此为官号）。此外，荀子还曾向秦昭王、赵孝成王推行他的政治主张，但未被采纳。后到楚国，先后两次为兰陵（即今山东苍山县兰陵镇）令，春申君死而免官。此后就一直在那里著书立说，培养门徒，直至去世。

荀子秉承儒学，在中国历史上有重要影响。战国后期著名的政治家、思想家李斯、韩非，以及为《毛诗》作《故训传》的毛亨等人，都出于荀子门下。汉代的《易》《诗》《春秋》之学皆源于荀子。《史记》有《孟子荀卿列传》，将同为儒学大师的孟子和荀子并提。后孔、孟学说备受统治阶级推崇，《孟子》成为经书而《荀子》却受到了冷落。《荀子》一书流传到西汉，经刘向整理，定为十二卷三十二篇。唐代元和年间，弘农人"登仕郎、守大理评事"杨倞为荀书作注，并重新调整篇目，分为二十卷，这就是我们今天见到的《荀子》一书。

现存《荀子》中，有的篇章如《儒效》《议兵》《强国》等径称"荀卿子",又有几篇似为荀门弟子所记或杂录传记而成,如《大略》以后六篇,故有人考证此书当为荀门弟子辑录。但从总体上说,《荀子》一书思想连贯,风格相对一致,大部分当出自荀卿之手,并且没有佚失和真伪之争,是可靠的先秦文献。当然,《荀子》书中某些篇章有与先秦其他典籍相同或相似者,如《荀子·礼记》之与《礼记·三年问》和《大戴礼记·礼三本》,《荀子·乐论》之与《礼记·乐记》及《乡饮酒义》,《荀子·劝学》之与《大戴礼记·劝学》,情况比较复杂,究竟谁先谁后,还难下断语。

《韩非子·显学》讲孔子之后"儒分八学",八儒中的"孙氏之儒"即指荀子。作为战国后期儒家思想的主要代表人物,荀子"善为《易》《诗》《礼》《春秋》"(刘向语),继承儒学,又不拘泥于儒学一门,反对孟子的性善说,主张兼法后王,博采诸子百家之精义,建立了一个规模宏大的思想体系,发展了古代的唯物论。《荀子》一书广博宏富,涉及哲学、政治、经济、军事、文化、教育等诸多领域,成为先秦学术的集大成者。

荀子是战国后期著名的政治家和思想家,虽被奉为儒学大师,但他门庑开阔,其学说中颇有与道、法诸子观点接壤之处。他顺应历史发展的潮流,提出"法后王,一制度"的封建统一论,主张建立统一集中的封建政权,结束分裂割据、诸侯争霸的局面。为此,他提出了用武力统一全国的军事思想(见《议兵》),提出了"富国裕民"的经济思想(见《富国》等篇),认为先裕民,才能国富兵强,才能实现"一天下,财万物"的理想。为此,他提出了礼法并重的政治主张，认为礼以顺人心为本，礼是立法的依据，"隆礼"、重法同样是治国的根本措施，"隆礼至法而国有常"（《君道》）。为此，他提出了任人唯贤的用人标准，认为只有"不恤亲疏，不恤贵贱"，"唯诚能之求"，才能加强中央集权，实现"一天下"的政治理想。这些都代表了新兴地主阶级的愿望和主张，在今天看来仍具有现实意义。

荀子在哲学思想上的最著名的观点是他对天人关系的认识。他认为，天地万物是唯一实在的物质世界，自然万物的运行是有规律的，"天行有常，不为尧存，不为桀亡"（《天论》）；他认为"木鸣""星坠"等怪异现象属于"天地之变，阴阳之化，物之罕至者也"，其态度是："怪之，可也，而畏之，非也。"可以惊奇而不必畏惧；他提出了"明于天人之分，则可为至人"的论断，第一次从理论上把人与神、自然与社会区分开来，认为人的贫富祸福与天无关，国家的治乱兴废同样与天无关；他强调发挥人的主观能动性，"大天而思之，孰与物畜而制之！从天而颂之，孰与制天命而用之！望时而待之，孰与应时而使之！因物而多之，孰与骋能而化之！思物而物之，孰与理物而勿失之！"这一光辉论断已成为天人关系的至理名言，产生了极为深远的历史影响。

荀子的唯物论除了自然观之外，其认识论也有重要价值。荀子指出："凡以知，人之性也；可以知，物之理也。"（《解蔽》）既肯定了人具有认识客观事物的能力，又承认客观事物是可以认识的。他认为人体每一感官对事物的感知都具有局限性，也就是"蔽"，要"解蔽"，就要"壹虚而静"，以达到全面认识，没有偏蔽的境界。

在人性论方面，荀子从人们"生而有耳目之欲"的生理要求出发，认为人的本性是恶的，善良是后天人为的表现。荀子主张性恶论，目的是强调后天教育的必要性，强调人应当努力去改造自己的自然本性，去恶向善，这样做了，则"涂之人可以为禹"（《性恶》）。由此看来，性恶论既是荀子哲学思想的重要组成部分，又是他教育思想的理论基础。

荀子是战国时期著名的教育家，不仅学术思想影响深远，其弟子也有不少成为声名显赫的人物，如前面提到的李斯、毛亨等。《劝学》以及《儒效》等篇集中反映了荀子的教育理论和教学原则。他说："学恶乎始？恶乎终？曰：其数则始乎诵经，终乎读《礼》；其义则始乎为士，终乎为圣人。"（《劝学》）在他看来，儒家经典是教学的主要内容，培养以天下为己任，德操高尚，为治国安邦服务的圣人君子，是教学的根本目的。如何达到这一目标？荀子认为，除了经典著作之外，良师益友的言传身教是相当重要的，"学莫便乎近其人"，"学之径莫速乎好其人"（《劝学》），这是荀子反复强调的观点。除此之外，荀子还注重"德操"，要求人们对学问的爱好，就像眼睛爱看美色，耳朵爱听美声，嘴巴爱吃美味一样，全身心投入，"全之尽之，然后学者也"。

荀子还提出了许多颇有价值的教学原则和方法：其一，"知行合一"，看重行动。他说："不闻不若闻之，闻之不若见之，见之不若知之，知之不若行之。学至于行之而止矣。"(《儒效》)其二，"善假于物"，发挥能动性。他说："君子生非异也，善假于物也。"荀子用生动的比喻证明，善于利用工具和外部条件，可以事半功倍。其三，"壹虚而静"，持之以恒。荀子认为，专心一意，才能解蔽。他用蚯蚓和螃蟹作对比，又用了一联串的事物作比喻："目不能两视而明，耳不能两听而聪；蛇无足而飞，鼠五技而穷。"(《劝学》)生动说明了应该"结于一"的道理。这些对今天的教学工作仍有重要意义。

《荀子》一书同其他先秦诸子著作一样，在中国文学史上也占有十分重要的地位，内容精深宏富，论证逻辑严密，使思想情感与表现形式浑然一体，"文貌情用，相为内外表里"(《大略》)，显示了荀子散文的特点和优势。荀子认为，"君子必辩"(《非相》)。"君子之言，涉然而精，俛然而类，差差然而齐。彼正其名，当其辞，以务白其志义也"(《正名》)。荀书长于论辩和推理，每一论题，必能淋漓发挥，透彻论证，语言深刻而精确，条理清晰，环环相扣。"博喻"是《荀子》散文在表现手法上的显著特色。善用比喻，深入浅出，既使抽象的说理变得生动形象，实在可信，又使文章增加了气势，让人应接不暇，回味无穷。如开篇的《劝学》，前半部分几乎全用譬喻构成，层层深入，极具逻辑性和感染力。《赋篇》以四言韵语为主，骈散结合，成为后汉咏物小赋的先导，以"赋"定名的文学样式，也从《荀子》开始。《成相》篇七字为句，多用韵语,对后来"七言诗"的形成有直接影响。这些也说明了荀子对文学史的贡献。

《荀子》一书,现在通行的是卢文弨校勘的嘉善谢氏刻本。王先谦《荀子集解》广采王念孙、俞樾等诸家校释,成为研究《荀子》的集大成之著。此次注释,以《荀子集解》为底本,参照梁启雄《荀子简释》等译注本,一般不再作校勘,偶有根据已有定说删改者,即在注文中说明。注释一般原则是前详后略,前边已经作注的后边尽量少重复,但篇幅相距较远或不易理解的词语也会酌情反复作注,以便阅读理解。

1998 年 9 月

附记:

1990年左右,我刚工作不久,曾应邀与雪克教授一起翻译《荀子》,写成《荀子选译》,由许嘉璐先生审阅,1991年由巴蜀书社出版。2011年,又由凤凰出版社出了修订版。本书为《古代文史名著选译丛书》之一。丛书由全国高校古委会于1985年策划,组织了全国18所大学的古籍整理研究所所长任编委,章培恒、安平秋、马樟根三位先生任主编。2021年3月3日,全国古籍整理出版规划领导小组办公室公布首批向全国推荐经典古籍及其整理版本,为广大读者遴选中华优秀传统文化的"最要之书""最善之本"。首批向全国推荐的40种经典古籍及其179个优秀整理版本，我们这本《荀子选译》名列其中。

据报道，"首批推荐的经典古籍为具有较强典范性、传承性的古代文化典籍，其中既包括反映中华优秀传统文化经久不衰核心理念的原典，也涵盖为广大群众喜闻乐见的名家名作。推荐的经典古籍优秀整理版本遵循古籍整理出版规范，所据底本精善，校勘精良，注译准确，质量上乘，覆盖文本整理本、高级读本、一般读本和选本等多种类型，注重普及，兼顾提高，努力满足不同层次读者的需要。此次经典古籍版本推荐工作历经前期调研、版本征集、专家初评、样书征集、专家终评等多个环节，始终坚持专家评价、群众认可、市场检验相统一的原则"。看来我们这部《荀子选译》效果挺好。

事实上，我与《荀子》翻译很有缘分。2000年，我应邀与史光辉博士合作，在《荀子选译》的基础上完成了《荀子直解》，9月作为"中国文化经典直解丛书"中的一种，由浙江文艺出版社出版，是单行本。2002年2月，又作为崔富章教授主编《中国文化经典直解》（上、下两巨册）中的内容出版。2004年6月，又作为"语文新课标必读丛书"中的一种出版，2005年1月第二次印刷，又恢复成单行本。我们似乎没有拿到多少稿费，但是利用率看来还是比较高的。

2021年7月30日补记

《词汇训诂论稿》后记

收在这个集子中的是我自读研究生以来发表的部分论文，此次整理时有所修改；也有两篇即将发表的论文。大抵包括以下内容：

有关王念孙《读书杂志》的研究。这主要是我读硕士研究生阶段的成果，事实上也可以追溯到大学时代。我是恢复高考后的第一届大学生，就读于辽宁师范学院（后改名为辽宁师范大学），当时的学习气氛相当浓厚，我也从茫然无知的状态下开始了饥不择食的阅读。上"古代汉语"课，有扬雄《解嘲》一文，对"乘雁集不为之多，双凫飞不为之少"的"乘"字，王力先生主编教材中的解释是"四"，我从刊物上看到其他学者的解释是"二"，而他们的根据都是王念孙《读书杂志》，这让我感到疑惑，也产生了好奇。王念孙究竟是怎么说的？"乘"字到底该怎样解释？我翻阅了我能见到的所有相关书籍（当时古书很少，找点资料真难），试着写了一点想法，这就是我的第一篇论文，也是我的本科毕业论文——《王念孙"乘"字说浅论》,当时写起来很费力,但很兴奋,尤其得到古汉语老师郭栋教授"后生可畏"的夸奖,更是兴趣倍增,并由此爱上了古代汉语。考上杭州大学(现合并为浙江大学)汉语史专业研究生后,读书条件比以前方便多了,我首先想看的仍然是《读书杂志》。就这样,我的硕士论文依旧选择了《读书杂志》,在导师郭在贻先生的指导下,写了一点体会。这就是第一部分关于王念孙《读书杂志》的研究论文,虽然不太成熟,却是我三年硕士生活的结晶,如今重读,不禁想起在两位郭老师身边读书的情景,有一种亲切的感觉,而如今两位郭老师都不在了……

汉魏六朝诗歌语言研究部分,主要是我博士生阶段的成果。硕士毕业后我留在杭州大学古籍研究所工作,我是先成家后立业(从真正意义上讲,我恐怕到现在也没"立业"),先结婚生子后读博士。1989年,在我丈夫方一新博士将毕业、儿子快三岁的时候,我考取了姜亮夫先生的博士生,读中国古典文献学。这个时候,受蒋礼鸿、郭在贻两位先生的影响,我和方一新的兴趣已由上古转到了中古,我们一起申请到了国家青年社科基金"汉魏六朝口语词汇研究"项目,并合作完成了《中古汉语语词例释》《中古汉语读本》等著作,初步品尝了收获的快乐。我选择汉魏六朝诗歌语言研究作为毕业论文,得到了导师姜老的肯定和鼓励。也是从那时开始,我对中古诗歌倾注了热情,除了《汉魏六朝诗歌语言论稿》和《六朝诗歌语词研究》两部书稿之外,还陆续写了几篇论文,现择取数篇收入集中。

关于中古汉语与古籍整理、辞书编纂的关系,是我多年来一直留意的事情。因为工作关系,我经常翻查《汉语大词典》《汉语大字典》等语文辞书,同时也比较关注古籍整理的近况。虽然辞书越编越好,古籍整理也日臻完善,但总觉有未合人意之处,我在看书时就随手写了一点这方面的札记。这就是第三部分的内容。

近些年来,我对汉魏六朝时期语言研究的总体状况比较注意,除了单个词语的考释外,也开始考虑词汇的系统性问题,试图在词语构成、词义演变方面找点规律性东西。收在第四部分有关构词法以及研究综论的文章就是近几年写的。我和方一新合作写了多篇书评,这里只收最近我自己写的一篇,似乎能够反映我对古籍整理的一点看法。

最后是有关词语考释的部分。词语考释是我最喜欢做的事情,如果发现了一个新词或新义,又作出了自己满意的解释,会有一种说不出的喜悦。1984年发表在《文学评论》上的《〈文心雕龙·熔裁篇〉"二意两出"新解》,是我在郭在贻师指导下写的第一篇文章,也是我正式发表的第一篇文章(当然是郭老师推荐才发表的,记得是13元稿酬),当时郭老师和我都兴奋不已。这篇小文篇幅很短,对我来说却有深意,故收在第五部分中。

时光荏苒,从1982年读研究生至今,已经过去18年了,虽然我努力去做,却总觉得一事无成,满意的书稿、满意的文章很少。

感谢北京语言文化大学出版社给了我向同道请教的机会,真心希望得到师长和朋友的指教。

2000 年 10 月 16 日于杭州

附记:这是我的第一本论文集《词汇训诂论稿》的序言。本书由北京语言文化大学出版社于 2002 年出版。

《中古汉语论稿》后记

断断续续搜罗旧稿,待到完全整理好这本小书,已是岁末。虽值深冬季节,但温暖的阳光透过窗户洒在身上,远处的保俶山绿色婆娑,叫人身心舒畅。这本小书是以往研究成果的总结,也是新的研究阶段开始的标志。怎能不兴奋呢!

这本小书主要是我近些年来所写的关于中古汉语方面论文的结集,其中大多数已经发表或即将发表,也有少数几篇没有正式发表。所谓"中古汉语",大致指东汉魏晋南北朝时期的文献语言。这是一个新兴的研究领域。早在1992年出版的《中古汉语语词例释》(我与方一新合著)的"前言"中,我们就明确提出了"中古汉语"这一汉语史的分期主张,以与"上古汉语""近代汉语"三足鼎立,构成"古代汉语",这一观点得到了学界的广泛认同。从那时开始,我就全身心投入中古汉语的研究中,尤其对词汇研究格外喜欢。这本论文集内容大致可分为四类:

一、关于中古汉语词汇研究的综论性文章

这一部分是从宏观角度着眼,略带点总结归纳性质的文章,篇幅稍长些,希望对中古汉语词汇研究的若干问题能做点理论性的探索。许慎在近两千年前曾总结了汉语造字和用词之初的一些规律,在前人研究的基础上,归纳了"六书";时至今日,我们却还没能揭示汉语构词和词义演变的系统性规律,实在愧对先人。近些年我越来越深刻地体会到:汉语确实是有系统的,不仅语音语法有系统,词汇也同样井然有序。无论词义发展还是双音词甚至多音节组合,都有规律可寻。可是要彻底探究出这些隐藏在浩瀚典籍中的规律,还是很困难的,我的理论功夫又很差,如果能够发现一点点规律性的东西就很知足了。

二、词语考释类文章

这一部分是对中古时期某些词语的分析考据,篇幅也相对短些。具体的词语考释同样应当看到隐含的规律性的东西,而不能仅仅满足于解释词义,我也希望在单个或同类词语考释的同时,能够揭示某种带有普遍性的东西,但距离这一目标还很远很远。

其中有三篇考释性文章是我和博士生合作的。以前我不与学生合作发表论文,但后来发现,与博士生共同探讨某一语言现象,形成初稿并不断修改,是一个很有效的学习过程,对培养、提高学生的科研能力有很大的帮助,我自己也从中得到不少启发。经过多次乃至十几次的轮番修改,邮件往复,"教学相长",师生都有收获,颇得切磋之乐,也就安于此道了。

其实前面这两类有时也不好区分,有的虽然是综论性的,也包括具体的词语考释;有的虽然是单个词语考释,也有一些归纳推演。

三、相关专著的书评

这里包括书评和序。书评除了我独自完成的几篇以外,主要是我丈夫方一新和我合写的。从1993年第一篇书评——《〈世说新语辞典〉读后》在《中国语文》发表以来,我们俩合作写了多篇书评。翻看旧稿,重温往昔,也别有一番滋味。对我们来说,写书评并不是一件轻而易举的事,要把握相关材料的整体研究状况,要反复通读全书,要与以前的研究成果进行对比,所以这些文章当初曾经花费了我俩很多精力,常常是方一新写了初稿我再反复修改。因为是两人合作,这次收录就基本保留原貌,只酌情用"补记"的方式作相应说明,也可以如实记录自己当时的认识水平和学术历程。另外几篇,是近几年为同学、朋友著作写的序言。

四、回忆文章

最后三篇是前些年写的纪念我的老师的文章。郭在贻先生是我的硕士生导师;姜亮夫先生是我的博士生导师;蒋礼鸿先生既是郭在贻先生的老师,也是方一新的博士生导师,还担任了我博士论文答辩委员会的主席,曾经给予我很多的关心和指导,自然也是我的老师了。我想用这几篇回忆性的小文,表达我对三位老师深深的思念,也想用这小小的集子向老师报告:我在努力,我会继续努力的。

学习和研究是一桩苦差事。钱锺书先生说过:"几分钟或者几天的快乐赚我们活了一世,忍受着许多痛苦。"(钱锺书《论快乐》)真是这么回事!我们苦读、熬夜,但是我们觉得非常苦吗?未必。因为苦和乐是可以转化的。经过苦思,经过披沙拣金的考证与推论,终于解开了一个疑团,得出了一个结论,此刻那瞬间的快乐和满足足以抵消几小时乃至几星期的冥思苦想!这就叫快乐!没有苦思和琢磨,是体会不出那份难以言状的快乐的。我在考虑"汉语词汇的核心义"时,正值在哈佛大学访问期间,睡梦中会想着论文思路和例句的分析,有时候会半夜三更爬起来打开计算机,改框架,字斟句酌,整个身心沉浸在一种亢奋的状态,欲罢不能。这种辛劳的过程,已经成为感受快乐的过程了。尽管拙文谈到的不少问题还有待于深入,有待于方家的指教,但确实是自己思考所得。写后记按规矩总要谦虚,但是敝帚尚且自珍,何况心血的结晶呢,虽然不至于"其辞若有憾焉,其实乃深喜之",但我还是比较喜欢其中的几篇文章的。总的说来,现在集结起来的这些小文,"自怡悦"还可以,"持寄君"就有些难为情了(陶弘景诗云:山中何所有,岭上多白云。只可自怡悦,不堪持寄君),真诚地希望得到大家的批评指导。

人生每时每刻都在选择,在大的方面一旦选择了就要坚守、自足。我觉得,爱上了一样事情,一种工作,愿意为它全身心地付出,并且永不放弃,这大概就是事业,就是事业心。我喜欢汉语,选择了语言研究,就要一心一意对待她,为她付出一生的精力。

只是我现在的付出还太少。

钱锺书先生曾说:作学问大抵是三五个山乡野老的事情。是说国学研究要能静得下来。东汉王充说得更明白:"居不幽,思不至。使著作之人,总众事之凡,典国境之职,汲汲忙忙,何暇著作?"(《论衡·书解》)我没有担什么职责,已经整天汲汲忙忙,疲于应付,很少能静下心来做一点自己想做的事了。如果将来能够"居幽"而"思至",或许就有可能写出较为满意的文章奉献给大家了。

2006年12月19日于浙江大学西溪校区

附记:《中古汉语论稿》由中华书局2011年出版。

《中古汉语词汇史》后记

《中古汉语词汇史》是我花费十多年工夫完成的著作，1996年列为国家青年社科基金项目，我完成了书稿，也已经结项，但是我不满意，改改停停，到现在定稿，已经是接近半百之人，书稿也跨了世纪（当然我不是"跨世纪人才"）。到现在，我仍然不甚满意。这也没有办法，必须出版。否则，拿了经费，出不来成果，谁知道你在干什么。

我不满意的主要原因是我书稿的理论性不强。当前是一个要与国际接轨的时代，否则就背时，就落伍；如果有洋文穿插其间，那肯定是有理论的标志；还有，参考书目如果有长长的英语名字，那也肯定证明你有理论水平。而我的书稿中恰恰没有这两条，这就不大值钱了。这里有两个问题需要说明：一是我确实没有引用外国语言理论的能力，我看不懂，无法引用，看译文或转抄他人，一知半解，也实在难为情；二是我完全赞同恰当地吸收和学习借鉴国外的语言学理论，因为语言是相通的，人类认识事物的途径也是一致的,"他山之石,可以攻玉",祖先早就教导我们了。所以那些真正阅读外文原典进而引用论证的学者我是从心里钦佩的,因为我不能,就更要仰视了。

徐悲鸿说过这样的话:"古法之佳者守之,垂绝者继之,不佳者改之,未足者增之,西方画之可采入者融之。"这是针对绘画而言的,用于语言研究,我想也是非常适用的。我国古代学者有丰富、独到的语言学见解,如果我们像学习外国理论那样去钻研,我想也会受益匪浅的。比如清代学者段玉裁在《说文解字注·人部》"俄"字条中说:

> 《说文》:"俄,顷也。"段注:"各本作'行顷',乃妄加'行'耳,今正。《玉篇》曰:'俄顷,须臾也。'《广韵》曰:'俄顷,速也。'此今义也。寻今义之所由,以'俄''顷'皆偏侧之意,小有偏侧,为时几何,故因谓倏忽为'俄顷'。许说其本义,以晐今义,凡读书当心知其意矣。匕部曰:顷,头不正也。《小雅·宾之初筵》笺云:'俄,倾貌。'《广雅》:'俄,衺也。'皆本义也。若《公羊传》曰:'俄而可以为其有矣。'何云:'俄者,谓须臾之间,制得之顷也。'此今义也。有假'蛾'为'俄'者,如《汉书》:'始为少使,蛾而大幸。'如淳曰:'蛾,无几之顷也。'单言之或曰俄,或曰顷,累言之曰俄顷。"

段氏认为：因为"俄"和"顷"的本义都是"偏侧"倾斜，偏侧倾斜就是不正，就是偏向一方，而这种倾斜的状态不能持久，故而引申出表示时间短暂的"须臾""倏忽"义。这个本义与今义的关系说得不透彻吗？这个说法恐怕不比隐喻、转喻理论逊色吧。

《说文》："儋，何也。"段注："'儋'俗作'担'，古书或假'檐'为之，疑又'担'之误耳。韦昭《齐语》注曰：'背曰负，肩曰儋；任，抱也；何，揭也。'按统言之则以肩以手以背以首皆得云儋也。"

段氏认为：人身体各部位承担物品都有称呼，而统言则称为"担"，这是大小概念的不同，是种属概念的区别，语言的逻辑概念不能说没有吧？

我想，我无法直接阅读外文语言典籍，如果好好钻研祖先或前辈的研究成果，大约也是有用的。比如世界上早期语言学理论家可能不应当忽视了荀子，他对名实概念的分析不会晚于西方学者吧？老子的辩证思维精神贯穿在他的行文论述中，也反映了词义间的联系与差别，可能比任何词义分析的表述都要精确。

《老子·道经》第二章：

天下皆知美之为美，斯恶已；皆知善之为善，斯不善已。故有无相生，难易相成，长短相形，高下相倾，音声相和，前后相随，恒也。是以圣人处无为之事，行不言之教。万物作而不辞，生而不有，为而不恃，功成不居。夫唯不居，是以不去。

有精彩的相对论精神，更有人处世间的辩证态度。
如《韩非子·解老》：

> 凡物之有形者易裁也，易割也。何以论之？有形，则有短长；有短长，则有小大；有小大，则有方圆；有方圆，则有坚脆；有坚脆，则有轻重；有轻重，则有白黑。短长、大小、方圆、坚脆、轻重、白黑之谓理。理定而物易割也。

词义的反义相对在这里得到了淋漓尽致的表达。
东西方人的思维方式各有特点，比如绘画吧，据说西方人19世纪末20世纪初仍然是讲究逼真，求真写实；而中国人崇尚的是神情气韵，逸笔草草。这与中国人传统的思维方式相关。比如著名的"九方皋相马"（《列子》），就是这一认知方式的最好体现：

> 秦穆公谓伯乐曰："子之年长矣，子姓有可使求马者乎？"伯乐对曰："良马，可形容筋骨相也。天下之

马者，若灭若没，若亡若失，若此者绝尘弭辙。臣之子皆下才也，可告以良马，不可告以天下之马也。臣有所与共担缠薪菜者，有九方皋，此其于马，非臣之下也。请见之。"穆公见之，使行求马。三月而反，报曰："已得之矣，在沙丘。"穆公曰："何马也？"对曰："牝而黄。"使人往取之，牡而骊。穆公不说，召伯乐而谓之曰："败矣，子所使求马者！色物、牝牡尚弗能知，又何马之能知也？"伯乐喟然太息曰："一至于此乎！是乃其所以千万臣而无数者也。若皋之所观，天机也，得其精而忘其粗，在其内而忘其外；见其所见，不见其所不见；视其所视，而遗其所不视。若皋之相马，乃有贵乎马者也。"马至，果天下之马也。（《淮南子》有同样的记载）

九方皋相马，"得其精忘其粗，在其内而忘其外"。看到内在的精华，而忽略外在的表象和细节，大约是中国人看待事物的方式。

再比如西医和中医，也是如此，西医看清楚是胃不好还是胆不好，中医弄明白是寒性体质还是热性体质，是血脉不通还是阴虚火旺；西医切除病灶，中医化解病源；西医立竿见影，中医抽丝剥茧。各有短长，我们不能妄自菲薄啊。

据说我国画家的成才之路大致是：早年是临摹画作，叫师法古人；四十岁之后是山川写生，叫师法自然；六十岁之后才自我创作，叫师法内心。其实也不尽然，齐白石就说：学我者生，似我者死。就是反对模仿。从许慎时代算起，我们古人研究汉语也有近两千年的历史了，我们如果一概摒弃古人的方法和路子，而去专意模仿不懂汉语的西方人的理论来解释汉语，你说够科学吗？

我赞同理论分析，如我的导师姜亮夫先生在谈到汉语四字句时就谈到了韵律、音步与汉语构词与行文造句的关系，现在看来还是不过时的。我赞同语言研究借鉴西方语言学理论，现在一些比较语言学研究，或者说语言类型学研究，就必须用到新的西方理论，这我都很钦佩。但是中国固有的东西不能丢啊，我看到有的学者研究古汉语词汇时，似乎离开了"语法化"和"认知隐喻"就无话可说了，我感到悲哀。

但同时我确实没有理论素养，所以在表示或阐发一些语言现象时就显得力不从心，就没有说到点子上，这是我很苦恼的事情。当然，我还是在朝着这个方向努力的。比如关于三字连言的现象，我就用了姜亮夫先生关于汉语双音步成句的理论。

书稿还有一个缺点是资料不完备。当我引用语料时，有些不是穷尽性的考索和归类，其结论就难免偏颇或失误；前人或当代学者的研究成果也没有充分借鉴。这里也有两方面：一是时间、精力不够。虽然旷日持久，但是真正静下心来看书写东西的时间并不多。二是钻研精神不够，许多问题本来是可以深入研究的。

另外，由于篇幅的限制，我这里谈到词义的部分仅为一章，其他的内容我会在《汉语词汇核心义研究》一书中专门讨论。

钱锺书先生曾说：作学问大抵是三五个山乡野老的事情。是说国学研究要能静得下来。东汉王充《论衡·书解》篇说得更明白："居不幽，思不至。使遽作之人，总众事之凡，典国境之职，汲汲忙忙，何暇著作？"我没有担什么职责，已经整天"汲汲忙忙"，疲于应付，很少能静下心来做一点自己想做的事了。如果将来能够"居幽"而"思至"，或许就有可能写出较为满意的东西了。

我觉得理想的研究方法是：从语言现象入手，归类、分析，适当地引进或运用合适的理论去解释和推阐。不能为了一个理论或方法再去找语言事实去印证，这样弄不好就有点削足适履的感觉。我目前的状况是：尽量朝着这个方向努力，但是因为不够勤勉，语言事实没有充分掌握；因为缺乏理论，解释和推演还未惬人意。近些年我越来越深刻地体会到：汉语确实是有系统的，不仅语音、语法有系统，词汇也同样井然有序。无论词义发展还是双音词甚至多音节组合，都有规律可寻。可是要彻底探究出这些隐藏在浩瀚典籍中的规律，还是很困难的，我如果能够发现一点点规律性的东西就很知足了。

所以当这本书要出版时，我的心情是复杂的：且喜且惧。一喜自己多年的心血总算有个结果了，一忧还有很多问题没有说明白。"妆罢问夫婿，画眉入时无？"请方家批评吧。

最后，我要衷心感谢对我书稿完成直接有帮助的师友（因为间接有帮助的就太多了，我只能记在心里）。我的博士生曹海花、吴欣、许菊芳、王前、阮帼仪、徐曼曼，硕士生贾素华，为我核对和查找了不少资料；博士后郭作飞花费很多时间，通读了整部书稿，帮助查证和补充了一些资料；商务印书馆的周洪波副总编积极支持本书的出版，责任编辑包诗林亲自帮助统一格式和引书的排列等，还对书稿提出许多中肯意见。我丈夫方一新当然一直是我最有力的后盾。没有他们的直接帮助，我的书稿就不能出版，我真诚地感谢他们。

韩非子说："深其根，固其柢，长生久视之道也。"我应当继续努力，在肥沃的古汉语土壤中深根固本，以求长久立于学术之林，以求对得住长期关心帮助我的师友们。

2008 年 10 月 11 日于山水人家

附记：《中古汉语词汇史》由商务印书馆 2010 年出版。

《汉语词汇核心义研究》前言、后记

《汉语词汇核心义研究》前言

当古希腊哲人在讨论"词"与"物"关系的时候,"名实"问题也正成为先秦诸子的一个议题。东西方两大文明对语言的初始认知近乎一致。但由于文化基因的不同,中西语言研究以各自的方式展开,呈现为不同的形态。19—20世纪西方语言学传入中国,新的研究视野和理论方法推动了汉语研究的发展。但是,语言本来就有独特的民族性,要在语言理论上自成系统、有所创获,必须立足于本民族的语言事实,同时借鉴、吸收外来的学说。汉语是世界上历史悠久、丰富优美的语言,汉字是世界文明古国中唯一没有中断、传承至今的表意文字,怎么能不珍视呢!

汉语、汉字为何生生不息而成为世界奇迹?我想汉语、汉字科学的构造可能是原因之一,汉语自身词义演化扩展的完善精密也会是原因之一。中国的传统语言文字研究至少有两千年的历史。

汉语的科学性在哪里？词义演变的规律是什么？历代学人都在探索。

早在先秦，荀子就科学地认识到名称和事物之间"约定俗成"的关系，"名无固宜，约之以命"，揭示了语言的社会属性；他还初步分析了语词的单位，"单足以喻则单，单不足以喻则兼"，像是给单音词与复音词作区分；"辞也者，兼异实之名以论一意也"，则似指词连缀、组合成句来表达一个完整的意思。迨至西汉末年，扬雄在前人的基础上作了全国性的方言普查，所著《方言》一书是中国乃至世界语言学史上第一部比较方言学的专著，它将活语言纳入了研究视野，不但在材料的搜集上较为完备和可信，而且运用了"即异求同，条分缕析"的归纳方法。东汉许慎的《说文解字》将9353个汉字遵循形义统一原则，按照颇为严密的体例编排起来，逐一从形音义三方面加以解释，呈现出汉字的构形系统和上古的词义系统，是世界上罕见的富于开创性价值的语言学著作，也是中国语言研究的奠基之作，影响深远。刘熙的《释名》则是用声训的方法推求词源的专书，提出了"名之于实，各有义类"的论断，所谓"义类"就是事物命名的理据，并运用多种推源方法揭示了相当一部分词语的音义来源。在汉代已经出现的《尔雅》是一部词义汇释专著，对汉语的词义作了分门别类的系统阐释。可以说，汉代的汉语研究便出现了空前兴盛的局面，因此，小学也被称为汉学。

魏晋南北朝开始，音韵学研究成为被关注的重点，从唐宋之际的韵图中可以看到，古人对汉语语音的分析已经达到相当精密的程度；《切韵》系韵书及韵图是其代表。词汇研究也有了长足的发展，《广雅》等雅书系列是其代表。

明清学者"前修未密，后出转精"，其观察、分析、解决问题的思维深度和逻辑的严密性，居于当时世界语言学研究的领先地位。方以智的《通雅》题旨庞大，涉猎语言的诸多方面，是当时具有科学精神的典范之作。清代是小学的黄金时代，出现了以段玉裁《说文解字注》和王念孙《广雅疏证》为代表的影响广泛而深远的著作。他们主张无征不信，注重资料的收集和证据的罗列，故有"朴学"之称，从而成为语言学研究的传统风格。

中国古代的语言学家有丰富、独到的语言学见解，有适合汉语实际的研究方法，且有系统的眼光以及融会贯通的想法，但是他们长于事实分析，将主张和观念融入或散见于具体词语的分析中，很少有专门的理论性著作。把古人这些传统语言学研究的"潜理论"充分地开掘出来，加以系统整理，应当是当今语言学界的历史使命。

观今鉴古，外来文化和本国固有文化通过交流而相互融合，继之而来的常是一番新的气象。但是，亦步亦趋、一味模仿，不与本国的传统和实际相结合，即便是再高妙的思想、再精深的理论也将终归于止息。真要在思想上自成系统、有所创获，必须立足于本民族的语言文化，同时吸收、借鉴外来的学说。研究语言更不能一味追随域外，因为语言本来就有独特而鲜明的民族性，尤其像汉语这样形音义兼具的语言文字。

时至今日，中国语言学的研究视野日益开阔，研究方法更趋多元，与西方语言学的对话和交流愈加频繁。与此同时，世界对汉语的兴趣和需求也从来没有像今天这样殷切和强烈。在这样一个时代里，保护、传承和利用本民族的文化遗产显得尤为重要。两千多年的文献和语言研究的历史留给我们的是取之不尽、用之不竭的文化宝藏，传统语言学的继承和发扬，需要我们去扩大研究对象，开掘研究视角，揭示汉语词汇演变的深层理论和颇具实效的研究方法。

本书以汉语词汇核心义为研究对象，旨在探讨汉语词义发展演变的制约机制和词语内部意义之间的深层联系，初步建构核心义研究的模式。全书共九章，大致分四部分：第一部分即第一章和第二章，是对已有相关研究的综述，包括古汉语词义演变研究的介绍，核心义研究历史、现状的介绍。第二部分包括三、四、五三章，是对核心义的理论探讨：涉及核心义的来源和性质，核心义研究的对象和范围，核心义研究的价值和功用等。第三部分包括六、七、八三章，是核心义在词义研究各方面的应用：核心义与同义词研究、同源词研究的关系，核心义对中古以来产生的新词新义的制约作用等。第四部分即第九章，是核心义研究的具体操作实践，在前面各章的基础上总结研究思路和方法。我的做法是充分学习和借鉴传统语言学的研究成果，通过语言事实说话，所以离不开具体的例证分析。

由于核心义的抽象性和隐含性,本书虽然重视实际语言材料和例证的分析,但对于论证中的某些疑碍也常常感到力不从心,生怕陷于主观臆想和悬空构画。此外,核心义研究的主要应用领域在辞书编纂,书中虽有涉及,但实际的施行和具体的操作还有待于将来。本书对前贤时人之说多有借鉴,间或有些异于成说的一得之见,如果读者由此而有所启发和领悟,那么也就实现了它的价值。

《汉语词汇核心义研究》后记

我从1985年暑假研究生毕业留校以来,就一直在研究汉语史,对母语情有独钟,对汉语研究的先贤们相当钦佩,也一直想在汉语训诂和词义演变研究方面有所突破。2006年冬天,我在哈佛大学进行合作研究,与冯胜利先生常常切磋,他对汉语的热情感染着我,我也更加努力了。一间斗室,一台计算机,没有电话,没有会议,我沉浸在自己喜欢的词汇训诂中,常常黑白颠倒,晚上突然想到一个词的含义或含义间的联系,就会翻身坐到桌前,敲打键盘。那时候我丈夫方一新常说:美国是下半夜啊,你怎么又起来了。因为我会起来把我的想法用MSN告诉他,一个小的发现,会让我欣喜不已,难以抑制。我觉得汉语一个词有多个义位,这些义位常常有一个核心贯穿其中,我觉得它是核心,是灵魂,就把它称为"核心义"。我试着分析了几十个词,觉得这个提法是有道理的。经过反复琢磨，终于写了一篇一万多字的论文《论汉语词汇的核心义》（发表在台湾"中研院"为丁邦新先生七十华诞征集的纪念文集上），论文系统提出了汉语词义中有核心义的主张，包括核心义的定义、核心义的来源与特点、核心义与同义词、核心义与同源词、核心义与词典编纂、核心义的研究方法等。回国后，我就申请了研究课题，获得了国家社科基金资助。

所以，撰写《汉语词汇核心义研究》一书，是我2006年就有的心愿，前后合计用了8年时间。书稿完成了，想感谢的人很多。首先想到的是多位研究生同学。从美国回来后，我在给研究生上课时，也用"汉语词汇核心义"的想法分析词义，曾经提出几个词请同学考虑，结果大家大致能够归纳出共同的核心义。由此说明这个做法是可以推广的，我信心大增。我的两位博士生也用"核心义"为题撰写博士论文：付建荣脑子聪明，肯用功，对一个个词进行分析，有不少真知灼见，他的论文深得我意，我的书稿中参考了他的研究成果；陈平踏实努力，搜罗了不少材料，我的前期研究综述也部分引用了他的归纳。凡此都在文中一一说明。

我的博士生楚艳芳（现在已是博士后）也逐步学会用核心义分析词义发展，我们合作的论文《"点心"考》就采用了核心义的分析方法，她在很多方面都给我以帮助，难以细数。我的博士生王健的论文题目是段玉裁在词义研究上的贡献，所以，有多条《说文段注》数据是她提供的。我的博士生张文冠、黄沚青等同学也都提出了不少修改意见。……古人说"教学相长"，确实如此，我感触很深。

合作者王诚是我的博士后，他是王宁先生的高足，在训诂语义研究方面打下了深厚的基础。2011年到杭州后，勤奋，用功。王诚的博士论文是关于运动动词研究的，跟我的研究不甚吻合。但他的强项是理论，而这正是我所缺乏的，所以，我希望能够跟他合作完成这个课题。他在理论上给了我不少帮助，一些具体的例子和数据核实工作也做了很多，而且在合作中，他逐步学会了分析，许多例子的初稿出自他手，我再修订完善，工作进度大大加快了。2012年底，书稿申请了国家社科基金项目结项，五位通讯评审专家都给予了很高的评价，认为有理论创新，又具有可操作性，鉴定等级为优秀，王诚是功不可没的。

最后要感谢的是前辈学者和学术同行，本书对前贤时人之说多有借鉴和融摄，引用和吸收了他们的观点和成果，为了行文简洁和编辑的统一要求，都直呼其姓名，不加"先生"，诸位先生当能理解。此外，我的同事姚永铭老师通读了部分书稿，提出了宝贵的修改意见；本书的责任编辑李凌女士细致认真，工作责任心和谦和的态度让人感动，在此一并致谢。

我丈夫方一新教授是我的后盾，什么时候都全力支持我，帮助我，我是要一辈子感激他的。本书也承他通看一过，订讹补阙。

按理说，完成书稿是一件快乐的事，但我心里并不轻松。原因很多，一是感觉任务没有完成。因为越研究，越觉得汉语词义演变是有规律可循的，核心义研究大有可为，而我现在是选取一些相对容易找出核心义的词进行分析，属于举例性质的；未来的心愿是能够把词语中具有核心义的词逐一分析，搞一个"汉语核心义词典"。但兹事体大，谈何容易！也许再用一个8年时间，我可以在同学们的帮助与合作下完成心愿。

二是核心义分析面临的最大问题是如何避免主观性，减少随意性。而语言本身就具有模糊性，词义演变中核心义是占据主导地位的，具有必然性；但是语用中产生的偶然因素，也可以导致意义变化，这是不受核心义制约的，分析起来就有难度。所谓仁者见仁，智者见智，不同的联想可能殊途同归。我的分析当也有勉强之处，不见得都能妥帖稳当。如何使核心义的分析更具科学性，还是一个值得探索的难题。

三是核心义研究的主要应用领域在辞书编纂，本书虽有涉及和举例，但具体的操作还有待于将来。章太炎云："学术无大小，所贵在成条贯。制割大理，不过二途：一曰求是，再曰致用。"如何将核心义一以贯之地在词典编纂中实施，还有很长的路要走，也不是个人之力能够完成的。

本书很荣幸入选了"国家哲学社会科学成果文库"，修订结束时，已是2014年初春了。望着窗外盛开的樱花，我知道，新一轮的耕耘又要开始了。我会努力的，为了我挚爱的汉语研究。

2014年3月5日，于杭州闲林白云深处

附记:《汉语词汇核心义研究》2014年作为国家哲学社会科学成果文库成果,指定在北京大学出版社出版。

《中古诗歌语言研究》后记（附序言）

《中古诗歌语言研究》后记

我是从事汉语史和训诂学研究的，从语言的角度看待中古诗歌，可以作为重要的研究语料。从汉语词汇史和语法史的角度看，中古诗歌也有巨大的贡献：创造了大量新词，创造了沿用至今的常用词；继承了先秦以来的常用语词并使之发扬光大；创造了丰富的语法现象，其中许多沿用至今。因而可以说：中古诗歌不仅是唐宋诗词的宝贵源泉，也是现代汉语的来源之一。

我非常喜欢中古诗歌，虽然缺乏文学鉴赏的水平，但是从语言学的角度看，诗歌语言之美也是令人陶醉的，而且诗歌语言的韵律之美，对称之美，都是其他文体所不具备的。汉语行文都讲究平衡与对称，而这个特点在诗歌语言中得到了充分的发挥，这对于语言，尤其词汇研究来说，是非常重要的。那些我们常常不能确认的词语结构、含含糊糊的词义理解，通过相关的诗句对照，往往能够得到确解,有涣然冰释之感。

从读博士学位阶段开始,我就以中古诗歌为研究对象,后来也作为重要的语料常常涉及。这些年,我对"诗的语言"似乎有了深切的体会。我认为,"诗的语言"就是流畅、淳朴、真挚的语言,真正成为千古流传、脍炙人口的佳句名篇都是这样的语言。那些华丽奢靡、铺排典雅的诗歌,往往不能够打动人心,更不能流传久远,所以不应当看作"诗的语言",至少不是其主体部分;而清新、明快、质朴,才动人,才上口,也才是"诗的语言"。南朝梁钟嵘《诗品·序》说得好:"若乃经国文符,应资博古。撰德驳奏,宜穷往烈。至乎吟咏情性,亦何贵于用事?'思君如流水',即是即目。'高台多悲风',亦唯所见。'清晨登陇首',羌无故实。'明月照积雪',讵出经史?观古今胜语,多非补假,皆由直寻。"这就是诗歌语言的特色,诗歌语言的本真。从这个意义上说,诗歌语言是能够反映当时语言实际的,也具有某些俗语言的特色。所以,无论从语言研究的角度,还是从文学欣赏的角度,我都非常喜欢诗歌。

本书以1999年出版的《六朝诗歌语词研究》为基础,作了全新的章节安排,增加了许多内容,许多例子的讨论在原有论文或书稿的基础上作了修订和补充,但正值论文答辩季,完稿时还是感觉"无奈太匆忙"。

读大学时,王锳先生的大著《诗词曲语辞例释》就是我案头的必备书,王锳先生的治学和为人都是我从心底里仰慕的。前天打电话，王先生欣然答应为这本小书作序，我很惊喜，很期待。呈上打印稿，似乎有种"丑媳妇见公婆"的感觉，心里忐忑。真诚希望得到王先生和学界师友的批评指教。

感谢书稿的召集人范子烨先生的耐心和关照，没有他的鼓励和督促，恐怕书稿还会拖延很久。更要感谢的是我的研究生和博士后同学们。博士后张春雷帮助一一核对原文，每章每节都提出了细致的修改意见，多次反复，像对待自己的书稿一样，付出了许多心血，挚情高谊，让我感动；友生王诚博士拨冗通读了书稿，提出了不少宝贵的意见；博士后楚艳芳提供了绪论的部分资料和其他帮助，张文冠、王健、黄沚青博士都给了不少有价值的修改建议，在此一并致谢。我丈夫方一新教授永远是我的后盾，感谢就放在心里吧。

诗歌韵味悠长，诗歌语言研究也没有终点，我会在诗歌语言研究这条路上继续跋涉的。

2014年6月5日于杭州山水人家

附：《中古诗歌语言研究》王锳先生序

云路的新作《中古诗歌语言研究》即将问世，来电求序。近十年来，我一直在治病养病，即使看书，也是随便翻翻，毫无系统。与学界和学术研究，都已十分隔膜了，实在不是作序的合适人选。

但我与云路、一新夫妇相与缔交多年,在年龄上,他们尊我为前辈;在学术上,我视他们为畏友。历年来他们夫妇惠赠的著作,就占了我书架的大半格。盛意可感,盛情难却,只好沉下心来,将书稿通读一过,写下一些零星的感想,聊充序言以塞责。

关于汉语史的分期,虽然存在种种不同意见,但经近年来比较深入的讨论,至少在国内语言学界已逐渐取得共识。多数学者认为可分四段:上古——先秦两汉(或以东汉为过渡时期而属下);中古——魏晋南北朝;近代——唐宋元明清初;现代——清中叶迄今。云路此书所谓"中古",大体与这样的分期吻合。如所周知,汉语传世文献存在文言和白话两大系统,中古正是白话系统由萌芽而渐臻成熟的时期,在这一时期内,汉语词汇面貌发生了很大变化。但由于历史的原因,前人对此重视不够,研究者寥寥,给汉语词汇史的研究留下了大段空白。建国前后,在老一辈学者的倡导与示范下,中古语言研究有了一些进展。王力先生的《南北朝诗人用韵考》,罗常培、周祖谟二先生的《汉魏晋南北朝韵部演变研究》是语音方面较早的成果。刘世儒《魏晋南北朝量词研究》是语法方面的专著。词汇研究也有了一些论文,而专著却未见。云路此书虽然题为"语言研究",并有专章讨论语法,有的章节也涉及语音,但我以为它的核心内容,它的最精彩部分,还是词汇与词义的研究。此书的前身为20世纪90年代出版的《汉魏六朝诗歌语言论稿》和《六朝诗歌语词研究》。这三部书与云路近年出版的《中古汉语论稿》《中古汉语词汇史》,

都是具有开拓性的著作,是填补汉语史研究大段空缺的一块块基石。

语言是一个系统。在这个系统中,语音的系统性最强,也最易考知;语法其次;语汇最差,其系统性往往隐而不显。单个疑难词语的考释已非易事,研究一部书、一种文体、一个时代的全部语汇则更加不易。张志公先生生前就曾经撰文慨叹"语汇重要,语汇难"(《中国语文》1988·1)。此书作者迎难而上,对魏晋南北朝诗歌的语汇作了全面而系统的探讨,取得了可喜的成绩。我初读之下,印象较深的有以下几个方面。

一是抉发了中古时期一大批新词新义,纠正了历来的一些误解。曹操《善哉行》中有"快人"一词,《汉语大词典》释为"豪爽之士",其实似是而非。作者列举中古与唐宋时期的大量例证,证明"快人"应指佳善之人,即有才学而品德高尚的人(64页)。曹操《短歌行》首句"对酒当歌",古今读者(包括笔者在内)一般都理解为"面对酒杯应当唱歌",作者则释"当歌"为"对歌、对唱"(45页)。杜甫《茅屋为秋风所破歌》"雨脚如麻未断绝"之"雨脚",有人以为系"两脚"之误,作者则证明"雨脚"是中古常用词,指连续不断的雨滴(50页)。唐李商隐《登乐游原》诗中名句"夕阳无限好,只是近黄昏",一般认为"只是"表转折,作者则证明应为"恰是、正是"之义。理解上一字之差,全诗的意蕴迥异(67页)。他如:"商女"指歌女而非妓女,"佳人"不一定为女性,"云雨"起初只是分离的意思,"横行"是"奋然前行"而不是横着走、霸道,"横波"不是"斜视"而是比喻"水灵灵的大眼睛","燕脂"与"阏氏"的同源关系,等等。可谓胜义纷陈,令人目不暇接。这一类成果不仅对汉语词汇史研究有贡献,对文学史研究和文学鉴赏也大有裨益。日本老一辈汉学家青木正儿著有《中国文学概要》,开宗明义的第一章就是"语学大要"(隋树森译,重庆出版社 1982)。外国学者研究中国文学先要过语言关,这样的章节安排是很自然的;其实,即便中国学者研究中国文学,又何尝不是如此?因为"文学是语言的艺术",不求甚解即大谈作品的思想与艺术,那只能是郢书燕说,隔靴搔痒。

二是重视常用词的源流演变,为历史词汇研究展开了一个新的视角。传统训诂学的一个重点,是疑难词语的研究,无论虚词与实词都是如此。20 世纪 90 年代,张永言、蒋绍愚、汪维辉等一些学者相继提出应当重视常用词演变的研究。云路此作是对这一观点的响应和实践,并做出了一定的成绩。作者首先指出,常用词是有时代性的,各个时代都各有一批常用词。这一观点无疑是正确的,因为它符合语言发展的实际,并且把常用词汇和基本词汇划分开来了。在有关常用词的专门章节里,作者根据中古诗歌语言的实际,不仅论列了其中一批特有的常用词,如"相於""长夜""狭斜""当歌"等;也指出了有些词历经唐宋元明一直沿用至今,如"乡村""隔壁""万一""成绩""迅速"等,往往能作为大型语文辞书的早期书证。至于常用词的演变,作者则用"目"与"眼","足"与"脚","整""治""理","言""说""谈""话"等几组词之间的历时替换,以及它们之间的联系与区别,作了比较细致的分析说明。

三是在研究方法上,作者继承了前人的优良传统而又有所创新。对于词汇词义研究,传统训诂学有一套行之有效的方法,如利用同义连文、互文、对文、异文之类,本书都已使用并且用得比较得心应手。但诗歌语言有它自身的特点,研究它还须考虑到其他一些因素。张相先生在《诗词曲语辞汇释·序》里,曾经总结为"体会声韵、辨认字形、玩绎章法、揣摩情节、比照意义"等项。本书的第六章副题为"全方位考察诗歌语词",其具体内容是:"一、细致体味普通语词的特殊含义;二、从语法入手考察词义;三、从修辞的角度理解词义;四、从时代性分析词语的不同含义;五、辩证地理解词语含义;六、从人称所指的角度考察词义;七、情感词的意义引申。"此外,第四、五两章的副题分别是"从认知语义角度考察诗歌语词""从语言学角度考察诗歌语词"。这些研究的角度和方法,已经大大超过张相先生所指出的范围。虽然从章节的安排看,不免有些重叠交叉,但作者重视并强调多角度、全方位地去研究诗歌语言,却是完全正确的。此外,比较是语言研究的重要方法之一,吕叔湘先生生前很强调这一点,曾有专文论及。本书在分析个别词语时,不是孤立地就事论事,而是上溯秦汉诗骚,下探唐宋诗词,这属于历时的比较。同时,也往往证以当时的书札、佛经、史志等散文,这属于共时的比较。在本书中我们还发现,作者很少孤立地去探讨一个词的含义,而总是把它们放在一个个不同聚合中加以观察。这样,无论是对个别词含义和用法的阐释,还是对新词新义的抉发,就能做到言之成理而持之有故,使结论确凿可信。

四是注意吸收一些新的理论并付诸实践,做到了"散钱"与"钱串子"的紧密结合。

吕叔湘先生在《把我国语言科学推向前进》一文中,举了冯梦龙《古今谭概》里一则关于散钱和钱串子的故事,来说明理论和事实的关系,然后指出:"你们说散钱和钱串子哪个重要呢?当然成串的钱最有用,可是如果二者不可得兼,那末,散钱虽然不便携带,捡起一个钱来还有一个钱的用处,光有绳子没有钱可是毫无用处。"(《吕叔湘语文论集》第5页)照我个人的体会,吕老在这里并不是说材料的重要性胜过理论,而是辩证地指出了两者互相依存密不可分的关系。从云路此作中我们不仅可以看到闪光的"散钱",也能体会到其中的"钱串子"。科学研究的第一步是给对象分类。本书第二章"中古诗歌的语汇构成"中,作者把它们分成"文言词、俗语词、方言词和外来词、常用词、习语"五类,其中虽略有交叉,却大体符合六朝诗歌的实际。在构词法的研究方面,作者受词义演变的"同步引申"论的启发,提出"同步构词"的新说,指出如果有单音词甲、乙、丙、丁同义,则均可与另一个单音词组合成一组意义相同相近的双音词。书中并设有专章逐类进行分析。如"寄言""寄语""寄声""寄音"与"凄切""痛切""感切""惨切"等等。作者另有《汉语词汇核心义研究》一书（北京大学出版社2014），是专门探讨词汇理论的新作。其中不少观点和方法，其实在这本书里已经使用了。如"端居"为"独居"义，作者首先指出"端"的核心义是"顶端、直立向上"，"直立向上"则无所依附，故有单独义。其次与"端坐""空居"等词相比较，证明"端居"确为此义，从而纠正了《汉语大词典》"平常居处"的误释。又如"横"有"漂浮"这一核心义，故"横海"即浮海亦即渡海，"横江"即渡江，"横楂"即漂浮的筏子，"舟横"即舟浮，如此等等。上举"横波"形容美目亦是（水波）漂浮闪动义的引申。

以上所论，不过是一些零星感受，很可能是隔靴搔痒。最后还想赘言的是，云路、一新夫妇在汉语史尤其是中古汉语词汇的研究上，彼此的分工与配合，显得非常默契：云路侧重韵文，一新侧重散文；云路有《六朝诗歌语词研究》，一新则有《东汉魏晋南北朝史书词语笺释》；云路有《中古汉语词汇史》，一新则有《中古近代汉语词汇学》。当然俩人也有合作的成果，如《中古汉语语词例释》《中古汉语读本》之类。俩人教学与治学之勤奋用功，也令人十分感佩。贵州大学的硕士研究生，考在他们门下深造的颇有一些。他们回来时告诉我，云路和一新在办公室，一坐就是一整天，中午都是在学校吃食堂，晚上也往往仍在办公室读书做学问，一直很晚才回家。浙江是人文荟萃之地，历代俊才辈出。张浚生先生曾在《浙江中青年学者自选集》的总序里呼唤当今的"浙江学派"。窃以为在人文科学方面,以云路、一新夫妇和张涌泉等中青年学者为代表,向上继承了姜亮夫、蒋礼鸿、郭在贻等先生优良的学术传统,向下惠及他们散处江浙的一大批博士弟子。在他们的努力下,新浙江学派的形成,应当指日可待。

王锳 2014 年 6 月 20 日于花溪河畔

另打印稿中还有两处内容可再加斟酌,也有个别衍文错字。这些都不宜阑入序中,顺便开列于下,供参考或改正:

第 147 页"见叮咛"条关于"见"字的指代作用,吕叔湘先生有专文论及,见《吕叔湘语文论集》116 页,似应在适当的地方予以指出。

第 272 页"还同"条说"还"是前附加成分,恐不妥。"还"单用即有"如果、如同"义,《诗词曲语辞汇释》卷二该条论之已详,且例证繁富。故"还如、还似"应为同义连用,即由同义语素构成的联合式合成词。

第 270 页"迎娶"应为"迎取"。

第 288 页第四节"疑问词的同步构词"开头一段文字,与 178 页这一章的开头全同,恐以二三句话照应一下即可。

第 348 页"后记"第 14 行衍"能够"二字。

附记:《中古诗歌语言研究》2014 年由世界图书出版西

安有限公司出版。我 2014 年 6 月 5 日写好后记就给出版社寄上了，同时把复印稿给王锳先生寄上。王锳先生很快地就看好了书稿，写来了长长的序言，时间是 6 月 20 日。王先生 2015 年 9 月 18 日去世，给我写的序大约是他的最后一篇文章了。王锳先生的序当然到落款处为止，他是手写长序寄来的，后面附了一页纸，是对文稿中失误的具体意见。我也照录，可见王先生对后辈的关爱与提携。

王先生是我们景仰的先辈学者，因为某些历史原因，王锳先生还不是博士生导师，所以他的学生常常到杭州大学（后来就是浙江大学了）来读博士学位。不仅同辈祝鸿熹老师那里有他的学生，方一新、张涌泉和我这些晚辈也多有他的学生，他不因此有一丝不快，还常常表示感激。想起王先生，我总是非常伤感，王先生是忠厚长者，是我心目中道德文章的楷模。我在 2017 年暑假曾到贵州孔学堂作了一个月的研究，期间一项工作就是作一次市民讲座。我讲座的题目是"我心目中的君子"，就是从王锳先生讲起的，他是真正的君子，高尚纯粹的学者，我们永远记得他。故敬录此序以纪念我敬爱的王锳先生。

2023 年 2 月 27 日

二、主编之序

守望着这一片家园

钱锺书曾说：作学问大抵是三五个山乡野老的事情。但我们浙江大学古籍所这十几号人，有年过八旬的老先生，有二十多岁的小青年，生活在繁华都市，尤其有许多血气方刚的年轻人，是怎么耐着寂寞，忍着艰辛，一直忠诚地守望着中华古籍这片神圣的精神家园的呢？

现代的经济大潮无时无刻不在冲击着传统的堤岸。在现实与历史的碰撞中，在物欲与精神的冲突中，我们选择了后者。不是我们有多么超凡脱俗，实在是因为我们干不了别的，一介书生，卖青菜还不会看秤呢！不是我们有多少献身精神，实在是因为我们太痴迷了，先秦的礼仪、两汉的诗赋离开我们已经很遥远，唐宋的缙绅风俗、敦煌的宗卷文书也与现实生活没有关联，但却与我们的生活交融在一起，而且已经密不可分了。读古书，往往有如"从山阴道上行，山川自相映发，使人应接不暇"（《世说新语·言语篇》）：山峦、幽谷、密林、小溪……能不沉醉？有了一个新发现，找到了一个新的证据，就像看见了雨后天边的一抹彩虹、黄昏时分的一弯新月……能不心动？就这样，年复一年，在老一辈学者的引导下，我们学会了阅读、欣赏、整理、研究古书。可以说，古籍中所蕴涵的中华文化的精神支撑着我们、滋润并养育着我们，让我们走过了二十个春秋，让我们写下了厚重并有创造性的一部部学术著作。

其实，人生每时每刻都在选择，在大的方面选择了就要坚守、自足。我们选择了学术研究，就要一心一意对待它，这就是事业吧？事业并不一定要用什么头衔称号来满足，爱上了一样事情，一种工作，愿意为它全身心地付出、追求，并且永远也不放弃，这大概就是事业，就是事业心，也是我们古籍所里从老到少都执着地守望着古籍研究这一片家园的原因。

可以说，学习和研究是一桩苦差事。钱锺书有一篇文章叫《论快乐》，写得充满睿智，充满哲理。其中有这样的话："几分钟或者几天的快乐赚我们活了一世，忍受着许多痛苦。"真是这么回事！我们苦读、熬夜，但是我们觉得非常苦吗？未必。因为苦和乐是可以转化的。"精神的炼金术能使肉体痛苦都变成快乐的资料。"经过苦思，经过披沙淘金的考证与推论，终于解开了一个疑团，得出了一个结论，这时候，那瞬间的快乐和满足足以抵消几小时乃至几星期的冥思苦想！这就叫快乐！没有苦思和琢磨，是体会不出那份难以言状的快乐的。

快乐的本质是什么？钱锺书说："一切快乐的享受都属于精

神的,尽管快乐的原因是肉体上的物质刺激。"事业或工作其实也是一种爱好,一种着迷的爱。我们对古籍的迷恋,使我们有毅力、有耐心忍受了许多的辛劳和痛苦,而且可以把这一过程变成感受快乐的过程,把忍受变为享受,我想,这就是精神对于物质的最大胜利,就是学习或工作的最高境界了。我们古籍所的同仁们有这种感受、这种境界,也会享受其中的快乐了。

我们还会继续忠诚地守望着这片家园。

2003 年

附记:这是为浙大古籍研究所二十周年所庆论文集写的序。

《汉语史学报》第七辑"编者的话"

《汉语史学报》第七辑编定,又到了即将付印的时候,时值盛夏酷暑,杭州连续数十日高温,只能躲在空调房里工作。

收在本辑中的,有两篇是德高望重的前辈学者的大作——张永言先生的《汉语外来词杂谈》(补订稿)、王锳先生的《市语续考》。张先生是享誉海内外的语言学家,他既有深厚的古汉语、古文献功底,同时又精通多种外语,熟悉少数民族语言,因此,每每在解释古代文献中的疑难词语时,能旁征博引、左右逢源,得出恰切的解释,在把古汉语与亲属语言结合研究方面开辟了一条新路。这篇《汉语外来词杂谈》(补订稿)是张先生积二十年之功增补完善的力作,文章用开阔的视野、翔实的材料,很好地论述了汉语外来词特别是外来名物词,是古汉语与少数民族语言、古汉语文献与现代方言紧密结合的良好典范。王锳先生是近代汉语词汇研究的开创者之一,数十年来,王先生在近代汉语词汇研究领域辛勤耕耘,成果卓著,早已为学界所知。近年来,王先生以逾古稀之年，抱羸病之躯，仍然勤勉著述，笔耕不已，令人敬佩。所谓"市语"，指市井之语（包括行话），它活跃在民间，不避俚俗。十年前，王先生就出版了《宋元明市语汇释》（贵州人民出版社，1997）一书；《市语续考》是对《宋元明市语汇释》的延续和补充，胜义纷呈。我衷心希望，两位先生身体健康，寿比南山。

本辑《汉语史学报》，依然以类相从，依次是方言、语音、语法、词汇和训诂、书评。方言、语音各有4篇文章。

傅国通先生是我校方言学研究的前辈，他的《浙江吴语的特征》，是为《浙江方言志》写的书稿，承傅先生青睐，愿意把此文提交给我们，使读者先睹为快。陈忠敏教授继续讨论他的有关方言语音层次的问题。王国强则介绍了近代英国外交官、汉学家庄延龄对汉语方言的记录和研究，各具特色。赵庸是汉语史研究中心的在读博士生，她的硕士毕业论文就是《杭州方言文白异读研究》。《杭州话白读系统的回传》一文以调查所得的材料，提出了至迟从20世纪70、80年代以来，杭州话中已经产生了文白异读系统，这个观点令人耳目一新，相信会给读者留下深刻印象。

本辑的音韵文章，有黄笑山、张民权、杨建忠、乔永4篇，都很有分量。黄笑山教授《〈切韵〉27声母的分布——用黄伯虔师"轻重不平衡"理论处理〈切韵〉的作业》，从副题就可看出，这是用黄典诚先生理论对《切韵》声母进行分析的一次尝试。张民权教授近年来对清代语音史进行了卓有成效的发掘和研究，《万光泰〈四声谱考略〉与沈约诗韵研究》就是他近期成果的一个代表。

原文较长，本辑先刊发上篇，下篇将在以后刊出。杨建忠、乔永两位分别讨论了秦汉楚地方言中歌部和支部应当分立的问题、黄侃的古本音观念。

语法方面，既有古汉语语法论文，也有打通古今，并尝试从认知角度进行分析的文章，这表明了本刊既坚持传统，继承优良学风，又希望不断推陈出新的办刊宗旨。具体可分为两组：一组主要在语法史的研究领域，蒋冀骋教授《从〈诗经〉"之子于归"看原始汉语的主格助词"于"》一文，从汉藏语系语法共性的角度，探讨"之子于归"的"于"的词汇和作用，认为它是主格助词，这是一个新颖的观点。是邪非邪，相信读者自有明断。遇笑容、高列过、龙国富三位的论文，从语言接触的角度，探讨了中古译经语法与语言接触的相关问题。近年来，语言接触的研究十分兴盛，本辑所刊发的三篇论文，可以视为这一领域的较为深入的研究成果。另一组则取古今结合的视角，李宗江、方经民、李小军的文章，都是考察从古到今的若干词语的语法化、主观化，并从功能、认知的角度进行分析的论文。特别要说明的是：方经民是旅日学者，生前系日本松山大学教授，在理论语言学、汉语语法史、语法化等研究领域十分活跃，可惜于2004年8月因车祸英年早逝。《论汉语空间区域范畴的语法化》一文是他提交给中心主办的"新世纪汉语史发展与展望国际学术研讨会"（2003年，杭州）的论文。刊发此文，是对这位优秀的汉语研究者的纪念。

词汇训诂合为一类，有黄金贵先生和王建莉的《解物释名——

词义训诂的基本法》一文，文章提出了"解物释名法"也应作为词义训诂的基本方法。汪少华、汪维辉、真大成三位，或商榷古籍整理本，或考释中古时期的具体词语，都能有所推阐，立说可信。方一新、曹小云的文章，是讨论语料问题的，史文磊的文章，则讨论了《说文》研究史上的一个问题，相信都会给读者以不少启发。

书评类方面，发表了张涌泉和张小艳师生合作的一篇文章，对杨宝忠教授《疑难字考释与研究》提出了商榷。

本辑的研究生论坛，刊登的是孙越川、胡雪莉两位硕士生同学的文章，分别对清代王引之《经传释词》进行商榷、考释了《论语》"管氏有三归"的"三归"，虽还略显稚嫩，但大抵言而有征，研究的方法也对路，可备一家之说，值得鼓励。

本辑能够顺利出版，要感谢长期以来一直扶植、支持本刊的海内外专家学者，校内外匿名审稿专家，包括本刊的顾问、编委和中心的专兼职研究人员，《汉语史学报》的成长和发展，离不开他们的帮助和支持。本辑的编务工作，主要有劳中心办公室的刘锋老师，责编是中心的姚永铭副教授和师资博士后田春来博士，他们做了大量工作。从本期开始，《汉语史学报》设责任校对，本期责任校对是博士生曹海花同学，此外，中心的一些研究生也帮助出了力。在此，我谨向上述各位致以深切的谢意。

2007 年 7 月 25 日

附记:《汉语史学报》是浙江大学汉语史研究中心这个教育部重点研究基地的刊物,1999年创办,2000年出版第一辑,经历23年了。通常我们都在集刊的结尾加上"编者的话",其实就是后记,对刊物所选篇章作一个梳理和交待。目前已出版至28辑了,我一直忝列主编,其实其他老师尤其是方一新教授负责最多。应当向他们致敬。

《君子文化》序:中国古代的"君子"文化

我国素享"礼义之邦"的美称,礼文化作为中国传统文化的重要组成部分、中华文明的源头,孕育出中华民族高尚的道德准则和完整的礼仪规范。谁来践行这些礼仪规范?是君子,所谓"君子行礼以率天下"。习近平主席指出:"中国古代历来讲格物致知、诚意正心、修身齐家、治国平天下。从某种角度看,格物致知、诚意正心、修身是个人层面的要求,齐家是社会层面的要求,治国平天下是国家层面的要求。"达到这种个人层面要求的就是君子。本书是关于君子文化的专题研究和资料汇编,我们希望从古代传世文献中探求和追溯君子文化的源头,发掘君子文化的深刻内涵,讨论古代礼的本质特征,古代君子的评价标准,君子行礼的方方面面,从而说明传统礼学文化在当代的社会价值。

一、"君子"是中华民族的集体基因

道不远人,君子之道就在我们的生活中。我们民族的潜意识中深藏着"君子"的概念,在基因里,在血液里。可以说,君子不远,君子就在我们方方面面的生活中。

比如日常生活对话或评论中,人们无论自己做得怎么样,也无论是高官达人还是乡间妇孺,都会下意识地用"君子"作为评判标准:"君子动口不动手",是说争论的双方不能动手打人,不能粗鲁,观战者或当事人都可以用这句话表明态度;"君子坦荡荡,小人长戚戚",是劝慰人要开朗达观,也可以是对某种性格的评价;"君子一言,驷马难追",是遵守承诺的口头禅,无论自我保证还是要求对方,都可以甩出这句话;"君子成人之美",现在常指成全别人的好事,也是对助人为乐者的极高褒扬;"以小人之心度君子之腹",这是以己度人的代名词,也是现代所谓"换位思考"的对立面,充满贬义;"君子爱财,取之有道",表达了人们对财物、利益的正当追求;说"防君子不防小人",指关门上锁之类预防措施,对那些强盗是不起任何作用的,其实是说君子不用防备;"宁可得罪君子不能得罪小人",也是人际交往的至理名言,因为人们公认君子不会伤害他人。可以说,生活中的方方面面都有"君子"行为的标准和尺度,都有"君子"的影子。

再比如,嫁女的标准是"谦谦君子",而女子中的"君子"就用"淑女"作为专有名词了,也同样是娶妻的标准。所谓"窈窈淑女,君子好逑",两千年前的《诗经·周南·关雎》,把婚恋中的青年男女的理想形象固化了,也就成了人们的追求目标。当然究竟什么样才是心目中的"君子"和"淑女",人们的理解千差万别,但是作为共同的评判标准和价值取向,则是民众所一致认同的。

清华的校训"自强不息,厚德载物",正来自"天行健,君子以自强不息;地势坤,君子以厚德载物"(出自《易经》),可见培养人才的基本追求是培养"君子"。

例多不赘举。凡此都说明这些人们口头常说的俗语格言,是人们以"君子"作为理想的人格标准的具体体现,"君子"是中华民族的集体基因。所以我们说"君子"就在我们的生活中,我们的传统文化里浸透了浓浓的君子气息。

尽管"君子文化"源远流长,但与此同时,因为现今社会生活中伤天害理、道德沦丧之事时有发生,与"君子"的行为规范截然相悖,人们也会觉得"君子"是陌生的,离我们很遥远。有人羡慕西方的"贵族精神"和"绅士风度",也向内呼唤"乡贤"的出现,这也从另一方面说明当前"君子精神"极度缺失,我们亟需君子精神和君子文化的回归。这就是我们整理这部《君子文化》的主要原因和出发点。

二、先秦诸子集体塑造了"君子"形象

我们集中整理了先秦诸子中有关"君子"的论述,一个整体感受是:先秦诸子中充满了对"君子"的刻画和描写,这是先秦哲学家、思想家、文学家乃至普通百姓的一个无意识的集体创作,他们在自己的笔下流露的都是对"君子"的渴望,对"君子"的赞美。当然,这是一个渐进的过程:在孔子之前的文献中,君子的形象还是模模糊糊的,是兼位、德、才三者而言,处于统治阶层、制定和实施各项政治制度、知书达礼且具备才干者,更注重社会阶层。

《论语》中的"君子"则被注入了更多的道德因素,加之其他先秦诸子的共同努力,"君子"逐步成为道德品质高尚者的专称,兼具社会阶层和道德人格两个方面,而且更侧重于后者。现在君子的标准则完全看重仁德品格。

1. 孔子之前的"君子"形象

早期的"君子"是可以从文字的角度窥见其含义的。《说文·口部》:"君,尊也。从尹口。尹,治也;口以发号。"《说文·又部》:"尹,治也。握事者也。从又丿。"

许慎分析:"君"从"尹","尹"是执事者。因为"尹"从"又",从"丿"。"又"甲骨文作"ㄋ",本象右手形,与象左手形相对。又为握,丿为事。所以段玉裁在"伊"字下曰:"尹治天下。""尹""治"同义。

"君"从"尹"还从"口",口是用来发号施令的。故从造字的原始意义看,"君"是发号施令的执事者,就是统治者,是治理的意思。所以,"君临天下"是掌管天下;"国君"是国家的统治者;"君王"是称王天下者。"子"是对男性的尊称。"君子"就是对上层统治者、管理者的尊称。大约春秋中期以前,"君子"实际上包括了天子、诸侯(又称君、国君)、卿、大夫和士,在封建宗法制度下是一个相对稳定的群体。

从早期诸子文献中,尤其注疏中,可以更清晰地呈现出"君子"的阶层地位:

> 敬诸!昔在我西土,我其齐言,胥告,商之百姓无罪,其维一夫。予既殛纣,承天命,予亦来休命。尔百姓里居君子,其周即命。(《逸周书·商誓解》)

《逸周书集注》引清唐大沛云:"里居君子,则卿大夫致仕者也。"这个解释说:居住在乡里的君子,是卿大夫中的辞官退休者。可见早期君子是当官者。《尚书·酒诰》也有证据:"庶士,有正,越庶伯君子,其尔典听朕教。"这里的"君子"指有职位的官员。处于统治地位是"君子"的基本条件,也就是说,社会地位是君子最重要的决定因素。

> 乡人、士、君子,尊于房户之间,宾主共之也。(《礼

记·乡饮酒义》）郑玄注："乡人，乡大夫也。士，州长、党正也。君子，谓卿大夫也。"

凡侍坐于君子，君子欠伸，问日之早晏，以食具告。（《仪礼·士相见礼》）郑玄注："君子，谓卿大夫及国中贤哲也。"贾公彦疏："郑云'君子，卿大夫'者，礼之通例。大夫得称君子，亦得称贵人，而士贱，不得也。"

明日，宾服乡服以拜赐。……以告于先生、君子可也。（《仪礼·乡饮酒礼》）郑玄注："君子，国中有盛德者。"

宾酢主人，主人不崇酒，不拜众宾。……以告于乡先生君子可也。（《仪礼·乡射礼》）郑玄注："乡先生，乡大夫致仕者也；君子，有大德行不仕者。"贾公彦疏："注释曰：云'乡大夫致仕者也'者，此即《乡饮酒》注云：'先生，谓老人教学者。'云'君子，有大德行不仕者'，大德行，谓六德六行，可贡而不仕者。此即居士编带，亦曰处士。"

简言之，早期"君子"与卿大夫同列，可以是贵族高官，也可以是辞官退休者，也可以是有大德行而不仕者，其尊贵的社会地位不言而喻。

师旷曰："吾闻王子，古之君子，甚成不骄，自晋始如周，行不知劳。"王子应之曰："古之君子，其行至慎，委积施关,道路无限,百姓悦之,相将而远,远人来欢,视道如咫。"师旷告善,又称曰:"古之君子,其行可则,由舜而下,其孰有广德?"(《逸周书·太子晋解》)

师旷和王子的对话,成功描写了"古之君子"的形象:"甚成不骄"(很有成就而不骄傲),"行不知劳"(努力工作不知疲劳),"其行至慎"(行为十分谨慎),"其行可则"(行为可作榜样),"百姓悦之"(百姓喜欢他们)。

简言之,在孔子之前,"君子"是兼位、德、才三者而言的,君子通常受到良好的教育,即周代的王官之学(《周礼·保氏》:"养国子以道,乃教之六艺:一曰五礼,二曰六乐,三曰五射,四曰五御,五曰六书,六曰九数。")以期文武兼备。符合这些条件的,通常是指君王、贵族,当然也包括其他有德有位者。

> 天行健,君子以自强不息;地势坤,君子以厚德载物。

《易经》这两句名言,可以体现出"君子"的含义正由阶层称谓向道德称谓转变。

在《诗经》中,"君子"的形象变得丰富多彩:

> 关关雎鸠,在河之洲。窈窕淑女,君子好逑。(《周南·关雎》)

未见君子，忧心忡忡。（《召南·草虫》）

君子于役，如之何勿思。（《王风·君子于役》）

扬之水，白石凿凿。素衣朱襮，从子于沃。既见君子，云何不乐？（《王风·扬之水》）

《诗经》中的"君子"，是一个内涵丰富、所指众多的美称，泛称德行高尚的人。"君子"可以指称恋爱中理想的男青年，是女子时刻思念的心上人，还是女子对丈夫的称呼。《周南·关雎》等篇中的"君子"就是对德行高尚者的通称。

"君子"依然是对上层社会统治者、管理者的称呼：

彼君子兮，不素餐兮！（《魏风·伐檀》）

鸤鸠在桑，其子在榛。淑人君子，正是国人。正是国人，胡不万年？（《曹风·鸤鸠》）

君子有酒，嘉宾式燕以乐。（《小雅·南有嘉鱼》）

君子来朝，何锡予之。（《小雅·采菽》）

岂弟君子，民之父母。（《大雅·泂酌》）

"君子"可以是素餐吃白饭的统治者，也可以是带领国人的"淑人君子"，也可以是彬彬有礼的君王、国君，或者社会地位较高的贵族阶层如诸侯、卿大夫等。

总体看来，早期的君子社会地位高，有权势。《礼记·檀弓上》

载:"子张病,召申祥而语之曰:'君子曰终,小人曰死;吾今日其庶几乎!'"从对死亡的称呼上就可以看出,在社会分工上,"君子"往往是地位高的贵族,"小人"就是社会底层的平民。因而不仅君王、官员称"君子",家中掌权的夫君,恋爱中女子对情郎的称呼,也都可以用"君子"。

2.孔子塑造了人格丰满的"君子"形象

在孔子心目中,"君子"是一个什么样的形象?

> 子曰:"学而时习之,不亦说乎?有朋自远方来,不亦乐乎?人不知而不愠,不亦君子乎?"(《论语·学而》)

《论语》开篇就呈现了一个快乐的君子形象:"人不知而不愠,不亦君子乎?"别人不理解我而我不恼火发怒,不是很有君子风度吗?这是通常的解释。这里把"喜悦""快乐"与"君子"并称,"君子"似乎可以作为形容词,表示的是理想的人格品行。其实,对这三句反诘句,笔者还有不同的理解:学习了知识就常常温习,有朋友从远处来访就热情相待,别人不理解我也不发火,这不都是很快乐、很有君子风范的事情吗?我以为这样的理解也是符合孔子心目中的君子形象的。类似不平衡的结构关系也有:

> 子曰:"君子耻其言而过其行。"(《论语·宪问》)

这句话的结构关系就不是"耻其言"与"过其行"的并列，而是耻于"其言而过其行"，也就是君子以言过其行为耻。

也有的表述不甚确切。如：

> 君子之德风，小人之德草。草上之风，必偃。(《论语·颜渊》)

"草上之风，必偃"，谓风吹过，草必倒伏。含义大都明了，但表述不够通顺。准确的表述应当是："风下之草，必偃。"《孟子·滕文公上》也引用了这个比喻："君子之德，风也；小人之德，草也。草上之风必偃。"用来说明君子对于民众的教化。

孔子对"君子"十分仰慕，排在仅次于圣人的地位，他说：圣人我见不到，能够见到君子就满足了。

> 子曰："圣人，吾不得而见之矣；得见君子者，斯可矣。"(《论语·述而》)

类似的行文是："朝闻道，夕死可矣。"(《论语·里仁》)这表达了对"道"的追求与渴望。先秦诸子有过不少对"道"的描写，《管子·内业》说："夫道者，所以充形也，而人不能固。其往不复，其来不舍。谋乎莫闻其音，卒乎乃在于心；冥冥乎不见其形，淫淫乎与我俱生。不见其形，不闻其声，而序其成，谓之道。"

看来"道"是看不见摸不到而又切实存在的,是能够发挥巨大功用的精神因素。难怪孔子是如此热切期盼掌握"道"。

孔子这种情感在不少先秦文献中有记载,如《礼记·礼运》:"昔者仲尼与于蜡宾,事毕,出游于观之上,喟然而叹。仲尼之叹,盖叹鲁也。言偃在侧曰:'君子何叹?'孔子曰:'大道之行也,与三代之英,丘未之逮也,而有志焉。'"孔子向往大道畅行的清明盛世,没有赶上盛世,但有志于此,为此而不懈努力。对待能够推行大道的"君子",孔子的情怀一样真挚而热烈:

> 子曰:"君子道者三,我无能焉:仁者不忧,知者不惑,勇者不惧。"子贡曰:"夫子自道也。"(《论语·宪问》)

孔子将"君子"的品格概括为三点:君子是仁者、智者、勇者,因而不忧虑、不迷惑、不惧怕。孔子认为自己没有做到。这是激励弟子,也是勉励自己。实际上孔子已经完全具备了君子的品格,故子贡说:您说的就是自己啊!

除了高度的精炼概括外,孔子还在许多场合提醒人们注意,从细节上完善君子的品格。下面的例子,即是孔子对"君子"人格某个方面的论述。孔子通常运用以下方式塑造"君子"形象,阐释其君子理念。

第一,用"子曰"的方式阐释"君子"。

这是一种直述的方式,直接引用孔子的语录。

子曰："君子不器。"(《论语·为政》)

子曰："质胜文则野，文胜质则史。文质彬彬，然后君子。"(《论语·雍也》)

子曰："君子无所争，必也射乎！揖让而升，下而饮，其争也君子。"(《论语·八佾》)

子曰："富与贵是人之所欲也，不以其道得之，不处也；贫与贱是人之所恶也，不以其道得之，不去也。君子去仁，恶乎成名？君子无终食之间违仁，造次必于是，颠沛必于是。"(《论语·里仁》)

曾子曰："可以托六尺之孤，可以寄百里之命，临大节而不可夺也。君子人与？君子人也。"(《论语·泰伯》)

君子注重于大格局，而不是某些小技能，故曰"君子不器"；君子"文质彬彬"，相得益彰；君子不与人争，如果一定要竞争，也要揖让得礼；君子不能因为追求富贵而不顾及仁义，不能为了摆脱贫贱而违背仁义，君子须臾不离开仁；君子可以委以重任，可以临危受命，临大节而不可夺志。这些，都是君子可贵的品质。所以，孔子心目中的"君子"更加注重人格的修养，地位、财富都不在考虑的范围内。

用"子曰"的方式阐释"君子"，是《论语》中最基本也是最常见的刻画手段，占据了大量篇幅。再如：

子曰:"君子不重则不威,学则不固。主忠信。无友不如己者。过则勿惮改。"(《论语·学而》)

曾子曰:"君子以文会友,以友辅仁。"(《论语·颜渊》)

子曰:"君子病无能焉,不病人之不己知也。"(《论语·卫灵公》)

子曰:"君子矜而不争,群而不党。"(《论语·卫灵公》)

子曰:"君子不以言举人,不以人废言。"(《论语·卫灵公》)

子曰:"君子贞而不谅。"(《论语·卫灵公》)

孔子的论述虽然零散,但是主旨始终是一致的。如对待饮食生活:

子曰:"君子谋道不谋食。耕也,馁在其中矣;学也,禄在其中矣。君子忧道不忧贫。"(《论语·卫灵公》)

子曰:"君子食无求饱,居无求安,敏于事而慎于言,就有道而正焉,可谓好学也已。"(《论语·学而》)

孔子始终强调安贫乐道。
第二,用比较的方式塑造君子形象。

凡事都要有比较才有鉴别，有比较才凸显特色。为了更好地塑造人们心目中的"君子"形象，孔子在塑造"君子"的同时，也塑造了"君子"的对立面——小人。用"小人"反衬"君子"，突出"君子"。

"小人"在孔子的心目中是个什么样子呢？

> 子谓子夏曰："女为君子儒，无为小人儒。"（《论语·雍也》）

孔子教导子夏，你要做君子中的儒者，不要作小人中的儒者。看来当时"小人"还不是太坏的，可以是书生。

> 子曰："君子求诸己，小人求诸人。"（《论语·卫灵公》）

君子有事靠自己，小人靠别人，缺乏独立精神。

> 子曰："君子怀德，小人怀土；君子怀刑，小人怀惠。"（《论语·里仁》）
> 子曰："君子喻于义，小人喻于利。"（《论语·里仁》）

君子看重德义,小人看重利益。

> 子曰:"君子坦荡荡,小人长戚戚。"(《论语·述而》)

君子心胸坦荡,小人悲悲戚戚。所以有俗语"以小人之心度君子之腹"。

> 子曰:"君子周而不比,小人比而不周。"(《论语·为政》)

君子与人交往,对人态度都一样,小人则厚此薄彼。

> 子曰:"君子不可小知,而可大受也;小人不可大受,而可小知也。"(《论语·卫灵公》)

从这些描写中可以看出:小人也可以是读书人,小人遇事依靠别人,看重小恩小惠,计较小事而不开朗,对人愿意结帮拉伙。

总的看来,先秦早期的"小人",是"君子"的对立面,心胸气度狭窄,缺乏修养。还不是现代意义上的恶人或阴险之徒。

在这里有必要再讨论一下先秦的"小人"。

一是早期的小人,就是地位低贱的平民。《国语·鲁语下》云:

"君子劳心，小人劳力，先王之训也。"正是这个社会阶层的含义。

> 哀公问于孔子曰："大礼何如？君子之言礼，何其尊也？"孔子曰："丘也小人，不足以知礼。"君曰："否！吾子言之也。"孔子曰："丘闻之：民之所由生，礼为大。非礼无以节事天地之神也，非礼无以辨君臣、上下、长幼之位也，非礼无以别男女、父子、兄弟之亲、昏姻疏数之交也；君子以此之为尊敬然。然后以其所能教百姓，不废其会节。"（《礼记·哀公问》）

所以孔子也自称"丘也小人，不足以知礼"。虽为谦辞，也是在君王面前地位低下的表示。

二是"小人"是一个相对的概念。正像孔子在哀公面前可以自称"小人"一样，随着比较对象的变化而变化。

> 天之小人，人之君子；人之君子，天之小人也。"（《庄子·大宗师》）

在天面前的小人，就是人中的君子；人中的君子，就是天面前的小人。换言之，君子在天面前，就是地位低下的小人。可见地位高者为君子，地位低下为小人。

三是"小人"是社会等级中的最下层。君子、小人的等级划分有几种类型。

第一,五分法:

> 孔子曰:"人有五仪:有庸人,有士,有君子,有贤人,有大圣。"(《荀子·哀公》)

庸人—士—君子—贤人—大圣。小人就相当于"庸人"。

第二,四分法:

> 小人则以身殉利;士则以身殉名;大夫则以身殉家;圣人则殉天下。(《庄子·骈拇》)

小人—士—大夫—圣人。

> 有圣人之知者,有士君子之知者,有小人之知者,有役夫之知者。(《荀子·性恶》)

圣人—士君子—小人—役夫。"小人"还在"役夫"之上。

> 忠信爱敬之至矣,礼节文貌之盛矣,苟非圣人,莫之能知也。圣人明知之,士君子安行之,官人以为守,百姓以成俗,其在君子以为人道也;其在百姓以为鬼事

也。(《荀子·礼论》)

圣人—士君子—官人—百姓。"小人"相当于"百姓"。
第三,三分法:

> 好法而行,士也;笃志而体,君子也;齐明而不竭,圣人也。(《荀子·修身》)

> 我欲贱而贵,愚而智,贫而富,可乎?曰:其唯学乎。彼学者,行之,曰士也;敦慕焉,君子也;知之,圣人也。(《荀子·儒效》)

> 故学者以圣王为师,案以圣王之制为法,法其法以求其统类,以务象效其人。向是而务,士也;类是而几,君子也;知之,圣人也。(《荀子·解蔽》)

以上三例都是同样的三分法:士—君子—圣人。

> 多言而类,圣人也;少言而法,君子也;多言无法,而流湎然,虽辩,小人也。(《荀子·大略》)

此例三分法:圣人—君子—小人。

> 其君子上中正而下谄谀,其士民贵武勇而贱得利,

其庶人好耕农而恶饮食，于是财用足而饮食薪菜饶。(《管子·五辅》)

此例三分法又有不同：君子—士民—庶人。"庶人"就相当于"小人"。

第四，二分法：

> 故曰：君子以德，小人以力；力者，德之役也。(《荀子·富国》)

此类"君子"与"小人"相对的例子极多，严格说来只是一种对比，而不能够算作分等级。

故二分法可以不讨论，前三种分法中，如果明确称"小人"的，不必讨论。没有小人名称的，只能是大体推论，而《荀子》中"士—君子—圣人"的三分法中，就很难推断"士"就是"小人"了。但总体看来，"小人"是一个社会阶层，而且是最底层的穷人，常常说"小人喻于利"，也是生活处境造成的。《荀子·性恶》篇的分法很特别，在四分法中，"小人"还在"役夫"之上，由此也更证明"小人"只是一个社会阶层，还不是品质恶劣者的代名词。

而以上分析也可以清晰地说明：早期"君子"也是一个居于高位的社会阶层，与品行关系不大。对于"君子"的定义，也有不同的理解，从德行入手，是指品行高尚者；从权势入手，是指地位高贵者。

> 相高下，视墝肥，序五种，君子不如农人；通货财，相美恶，辩贵贱，君子不如贾人；设规矩，陈绳墨，便备用，君子不如工人；不恤是非然不然之情，以相荐撙，以相耻怍，君子不若惠施、邓析。（《荀子·儒效》）

这是一种职业分类法，"君子"与农人、商人、工人相对，显然相当于"知识分子"。

第三，用问答的形式阐释"君子"。

> 子贡问君子。子曰："先行其言，而后从之。"（《论语·为政》）
>
> 司马牛问君子。子曰："君子不忧不惧。"曰："不忧不惧，斯谓之君子已乎？"子曰："内省不疚，夫何忧何惧？"（《论语·颜渊》）
>
> 子路问君子。子曰："修己以敬。"曰："如斯而已乎？"曰："修己以安人。"曰："如斯而已乎？"曰："修己以安百姓。修己以安百姓，尧舜其犹病诸！"（《论语·宪问》）

弟子问如何成为君子，孔子回答，虽然只是君子品格的一个方面，但是具有针对性，而且通过回答弟子的追问，揭示了原因和内涵："君子不忧不惧"，不是粗鲁莽撞，而是因为内心平和坦然，没有愧疚；"君子修己"，修养自己，心存恭敬，从而使百姓安乐、天下太平，尧舜就不会为治理天下发愁了。

第四，用称赞、评价的方式阐释"君子"。

> 子谓子贱，"君子哉若人！鲁无君子者，斯焉取斯？"（《论语·公冶长》）
>
> 子谓子产："有君子之道四焉：其行己也恭，其事上也敬，其养民也惠，其使民也义。"（《论语·公冶长》）
>
> 南宫适问于孔子曰："羿善射，奡荡舟，俱不得其死然；禹稷躬稼，而有天下。"夫子不答，南宫适出。子曰："君子哉若人！尚德哉若人！"（《论语·宪问》）
>
> 子曰："君子义以为质，礼以行之，孙以出之，信以成之。君子哉！"（《论语·卫灵公》）

"子谓子贱""子谓子产"就是孔子评价子贱、评价子产。孔子对大禹或者贤弟子的称赞或评价，都从一个或几个侧面描写了君子应当具有的品格。

第五，用"吾（所）闻"的方式阐释"君子"。

这是一种转述的方式。

吾闻君子不党。君子亦党乎？（《论语·述而》）

子夏之门人问交于子张。子张曰："子夏云何？"对曰："子夏曰：'可者与之，其不可者拒之。'"子张曰："异乎吾所闻：君子尊贤而容众，嘉善而矜不能。"（《论语·子张》）

吾闻之也，君子周急不继富。（《论语·雍也》）

司马牛忧曰："人皆有兄弟，我独亡。"子夏曰："商闻之矣：死生有命，富贵在天。君子敬而无失，与人恭而有礼。四海之内，皆兄弟也。君子何患乎无兄弟也？"（《论语·颜渊》）

运用"吾闻之"或"吾所闻"开头，就是一种说话的由头，是发表议论感慨的一种方式。那时候，还没有树立公认的权威，孔子就以此表达主张。孔子的弟子则可以用"闻诸夫子"来作为凭据。但是有些未必可靠。如《礼记·檀弓上》："有子问于曾子曰：'问丧于夫子乎？'曰：'闻之矣：丧欲速贫，死欲速朽。'有子曰：'是非君子之言也。'曾子曰：'参也闻诸夫子也。'有子又曰：'是非君子之言也。'"这时候有些真假难辨：曾子所闻是不是孔子说的？有子口中的"君子"与曾子所说的"夫子"一样代指孔子吗？难以确定。

第六，用对话的方式塑造"君子"。

子欲居九夷。或曰:"陋,如之何!"子曰:"君子居之,何陋之有?"(《论语·子罕》)

子路曰:"卫君待子而为政,子将奚先?"子曰:"必也正名乎!"子路曰:"有是哉,子之迂也!奚其正?"子曰:"野哉由也!君子于其所不知,盖阙如也。名不正,则言不顺;言不顺,则事不成;事不成,则礼乐不兴;礼乐不兴,则刑罚不中;刑罚不中,则民无所措手足。故君子名之必可言也,言之必可行也。君子于其言,无所苟而已矣。"(《论语·子路》)

子张问于孔子曰:"何如斯可以从政矣?"子曰:"尊五美,屏四恶,斯可以从政矣。"子张曰:"何谓五美?"子曰:"君子惠而不费,劳而不怨,欲而不贪,泰而不骄,威而不猛。"子张曰:"何谓惠而不费?"子曰:"因民之所利而利之,斯不亦惠而不费乎?择可劳而劳之,又谁怨?欲仁而得仁,又焉贪?君子无众寡,无小大,无敢慢,斯不亦泰而不骄乎?君子正其衣冠,尊其瞻视,俨然人望而畏之,斯不亦威而不猛乎?"子张曰:"何谓四恶?"子曰:"不教而杀谓之虐;不戒视成谓之暴;慢令致期谓之贼;犹之与人也,出纳之吝,谓之有司。"(《论语·尧曰》)

对话的方式与其他几种最大的不同是有语境,在具体语境中说明君子应有的态度。第一则是君子所居,不避简陋,而且既然君子所居,就不是简陋。可见君子看重的是精神层面,是道德修养。

第二则主张君子所言,必先正名;君子所言,必可执行,不能苟且随便。这与俗语"君子一言,驷马难追"有异曲同工之妙。

第三则细致讨论君子"五美":"君子惠而不费,劳而不怨,欲而不贪,泰而不骄,威而不猛。"从五个方面诠释了君子的人格。

3. 先秦诸子与孔子共同完成了"君子"的人格塑造

先秦是一个伟大的觉醒的时代,产生了许多哲学家和思想家,诸子共同努力才完成了"君子"全方位的人格塑造。比如:

> 子曰:君子和而不同,小人同而不和。(《论语·子路》)

孔子对著名的"和同"理论作了精确简明的论述。而这一观点,是先秦诸子的共识,当时的许多学者用不同的方式、不同的角度细致阐述了"和"与"同"的差异与利弊,是当时的一场大讨论,也形成了强烈的共识,得到了高度的认可。据文献记载,大约晏子是最详细讨论"和同"关系的先秦学者:

> (景公出游于公阜),无几何,而梁丘据御六马而来,公曰:"是谁也?"晏子曰:"据也。"公曰:"何如?"曰:"大暑而疾驰,甚者马死,薄者马伤,非据孰敢为之?"公曰:

"据与我和者夫?"晏子曰:"此所谓同也。所谓和者,君甘则臣酸,君淡则臣咸。今据也,甘君亦甘,所谓同也,安得为和?"公忿然作色,不说。(《晏子春秋·内篇谏上》)

这是一则生动的君臣对话,用生活中常见的饮食味道来揭示和同理论,也阐明了应有的君臣关系:"君甘则臣酸,君淡则臣咸。"互补才有丰富可口的味道,才有完备的治国方略,这是"和"。"君甘臣亦甘",则过于甜腻,于味觉不利,于治理则更加危殆,这是"同"。

除了《晏子春秋》外,《左传》也有此事的详细记录:

齐侯至自田,晏子侍于遄台,子犹驰而造焉。公曰:"唯据与我和夫!"晏子对曰:"据亦同也,焉得为和?"公曰:"和与同异乎?"对曰:"异。和如羹焉,水、火、醯、醢、盐、梅,以烹鱼肉,燀之以薪。宰夫和之,齐之以味,济其不及,以泄其过。君子食之,以平其心。君臣亦然。君所谓可而有否焉,臣献其否,以成其可;君所谓否而有可焉,臣献其可,以去其否,是以政平而不干,民无争心。故《诗》曰:'亦有和羹,既戒既平。鬷嘏无言,时靡有争。'先王之济五味,和五声也,以平其心,成其政也。声亦如味,一气、二体、三类、四物、五声、六律、七音、八风、九歌,以相成也。清浊、大小、短长、疾徐、哀乐、刚柔、迟速、高下、出入、周疏,以相济也。君子听之,以平其心,心平德和。故《诗》曰:'德音不瑕。'今据不然,君所谓可,据亦曰可;君所谓否,据亦曰否。若以水济水,谁能食之?若琴瑟之专一,谁能听之?同之不可也如是。"(《左传·昭公二十年》)

晏婴论"和同"理论,这一则记载更为详尽,一是引用了两段《诗经》中的话加以论证,二是用"济五味,和五声"两个例子,讨论了"和如羹焉"和"声亦如味"的道理,君臣关系就像烹饪与奏乐,在于和而不同。五味平和,才有和羹美味,五音相济,才有声音悦耳。

比春秋时期晏子的讨论更早的是西周末期史伯对郑桓公说的一段话:

公曰:"周其弊乎?"对曰:"殆于必弊者也。《泰誓》曰:'民之所欲,天必从之。'今王弃高明昭显,而好谗慝暗昧;恶角犀丰盈,而近顽童穷固,去和而取同。夫和实生物,同则不继。以他平他谓之和,故能丰长而物归之;若以同裨同,尽乃弃矣。故先王以土与金木水火杂,以成百物。是以和五味以调口,刚四支以卫体,和六律以聪耳,正七体以役心,平八索以成人,建九纪以立纯德,合十数以训百体。出千品,具万方,计亿事,材兆物,收经入,行姣极。故王者居九畡之田,收经入以食兆民,周训而能用之,和乐如一。夫如是,和之至也。于是乎先王聘后于异姓,求财于有方,择臣取谏工而讲以多物,务和同也。声一无听,物一无文,味一无果,物一不讲。王将弃是类也而与刌同。天夺之明,欲无弊,得乎?"(《国语·郑语》)

史伯最精彩的论述是:"和实生物,同则不继。"这是"和"最为关键的内涵,也是人类社会发展的最高法则。人类社会发展到现在,无论自然科技还是社会生活,无不证明了这个论断的科学性。人身体内部器官的和谐共处,才保证心安体健;人与人和谐相处,才是最佳生活状态;自然界四季和谐,才风调雨顺。"和"是指事物多样性的统一。晏子则继承了史伯所用的味道和声音的比喻,并加以深入和细化,强调了君臣关系要"和而不同"。可见先秦诸子讨论"和同"关系,目的非常明确:治理国家,需要君臣和而不同。君子就要去实践"和而不同"的主张。

其他典籍中虽然没有史伯和晏子这样大段的阐述,但也常有相关的论述:

> 喜怒哀乐之未发,谓之中;发而皆中节,谓之和;中也者,天下之大本也;和也者,天下之达道也。致中和,天地位焉,万物育焉。(《礼记·中庸》)

庶政惟和，万国咸宁。（《尚书·周书·周官》）

宗伯掌邦礼，治神人，和上下。（《尚书·周书·周官》）

其实，不独其他人的论述，孔子的论述也常常出现于先秦其他文献中：

仲尼曰："善哉！政宽则民慢，慢则纠之以猛。猛则民残，残则施之以宽。宽以济猛，猛以济宽，政是以和。"（《左传·昭公二十一年》）

就连解释语词的专书也加入讨论，阐发"和"的一个方面：

四时和为通正，谓之景风。（《尔雅·释天》）

"和"的理论深入人心，难怪汉代仲长统就概括说："和谐，则太平之所兴也。"（《昌言·法诫》）

但是直到当代社会，人们对"和而不同"的认识也往往模糊，有人认为完全一致，同心同向才是最佳的治理境界。冯友兰先生又据先人的理论，对这个字做出了哲学解释，清晰阐明了"和"与"同"的差异，他说："张载说'仇必和而解'，这个'和'字，不是随便下的。'和'是张载哲学体系中的一个重要范畴……

张载认为，一个社会的正常状态是'和'，宇宙的正常状态也是'和'……在中国古典哲学中，'和'与'同'不一样。'同'不能容'异'；'和'不但能容'异'，而且必须有'异'，才能称其为'和'……只有一种味道、一个声音，那是'同'；各种味道，不同声音，配合起来，那是'和'。"（《中国哲学史新编·总结》）

以上"和同"通常讨论的是君臣关系，是治理国家，但是为什么要说"君子和而不同"呢？笔者以为有两点原因：一是国家的治理需要靠君子，君子认识并坚持了"和而不同"，也就能够达到治国的目的。更重要的是"和"的最终旨归，是人的心性平和。"和"的最后落脚点，是人自身的生存状态。"和"是内向的，而不是外向的；是人本的，而不是物质的。"和而不同"与"君子群而不党""君子周而不比"的论述也是完全一致的。仅仅"君子和而不同，小人同而不和"这一条，就有诸多诠释与完善。所以我们说，整个君子形象的塑造，君子人格的完备，都是先秦诸子共同努力的结果。

4. 其他诸子文献中的君子形象

经过《论语》塑造的君子形象，十分深入人心。大致有两种表达类型：

一是从表现形式上看，《论语》中的"子曰"逐渐被"君子曰"的表达方式所取代，也出现了"君子不为也"的说法，说明"君子"已经成为尺度和标准。如：

君子曰:"苟信不继,盟无益也。《诗》云,'君子屡盟,乱是用长',无信也。"(《左传·桓公十二年》)

君子曰:"《诗》所谓'白圭之玷,尚可磨也;斯言之玷,不可为也',荀息有焉。"(《左传·僖公九年》)

君子曰:"服之不衷,身之灾也。"(《左传·僖公二十四年》)

哀公问于孔子曰:"吾闻夔一足,信乎?"曰:"夔,人也,何故一足?彼其无他异,而独通于声,尧曰:'夔一而足矣。'使为乐正。故君子曰:'夔有一足,非一足也。'"(《韩非子·外储说左下》)

《国语》也出现了11处"君子曰"的说法,借用虚拟的"君子"之口,增强论述的说服力。又如:

宋襄公与楚人战于涿谷上,宋人既成列矣,楚人未及济,右司马购强趋而谏曰:"楚人众而宋人寡,请使楚人半涉未成列而击之,必败。"襄公曰:"寡人闻君子曰:不重伤,不擒二毛,不推人于险,不迫人于阨,不鼓不成列。"(《韩非子·外储说左上》)

与《论语》"吾闻之"或"吾所闻"不同,当"君子"已经确立足够地位后,就用"吾(寡人)闻君子曰"的方式引出结论与主张,从而增强说服力。

也用虚拟的君子的行为阐述观点。

> 楚子虔何以名?绝。曷为绝之?为其诱封也。此讨贼也,虽诱之则曷为绝之?怀恶而讨不义,君子不予也。(《公羊传·昭公十一年》)

> 杀人以自生,亡人以自存,君子不为也。(《左传·桓公十七年》)

以上两例以"君子不予也""君子不为也"作结,表明自己的态度,可见"君子"可以作为评判事物的标准和依据,具有充分的可信度和影响力。

鲁襄公到楚国去,走到半路上听说楚康王死了,于是打算返回,大夫叔仲昭伯建议他继续前行,就用"君子"的行为方式去开导他:

> 若从君而走患,则不如违君以避难。且夫君子计成而后行,二三子计乎?有御楚之术而有守国之备,则可也;若未有,不如往也。(《国语·鲁语下》)

"君子计成而后行",也是"三思而行"或谨言慎行的意思。凡此都说明"君子"形象已经深入人心,时时可以作为道德的标杆和行为的准则。

二是从阐述内容看,此时的"君子",大多从道德层面来衡量,也将孔子的论述发扬光大。比如:

"君子"一词在《孟子》中出现90余次,绝大多数语境中的"君子"是从道德、人格层面而言的,完全继承了孔子的主张,强调君子存仁心。

> 取诸人以为善,是与人为善者也。故君子莫大乎与人为善。(《孟子·公孙丑上》)
>
> 君子之于禽兽也,见其生,不忍见其死;闻其声,不忍食其肉。是以"君子远庖厨"也。(《孟子·梁惠王上》)

而在老庄眼里,"君子"是清静无为、道德高尚的统治者。

> 故君子不得已而临莅,莫若无为。无为也而后安其性命之情。(《庄子·在宥》)

这句话可以概括道家眼中的"君子"形象。

值得注意的是,《老子》一书仅出现一句用"君子"的例子:

> 君子居则贵左,用兵则贵右。兵者,不祥之器,非君子之器。

老子认为："吉事尚左，凶事尚右。""夫兵者，不祥之器，物或恶之，故有道者不处。"所以这里的"君子"，就是"有道者"，指得道的、比常人境界更高的人。

基本不出现"君子"，并不等于老子不赞同"君子"，《老子》用了一个类似的概念——"圣人"，一共出现31次：

> 圣人处无为之事，行不言之教。
>
> 圣人云，我无为而人自化，我好静而人自正，我无事而人自富，我无欲而人自朴。
>
> 圣人无为，故无败；无执，故无失。

可以说，《老子》中的"圣人"应该就是得道者，与清静无我、率性无为的君子接近。

继续阐发孔子关于"君子"的主张，是许多典籍讨论的主要内容：

> 江乙为魏王使荆，谓荆王曰："臣入王之境内，闻王之国俗曰：君子不蔽人之美，不言人之恶，诚有之乎？"王曰："有之。"（《韩非子·内储说左上》）

《韩非子》"君子不蔽人之美，不言人之恶"与孔子"君子成人之美，不成人之恶"的说法如出一辙，毫无二致。

故君子以其不受为义，以其不杀为仁。(《公羊传·襄公二十九年》)

这与孔子的"士见危致命，见德思义""不义而富且贵，于我如浮云"以及"仁者爱人"的观点也是一脉相承的。

此时的"君子"，已经完全从道德的角度去衡量，社会阶层已经忽略不计。比如阶下囚无妨成为"君子"：

楚囚，君子也。……不背本，仁也；不忘旧，信也；无私，忠也；尊君，敏也。仁以接事，信以守之，忠以成之，敏以行之。(《左传·成公九年》)

三、如何评判君子

1. 先秦如何评判人

先民是从什么角度评判一个人的？我们从先秦诸子文献中找到了大量的相关例子，生动而细致：

齐桓公合诸侯，卫人后至。公朝而与管仲谋伐卫。退朝而入，卫姬望见君，下堂再拜，请卫君之罪。

公曰："吾于卫无故，子曷为请？"

对曰："妾望君之入也，足高气强，有伐国之志也，见妾而有动色,伐卫也。"

明日君朝,揖管仲而进之。

管仲曰:"君舍卫乎?"

公曰:"仲父安识之?"

管仲曰:"君之揖朝也恭,而言也徐,见臣而有惭色,臣是以知之。"

这是《吕氏春秋·精谕》篇的记载。桓公召集诸侯而卫国迟到,就与管仲商量欲伐卫。退朝回家,卫夫人一望见就知道要伐娘家了,马上谢罪。原因是:"妾望君之入也,足高气强,有伐国之志也,见妾而有动色,伐卫也。""足高气强","见妾而有动色",有脚步举止,有气息和神色,夫人马上就作出了准确的判断:"伐卫也"。经过一夜的枕边风,早朝时管仲立马就知道不伐卫了。为什么呢?管仲说:"君之揖朝也恭,而言也徐,见臣而有惭色,臣是以知之。"君王作揖也恭敬,言辞也轻徐,脸上有惭愧之色。看来管仲和卫姬一样是观察人的高手,通过举止、言辞和神色就能够作出准确的判断。

还是《吕氏春秋》的记载:

人有亡铁者,意其邻之子。视其行步,窃铁也;颜色,窃铁也;言语,窃铁也。动作态度,无为而不窃铁也。扣其谷而得其铁,他日复见其邻人之子,动作、态度,

无似窃铁者也。(《吕氏春秋·去尤》)

这是著名的邻人窃斧的例子。有人丢了斧子,怀疑邻人的儿子偷了斧头,看他走路的样子,脸上的神色,说的话,全像窃斧者。而自己找到斧子后,再看邻人儿子的举止、神色、言语都不像了。这也提示我们:先人是从动作、神色、言语三个方面判断人的。孔子的概括很简洁:

> 子曰:"昔尧取人以状,舜取人以色,禹取人以言,汤取人以声,文王取人以度。"(《大戴礼记·少闲》)

"状""色""言"就是举止、神色和言语,而"声""度"也是包括在这三个方面里的。

> 子路问于孔子曰:"有人于此,夙兴夜寐,耕耘树艺,手足胼胝,以养其亲,然而名不称孝,何也?"孔子曰:"意者身不敬与?辞不顺与?色不悦与?古人有言曰:'人与己与不汝欺。'今尽力养亲而无三者之阙,何谓无孝之名乎!"(《孔子家语·困誓》)

孔子提醒子路,应当从"身""辞""色"三个方面考虑,看看是不是做到了举止恭敬、言辞顺从、神色和悦。

由此可见，古人评判人往往从举止、神色和言语这三个方面来观察。

我们从文献中关于小人的形象描写与分析也能够充分证明这个判断模式：

> 子曰："巧言、令色、足恭，左丘明耻之，丘亦耻之。"（《论语·公冶长》）
>
> 巧言、令色、足恭，一也，皆以无为有者也。（《大戴礼记·文王官人》）
>
> 足恭而口圣而无常位者，君子弗与也。巧言令色，能小行而笃，难于仁矣。（《大戴礼记·曾子立事》）

巧言、令色、足恭，是小人的形象，谓花言巧语、言辞谄媚、举止卑顺，也是"足、色、言"三个方面。汉代典籍对小人也有同样的描写：

> 彭祖为人巧佞卑谄，足恭而心刻深。（《史记·五宗世家》）
>
> 司寇为乱，足恭小谨，巧言令色。（《春秋繁露·五行相胜》）
>
> 中实颇险，外容貌小谨，巧言令色。（《说苑·臣术》）

段玉裁注《说文·骨部》"体"字曰："足之属三：曰股曰胫曰足。"也就是说，"足"可以代指整个腿部，也就可以指行为举止了。所以，在判断人的三个维度时，言辞和神色通常所指明确，而举止则有"身""足""状"等多种用语。成语"巧言令色""卑躬屈膝""趾高气昂""颐指气使""盛气凌人"一般都用其中的两个方面描写小人的特征。

2. 先秦如何评判君子

君子的行为举止往往有规范。

> 曾子有疾，孟敬子问之。曾子言曰："鸟之将死，其鸣也哀，人之将死，其言也善。君子所贵乎道者三：动容貌，斯远暴慢矣；正颜色，斯近信矣；出辞气，斯远鄙倍矣。笾豆之事，则有司存。"（《论语·泰伯》）

> 子夏曰："君子有三变：望之俨然，即之也温，听其言也厉。"（《论语·子张》）

以上两则都明确指出君子的评判标准有三项：色、辞、貌。色就是"正颜色"和"即之也温"的"温"，谓神色端正温和；"辞"就是"出辞气"和"听其言"；"貌"就是"动容貌"和"望之俨然"，这里指的是举止。古人是很讲究举止的。《汉书·霍光传》："光为人沉静详审，长财七尺三寸，白皙，疏眉目，美须髯。每出入下殿门，止进有常处，郎仆射窃识，视之不失尺寸，其资性端正如此。初辅幼主，政自己出，天下想闻其风采。"霍光除了长相俊美之外，"止进有常处""视之不失尺寸"也是其令人钦佩的品行，因为举止有常，是"资性端正"的体现。

如何规范君子的"色、辞、貌"三项？

> 子曰："君子不失足于人，不失色于人，不失口于人，是故君子貌足畏也，色足惮也，言足信也。"（《礼记·表记》）

> 哀公曰："善！敢问何如斯可谓之君子矣？"孔子对曰："所谓君子者，言忠信而心不德，仁义在身而色不伐，思虑明通而辞不争，故犹然如将可及者，君子也。"（《荀子·哀公》）

以上都是从礼仪、仁义、忠信等道德角度考量君子的。

《礼记·大学》说："富润屋，德润身。""德"是抽象的哲学概念，如何规范人的行为？先秦学者制定了一系列的礼仪规范：

> 道德仁义，非礼不成。教训正俗，非礼不备。分争辨讼，非礼不决。君臣上下，父子兄弟，非礼不定。宦学事师，非礼不亲。班朝治军，莅官行法，非礼威严不行。祷祠祭祀，供给鬼神，非礼不诚不庄。是以君子恭敬、撙节、

退让以明礼。鹦鹉能言，不离飞鸟；猩猩能言，不离禽兽。今人而无礼，虽能言，不亦禽兽之心乎？夫唯禽兽无礼，故父子聚麀。是故圣人作，为礼以教人。使人以有礼，知自别于禽兽。（《礼记·曲礼上》）

"道德仁义"，需要用"礼"作为载体，用"礼"加以呈现、加以规范。"是以君子恭敬、撙节、退让以明礼"。"恭敬、撙节、退让"就是君子的言行举止。

礼义之始在于正容体、齐颜色、顺辞令。容体正、颜色齐、辞令顺，而后礼仪备。（《礼记·冠义》）

和颜色、说言语、敬进退，养志之道也。（《吕氏春秋·孝行》）

和颜色、审辞令、疾趋翔，必严肃，此所以尊师也。（《吕氏春秋·尊师》）

以上三字句是对"君子"三个方面的归纳：颜色和悦，辞令和顺，举止恭敬。其中"正容体""敬进退""疾趋翔"都是说的举止行为。

礼恭而后可与言道之方，辞顺而后可与言道之理，色从而后可与言道之致。（《荀子·劝学》）

"礼恭""色从""辞顺"也是从行为、神色、言辞三个方面规范君子的行为,必须恭敬顺从。

"君子"可以从言、色、行三个角度去衡量,如果细致分,还可以有更全面的评判角度:

> 孔子曰:"君子有九思:视思明,听思聪,色思温,貌思恭,言思忠,事思敬,疑思问,忿思难,见得思义。"(《论语·季氏》)

"君子"的定义很多,表述不胜枚举,但多是从一个侧面展示君子的特点。如:

> 博闻强识而让,敦善行而不怠,谓之君子。(《礼记·曲礼上》)
>
> 文胜质则野,质胜文则史,文质彬彬,然后君子。(《论语·雍也》)
>
> 君子之道四,丘未能一焉:所求乎子,以事父,未能也;所求乎臣,以事君,未能也;所求乎弟,以事兄,未能也;所求乎朋友,先施之,未能也。(《礼记·中庸》)

此例虽然四个方面,但也只是君子的人际交往之道。

无论如何,君子的一切言行举止都受礼仪制约,君子是按照礼的规范塑造的人格形象。

> 容貌、态度、进退趋行，由礼则雅，不由礼则夷固僻违、庸众而野。故人无礼则不生，事无礼则不成，国家无礼则不宁。（《荀子·修身》）

所以衡量君子的三项标准与礼仪是密切相关的。

四、君子与礼

1. 礼的本质与作用

关于"礼"的本义，可以从字形分析入手。《说文·示部》："禮，履也，所以事神致福也。从示，从豊。豊亦声。""礼"的本义是祭祀神灵以求取幸福。繁体字"禮"的字形由"示＋豊"构成。

《说文·示部》："示，天垂象，见吉凶。所以示人也。从上，三垂：日、月、星也。观乎天文，以察时变，示神事也。凡示之属皆从示。"段玉裁注："言天县象箸明以示人，圣人因以神道设教。"凡从"示"字多与神灵相关，如神社、福禄、祖宗、祈祷、祭祀，无不从"示"字得义。

《说文·豐部》："豊，行礼之器也。从豆，象形。"李孝定《甲骨文字集释》按："以言事神之事则为禮，以言事神之器则为豊。"

段注:"禮有五经,莫重于祭。"故禮字从示。豐者行禮之器。

其他学者的解释都是言其义理。如《礼记·礼器》:"礼也者,合于天时,设于地才,顺于鬼神,合于人心,理万物者也。"《礼记·乐记》:"礼也者,理之不可易者也。""理者,天地之序也。"

许慎解释"礼"为"履"。《说文·尸部》:"履,足所依也。"段注:"引申之训践。"也就是说"礼"的特征是要践行。故《礼记》多处注疏"礼,体也"。"体"也是实践的意思。《礼记·礼运》:"礼也者,义之实也。"孔疏:"礼者,体也。统之于心,行之合道,谓之礼也。"所以,"礼"的特征是行,是实践。

关于礼的作用。文献中论述甚多:

> 礼有三本:天地者,生之本也;先祖者,类之本也;君师者,治之本也……故礼,上事天,下事地,宗事先祖,而宠君师,是礼之三本也。(《大戴礼记·礼三本》)

因为"礼"本于天地、先祖和君师,所以就用礼来祀奉天地、先祖,尊崇君师。不仅如此,礼还有更广泛的作用:

> 礼之可以为国也久矣,与天地并,君令臣共,父慈子孝,兄爱弟敬,夫和妻柔,姑慈妇听,礼也。(《左传·昭公二十六年》)

以下则是文献中对"礼"之作用的高度概括:

> 礼,经国家,定社稷,序民人,利后嗣者也。(《左传·隐公十一年》)
> 民之所由生,礼为大。(《大戴礼记·哀公问于孔子》)
> 为政先礼。礼者,政之本与!(《大戴礼记·哀公问于孔子》)
> 凡治人之道,莫急于礼。(《礼记·祭统》)

关于礼与仪,古人也有论述。

> 子大叔见赵简子,简子问揖让周旋之礼焉。对曰:"是仪也,非礼也。"简子曰:"敢问何谓礼?"对曰:"吉也闻诸先大夫子产曰:'夫礼,天之经也,地之义也,民之行也。'……"(《左传·昭公二十五年》)

"礼仪"可以浑言不别,泛指抽象的"礼",也可以指具体的"礼"的仪式规范,就是礼仪。故孔颖达疏:"本其心谓之礼。"郑玄《礼记序》说:"礼者,体也,履也。统之于心曰体,践而行之曰履。"

2. 礼以时为大

先秦文献中无不包含着礼,但是集中记载礼的文献公认这三部:《周礼》《仪礼》和《礼记》。

《周礼》是宏观的治国理念。分为《天官冢宰》《地官司徒》《春官宗伯》《夏官司马》《秋官司寇》《冬官考工记》,介绍了国家各项政治制度,包括政府官制、教育制度、祭祀制度、军事制度、刑罚制度、各种工具制作方法等,描绘出古代儒家对理想社会的总构思,可谓中国历史上第一部记载国家政权组织机构及其职能的典籍。

《仪礼》集中论述礼仪制度和执行规范。今本《仪礼》有士冠礼、士昏礼、士相见礼、乡饮酒礼、乡射礼、燕礼、大射礼、聘礼、公食大夫礼、觐礼、丧服、士丧礼、既夕礼、士虞礼、特牲馈食礼、少牢馈食礼、有司,共十七篇。可见礼仪是方方面面,无微不至的。

《礼记》是"礼"的概论,是解释《仪礼》的文章选集和资料汇编。成于众手,作非一时。到西汉前期共有131篇,戴德选编85篇,称为《大戴礼记》;戴圣选编49篇,称为《小戴礼记》,就是《礼记》。邵懿辰《礼经通论》曾对《礼记》内容有如下概括:"冠、昏、丧、祭、射、乡、朝、聘八者,礼之经也。冠以明成人,昏以合男女,丧以仁父子,祭以严鬼神,乡饮以合乡里,燕射以成宾主,聘食以睦邦交,朝觐以辨上下。"

除了了解三部重要的礼学经典著作,我们还要分清礼的内涵与外延,明白礼随时代变化的道理。清代学者焦循《礼记补疏序》说得好:"以余论之,《周礼》《仪礼》,一代之书也;《礼记》,

万世之书也。必先明乎《礼记》，而后可学《周官》《仪礼》。《记》之言曰：'礼以时为大。'此一言也，以蔽千万世制礼之法可矣！"

因为"礼以时为大"，"礼"就会随着时代变化，永远不会过时。所以我们讨论"礼"是具有切实的现实意义的。

君子的居住、饮食、仪表、言行等各个方面，古时都有繁琐的仪节。如：

> 夫昼居于内，问其疾可也；夜居于外，吊之可也。是故君子非有大故，不宿于外；非致齐也、非疾也，不昼夜居于内。（《礼记·檀弓上》）
>
> 君子之居恒当户，寝恒东首。若有疾风迅雷甚雨，则必变，虽夜必兴，衣服冠而坐。（《礼记·玉藻》）

像这些昼夜睡觉与否，睡觉头的朝向等，都是完全需要摒弃的旧规矩，但是其中暗含的按照昼夜变化的自然规律作息的主张还是很有道理的。

> 孔子曰："身有疡则浴，首有创则沐，病则饮酒食肉。毁瘠为病，君子弗为也。毁而死，君子谓之无子。"（《礼记·杂记下》）

孔子认为"毁瘠为病，君子弗为也"，是很通达的观念，而且看到了问题的本质:"毁而死,君子谓之无子。"要知道,儒家认为"不孝有三,无后为大"啊!

3. 君子行礼以率天下

上面已经说明,君子的核心是按照礼的规范塑造的人格形象。不仅如此,君子更是礼的践行者和示范者。

> 君子勤礼。(《左传·成公十三年》)
> 君子动则思礼。(《左传·昭公三十一年》)
> 君子之行也,度于礼。(《左传·哀公十一年》)
> 君子笃于礼而薄于利。(《公羊传·宣公十二年》)
> 是故,君子无物而不在礼矣。(《礼记·仲尼燕居》)

可见君子就是按照礼的要求塑造的,在践行礼的同时,既完成了君子人格,也示范了礼仪规范,发挥了以礼治理天下的目的。人生所经历的冠、婚、丧、祭、乡、射、朝、聘等主要生活仪节,在《仪礼》十七篇所规范的仪则,其执行者主要是君子,其示范者也是君子。这种论述,在诸子中比比皆是。

> 故君子有礼,则外谐而内无怨,故物无不怀仁,鬼神飨德。(《礼记·礼器》)
> 此六君子者,未有不谨于礼者也。以著其义,以考其信,著有过,刑仁讲让,示民有常。(《礼记·礼运》)

故君子尊德性而道问学，致广大而尽精微，极高明而道中庸，温故而知新，敦厚以崇礼。(《礼记·中庸》)

日莫人倦，齐庄正齐而不敢解惰，以成礼节，以正君臣，以亲父子，以和长幼，此众人之所难，而君子行之，故谓之有行；有行之谓有义，有义之谓勇敢。(《礼记·聘义》)

对于君子行礼的示范作用，宋代《苏洵文集·礼论》说得非常清楚："古之圣人将欲以礼治天下之民，故先自治其身，使天下皆信其言，曰：此人也其言如是，是必不可不如是也。"

君子践行礼，示范礼，以礼治理天下。所以，君子与礼是密不可分的。

应当强调的是：君子行礼为其身，是一种自觉的行为，更是一种本能的需求，是心灵的需求。

凡人之为外物动也，不知其为身之礼也。众人之为礼也，以尊他人也，故时劝时衰。君子之为礼，以为其身；以为其身，故神之为上礼；上礼神而众人贰，故不能相应；不能相应，故曰："上礼为之而莫之应。"众人虽贰，圣人之复恭敬尽手足之礼也不衰。(《韩非子·解老》)

"君子之为礼，以为其身"，不是来自外在的，不是强行的规范和约束，内心的需求才是持久的动力。这是很高的境界。与此论述一致的是著名的论断：

> 君子之学也，入乎耳，著乎心，布乎四体，形乎动静。端而言，蠕而动，一可以为法则。小人之学也，入乎耳，出乎口；口耳之间，则四寸耳，曷足以美七尺之躯哉！古之学者为己，今之学者为人。君子之学也，以美其身；小人之学也，以为禽犊。故不问而告谓之傲，问一而告二谓之囋。傲，非也，囋，非也；君子如向矣。（《荀子·劝学》）

"君子之学也，以美其身"，行礼，是内心的召唤；学习，同样是心里的渴求。这是学习的最高境界，当然是需要逐步培养才能接近的。而学习与行礼是相辅相成的两个方面，学习是追求知识与真理，行礼则是去实践和运用：

> 君子如欲化民成俗，其必由学乎！玉不琢，不成器；人不学，不知道。（《礼记·学记》）

还需要指出的是：君子行礼，要有治国平天下的气象。

> 居山以鱼鳖为礼，居泽以鹿豕为礼，君子谓之不知礼。

故必举其定国之数,以为礼之大经,礼之大伦。(《礼记·礼器》)

拘泥于日常生活小节而忘记了君子使命,就不是真正的知礼行礼。

4.君子礼乐不离身

有礼必有乐,故"礼乐"不分。君子行礼,也不能离开乐。

> 君子曰:"礼乐不可斯须去身。"(《礼记·祭义》)
> 君子临政思义,饮食思礼,同宴思乐,在乐思善。(《国语·楚语下》)
> 礼也者,理也;乐也者,节也。君子无理不动,无节不作。不能《诗》,于礼缪;不能乐,于礼素;薄于德,于礼虚。(《礼记·仲尼燕居》)
> 是故古之君子,不必亲相与言也,以礼乐相示而已。(《礼记·仲尼燕居》)

礼乐的作用是传情达意,甚至不必直接交流,有适宜的音乐即可。因此,君子必须善于听音识义:

> 钟声铿,铿以立号,号以立横,横以立武。君子听钟声则思武臣。

石声磬，磬以立辨，辨以致死。君子听磬声，则思死封疆之臣。

丝声哀，哀以立廉，廉以立志。君子听琴瑟之声，则思志义之臣。

竹声滥，滥以立会，会以聚众。君子听竽笙箫管之声，则思畜聚之臣。

鼓鼙之声欢，欢以立动，动以进众。君子听鼓鼙之声，则思将帅之臣。

君子之听音，非听其铿锵而已也，彼亦有所合之也。（《礼记·乐记》）

适宜的符合场景、环境的音乐，能够触动心灵，随乐而动。《史记·乐书》还有类似的描写："君子听钟声则思武臣，听磬声则思封疆之臣，听笙竽箫管之声则思畜聚之臣。"

不使放心邪气得接焉，是先王立乐之方也。是故乐在宗庙之中，君臣上下同听之，则莫不和敬；在族长乡里之中，长幼同听之，则莫不和顺；在闺门之内，父子兄弟同听之，则莫不和亲。故乐者，审一以定和，比物以饰节；节奏合以成文。（《礼记·乐记》）

这是"礼乐"之"乐"的重要性。

礼以时为大，乐也同样，与时变化，因而礼乐具有时代性。《淮南子·氾论》："先王之制，不宜则废之；末世之事，善则著之；是故礼乐未始有常也。故圣人制礼乐而不制于礼乐，治国有常而利民为本；政教有经而令行为上。苟利于民不必法古，苟周于事不必循旧。"不因循，不守旧，是礼乐的特征，也是君子的特征。时代变了，君子的内涵，在某些方面也会有所变化。

"君子"是一个十分深广的哲学命题，为什么在中华土壤上绵延两千载而生生不息？需要挖掘和讨论的问题很多。而我的专业是汉语史，是语言学方面的，说点语词的含义我还可以，讨论君子、礼学等哲学或思想问题，我实在是班门弄斧，诚惶诚恐。不当之处，还望方家教之。

2018 年 7 月于杭州

附记：我通常只会研究语言词汇，其他方面很少涉猎。2014 年，当时的浙江大学党委书记金德水先生约请了他的朋友来，召开了一个小型的"君子文化"座谈会，地点是紫金港校区南华园二楼，一个很雅致的地方。黄华新教授是人文学院院长，他邀请我去参加，我实在不懂，他说都不懂，去凑个数吧！我勉强去了。会上发言，我凭感觉谈了对先秦文献中君子形象的理解，受到与会先生的肯定和赞赏。后来成立了一个君子文化研究会，我参与其中，就想把先秦文献中关于君子的论述梳理一遍。发动我的研究生每人看一二本先秦诸子，把相关论述搜集起来，我当时的博士后王诚老师总领其事。我也想趁机好好看看相关内容。浙江文艺出版社副总编柳明晔女士是我们古籍所毕业的研究生，她听说了，就一定要在那里出版，而且要求我写一个长序。我只好认真对待，这就是我的作业了。《君子文化》一书 2020 年由浙江文艺出版社出版。

中华礼藏家礼类《居家必用事类全集》总论、后记

《居家必用事类全集》总论

我国素享"礼义之邦"的美称，礼文化作为中国传统文化的重要组成部分，中华文明的源头，它孕育出中华民族高尚的道德准则、完整的礼仪规范和优秀的传统美德。

何谓"礼"？《左传·隐公十一年》云："礼，经国家、定社稷、序民人、利后嗣者也。"《论语·季氏》孔子以为："不学礼，无以立。"晏子则曰："人之所以贵于禽兽者，以有礼也。婴闻之，人君无礼，无以临其邦；大夫无礼，官吏不恭；父子无礼，其家必凶；兄弟无礼，不能久同。"（见《晏子春秋·外篇》）由此可见，"礼"即上下有别、尊卑有序之秩序。传统文化中"礼"的内涵极为广泛，既是道德参照、是非准则、教化手段，又关乎政治和人伦。礼贯穿于中华民族的历史，体现了中国传统文化的

核心价值。

于是我们有了进一步的问题：何谓"家礼"？何谓"家训"？"家礼"和"家训"之间有何关系？家训是怎样发展起来的？

"家礼"指家庭内部的礼仪规范与伦理观念。其中礼仪规范主要包括冠、婚、丧、祭等吉凶礼仪，及其他居家杂仪；伦理观念则包括父慈子孝、兄友弟恭、夫义妇顺等伦理：

> 父父、子子、兄兄、弟弟、夫夫、妇妇，而家道正。（《易·家人卦》彖辞）

"家礼"一词，初见于《周礼·春官》"家宗人"职：

> 家宗人掌家祭祀之礼……掌家礼与其衣服、宫室、车旗之禁令。

此处"家礼"中的"家"，特指卿大夫之"家"。周代的社会组织形式是宗法封建制度，血缘关系和政治关系高度同一，大宗以子（嫡长子）继父（也是祖父的嫡长子），继承本家族的爵位、采地；以兄（大宗）统弟（小宗），大宗负有领导和组织本族的重任，小宗则分封别居，开枝散叶；从而尊祖敬宗，本支百世，以守宗祧。既然卿大夫之家实际上是重要的政治统治单位，大宗宗子同时也是封地的统治者，那么他对自己的继承者有所告诫，也是题中之义。例如周公诫伯禽、周公诫成王、周公诫康叔，范武子诫范文子，都是现任家长对本家族大宗继承人立身行政方面的告诫。在性质上，可以算家训的萌芽，特点是：缘事而发，内容简短，政治教导比亲情劝诫更为浓厚，并无成系统的思想理论体系，多为语录体，处于口语向文章的过渡形态。

宗周封建贵族制度在战国时代已经瓦解，秦汉后逐渐消亡，中央政府致力于打散旧式贵族之家，建立以编户齐民小家庭为基本单位的帝国。但是从西汉末年开始，到魏晋南北朝，又逐渐凝聚产生了世代传经而又世代公卿的家族，这些家族的特点在于，他们凭借传承经学起家，逐渐进入枢府，取代汉初以来占据中央政府高层地位的军功集团；加上东汉以来，政府规定，察举孝廉须兼通经术，经明行修才能入仕做官：

> 初令郡国举孝廉……诸生通章句，文吏能笺奏，乃得应选。（《后汉书·顺帝纪》）

这类经学家族的成员于是出仕更加容易，几代都有任二千石以上的高级官员，最典型的例子就是韦贤、韦玄成父子，弘农杨氏（《汉书·韦贤传》："遗子黄金满籯，不如一经。"）。魏晋南北朝继承这一趋势，提倡数代同居不异财的大家族，家族成员内部和有联姻关系的家族之间互相汲引，逐步垄断了政治地位，形成了门阀士族制度，士族除了在政治、军事和经济上的垄断地位之外,还"以家学及礼法等标异于其他诸姓"(陈寅恪:《唐代政治史述论稿》中篇《政治革命及党派分野》)。魏晋南北朝的士族希望门第中人,"一则希望其有孝友的内行,一则希望其有经籍文史之学业。前者表现为家风,后者表现为家学"(钱穆:《国史大纲》)。前述"孝友的内行"需要靠家长对子弟的教诫来培养,也就是"家训":

> 鬓乱凤孤,不尽家训。(《后汉书·文苑传·边让传》)
> 吴时将相名贤之胄,有能纂修家训……不闻于时者,州郡中正亟以名闻,勿有所遗。(《晋书·明帝纪》太宁三年诏)

又称"隆家之训",说明当时人深刻认识到家族势力声望要维持不坠,端赖父兄悉心指导:

> 经国之略既远,隆家之训亦弘。(《文选·陆机〈吊魏武帝文〉》)

还称"家门礼训",揭示了家礼与家训的深刻内在联系:

> (王俭)年始志学,家门礼训皆折衷于公(按指王俭叔父王僧虔)。(《文选·任昉〈王文宪集序〉》)

而"经籍文史之学业"则依凭宗族内部对儒家经典的传习、说解和实践,以南朝最繁盛的礼学为例:

> 五服之本或差,哀敬之制舛杂,国典未一于四海,家法参驳于缙绅。诚宜考详远虑,以定皇代之盛礼也。(《宋书·傅隆传》)

可见,在魏晋南北朝时期的观念中,"家训"和"家礼"皆用于描述士族之家的家长对子弟的教导和家族内部的行为规范,而且二者之间密切关联,门阀士族更企图将家族的学术影响扩大到国家层面。查考《隋书·经籍志》和新旧《唐书》《艺文志》中著录的这一时期的经学著作,读者将会发现这一时期礼学和礼学中关于丧服制度的著作数量极多,而且著名礼家,也往往出身士族。儒家经典中的礼仪规范和伦理观念,依靠士族的传习和实践,进一步固定和明确下来。因此这一时代家训类文献大量涌现,名称繁杂多样,西汉大多称"诫子书",仍不脱因事而发的旧套,主要要求子孙谨慎处世:

> 汉高祖之敕太子,东方朔之戒子,亦顾命之作也。及马援以下,各贻家戒。(《文心雕龙·诏策第十九》)

魏晋则名为"家诫",主要谈论士人之间的交际之道这种更加具体细致的内容。南北朝时名目尤滋，除旧有的"家诫"外，尚有"起居诫""昆弟诰""诫家文""庭诰""家令""教诫""家诲""门律""幼训""家训"等，特点是：主题上不仅限于伦理道德劝诫，从个人到家庭、社会问题皆予网罗，以儒家经典为价值判断准则，注重培养整体的家族道德和家风，坦然地讨论区处家庭财产，个别家训还论及宗教信仰问题，旨在建立理想的个人和家庭行为模式。告诫对象也不限于个别子弟，而泛化为家庭成员整体和未出世的后代子孙。也不再如两汉诫子书一样具体批评子弟之疏失（当然这一内容在南北朝家训文献中并未完全消失），议论范围扩大到古今人物甚至文辞技艺。两汉魏晋大多是单篇文章；南朝也绝大多数沿袭了这一形式[1]，颜延之《庭诰》[2]则是《颜氏家训》问世以前，现存最长的单篇家训，内容和《颜氏家训》多有对应，但不像《家训》一样是多篇合集的形式；北朝则除单篇之外，出现多篇丛集，如刁雍《教诫》二十篇、甄琛《家诲》二十篇，形式上更接近于子书；至颜之推《颜氏家训》二十篇则体裁大备，体系成熟，陈振孙称"古今家训，以此为祖"（陈振孙《直斋书录解题》卷七"颜氏家训七卷"条），洵为的论。

---

[1] 按萧绎《金楼子·戒子》辑录多篇往代家训，似乎形式不同；但它只是辑录前人之文，萧绎本人原创极少，所以性质上和下文提到的北朝的多篇丛集家训有别，不当合论。

[2] 按颜延之《庭诰》全貌至今不存，分见《宋书·颜延之传》，《太平御览》卷四二六、卷五八六、卷六〇八、卷六〇九，《弘明集》卷十三，《北堂书钞》卷一〇九。

后代家训，基本不出颜书藩篱，甚至有人以颜书为蓝本而续作，直名《续家训》。

魏晋时期的门阀士族入唐以后，虽然仍称兴盛，五姓之家地望清华；但唐中叶以后，逐渐衰败。新兴的庶族地主阶层通过科举制度，慢慢占据了政治舞台的中心。唐代和汉代相比，数世同居的大家族也不再是士族的专利，社会中下层也往往见之。"家礼"之"家"，从士族家庭扩大到更广泛的庶民家庭，成为家庭礼仪的规范的通称了；这种规范性文本，被收在两《唐书·艺文志》的史部仪注类，沿袭南北朝时的命名习惯，称"书仪"而不叫"家礼"[①]，"仪"指家庭冠昏丧祭等大事要遵循的仪轨，"书"指这类事务的往来文书须遵用的范本，有固定的格式和用语：

> （卢）弘宣患士庶人家祭无定仪，乃合十二家法，损益其当，次以为书。（《新唐书·卢弘宣传》）

书仪是家礼的衍生物，是士庶之家日常礼仪和人情往来的指导性规范；后代有些名为"书仪"的文献，性质产生了变化，仪轨部分变少而书式部分增多，敦煌文书中比较常见[②]。而《颜氏

[①] 按《隋书·经籍志》和《新唐书·艺文志》，虽然有名字叫"家礼"的文献，但此处之"家"实指东宫，"家礼"指东宫之礼，如徐爱《家仪》、杨炯《家礼》，在当时政府书目中，都和宫中、朝廷之礼排在一起。宋以后目录中，"家礼"才用于泛指家庭礼仪。

[②] 如著名郑余庆的《大唐新定吉凶书仪》、杜友晋《吉凶书仪》《书仪镜》。按本次整理的《居家必用事类全集》中就收录了一套典型的明人常用成熟书仪。

家训》这类文献，《隋书·经籍志》未见，《旧唐书·经籍志》和《新唐书·艺文志》皆收在子部儒家类。

唐末五代，士族门阀荡然扫地，宋代士大夫借鉴周代宗法制度和从《仪礼》中总结出来的四礼体系（冠婚丧祭）来重新组织家族，名称相同而实质相异。司马光的《书仪》《家范》就是这种努力的产物，司马光还在《书仪》中主张儒家文化本位，批评了当时佛教和道教文化对家庭礼仪规范的影响；司马氏本人学问渊深，因此《书仪》基于《仪礼》等先秦礼典的内容而成，对士大夫之外的庶民家庭而言实施难度过高[①]。朱熹《朱子家礼》在司马氏《书仪》基础上进一步改造，仪节朴实，简明可行，其适用对象越出了士人阶层的藩篱，庶民百姓亦包含在内；承古开新，影响深远，可谓宋以来传统家礼的巅峰之作。从元代直到清代，朱子《家礼》衍生出大量注释、改编之作，由附庸俨然蔚为大国，甚至明代礼学研究的主要致力方向就是家礼类文献，以至于将考证作为学术评判标准的清代学者直以为"明人无礼学"。考察宋以后公私书目，家礼一直居于史部仪注类，家训则放在子部儒家类，一直到清代都没有变动。

从上面的发展历程可以看到，家礼、家训类文献和家族的发展彼此纠缠，共同演进：第一，周代宗法贵族湮没于秦汉，两汉

---

① 《朱子语类》卷第八十四《论考礼纲领》："叔器问四先生礼。曰：'二程与横渠，多是古礼。温公则大抵本《仪礼》而参以今之可行者。要之温公较稳，其中与古礼不甚远，是七八分好。若伊川礼，则祭祀可用。婚礼惟温公者好。大抵古礼不可全用，如古服古器，今皆难用。"（义刚）

又形成新的经学世家，发展到魏晋，成为门阀士族，门阀最后的光芒在唐末消散后，宋代又产生了新兴士大夫阶层组织的模仿先秦宗法制的近代宗族。第二，传统的儒家经典文化传递到更普遍的社会阶层，儒家伦理下渗而成为士族之礼仪名教，儒家礼典下渗而成为士族之家族规范，这个过程之间产生了家礼、家法、家训类文献，后两者虽然是家礼文献的衍生物，但随着适用范围的增加和作者思考实践的深入，产生了独立性，也开始体系化，因此家训类文献一般归属于子部杂家类。家训不像家礼一样是依托四礼体系的成体系的规范，而更倾向于一种人伦日用的个人化阐释，但又有着和家礼大致趋同的价值取向。至此我们可以大体了解家礼、家训文献的概念变迁、渊源所自，以及它们与当时家庭制度的互动。

我们选取《颜氏家训》《帝范》《柳氏序训》《家范》《续家训》《家训笔录》《石林家训》《袁氏世范》《陆氏家制》《经钼堂杂志》《放翁家训》《郑氏规范》《居家必用事类全集》这一批北齐到明朝的十三种有代表性的家训类文献进行校点，向读者揭示中国近古社会的家礼及家训文献的前身和成熟面貌。读者可以藉此观察到中国近古社会的家庭和宗族如何组织，如何运作，有哪些日常生活的细节，提倡和遵循什么样的伦理道德，受到什么样的社会新动向的挑战，家族的领导者如何应对。古人在修身和齐家这一层面的困惑和思考，对今人也不无助益。

《居家必用事类全集》后记

早在2012年,我们便开始了《中华礼藏·家训卷》的整理工作。《颜氏家训(外十二种)》《居家必用事类全集》这两部书稿的整理编辑工作由我总负责,友生陆睿博士和金玲博士分期负责。

书稿选目缘由已见本书总论,此不赘述。书目选定之后,截至2014年前多由陆睿统稿,陆睿从硕士起便专攻家礼家训类文献研究,目录和文本收集、版本题解等都由他具体负责,其中文本收集也得到了友生楚艳芳、姚红和许菊芳三位博士的鼎力帮助;在此过程中,四位也就各书的主要版本作了初步的文字校勘。2014年秋至2017年冬,北京大学金玲博士来到古籍所从事博士后研究,这两部书稿的进一步整理完善便是期间与她合作的一个成果。金玲是董洪利先生的高足,博士论文《程瑶田〈仪礼丧服文足征记〉再研究》也已出版;文字校勘、语词释义虽不是她的专项,但专攻礼学研究,熟悉古代礼制文化、术语,这正是整理这两部书稿所需要的,也是我不太擅长的,所以我希望能够与她合作;确定好书稿的校勘工作后,我们便往返讨论,许多标点、校记的初稿都是在她出手后我再略作完善。无论是改标点、核版本,还是写校记、下按语等,她都付出了很多心血;博士生胡彦、刘芳也于2016年在金玲的指导下提供了资料搜集、校记修改等许多帮助。2018年初书稿交付出版社后,金玲、胡彦、刘芳和硕士研究生陆海燕一起参与了部分书稿的审核校阅,胡彦还承担了与出版社协调沟通的任务。所以,整个书稿是一个集体合作的项目。

此外,出版社的责任编辑宋旭华先生及其团队不仅督促书稿早日完成,对书稿的很多细节也都用心斟酌、耐心沟通。

在此谨向书稿的合作整理者、审稿者、编辑等致以衷心的感谢!

众人拾薪,披校删改,八易春秋,实属不易。即便如此,书稿仍然难免纰漏,敬祈广大读者不吝赐教。

2020 年 3 月 19 日

附记:本书作为《中华礼藏·家礼卷》的一种,2020 年由浙江大学出版社出版。

《刘操南全集》序言

整理著名学者的著作,是一个学校悠久历史积淀与学术传承的重要标志,是我们重温历史、开启未来的重要契机,对于学术传承、文脉延续、拓展学科、继往开来,意义重大。浙江大学领导十分重视浙大文脉的传承,很早就责成相关部门设立专项基金。启动《刘操南全集》的事情是在2015年,当时的副校长罗卫东教授分管文科,直接促成了刘操南先生学术著作整理工作。当年的7月4日在位于杭大路上的浙江大学古籍所开会,确定了这项工作,参加者有刘先生的长女刘文漪女士、上海师范大学陈飞教授、华东师范大学的汪晓勤教授以及原杭州师范学院应守岩老师等,出版社原总编袁亚春先生、原副社长黄宝忠先生以及编辑室的同事们都很热心。

浙江大学古籍所(前身是杭州大学古籍所)是1983年成立的。创始之初,我所即为当时全国高校古籍整理研究工作委员会直属的十四个研究所之一。学校从中文系、历史系抽调数位著名学者组成古籍所，姜亮夫、徐规、沈文倬、刘操南等先生就是建所的元老。在2015年前后，经过了三十多年的发展，古籍所已成为海内外有较大影响的古籍与传统文化研究的机构和人才培养基地，我们不能忘记古籍所的前辈们，姜亮夫、沈文倬等先生的著作在家属和地方的支持下都已经出版。因为多种因素的制约，刘操南先生带的研究生较少，他的许多学问如天文、历算等属于真正的"冷门绝学"，研究者甚少，整理起来难度很大，故刘先生著作的出版一事稍稍滞后。现在，有了学校和出版社的支持，我们很高兴。

对整理刘先生文集贡献最大的是陈飞教授。作为刘先生的弟子，他对刘先生的学术研究比较熟悉，更有对老师的一腔真情，因而义不容辞地承担了大部分书稿的整理工作，寒来暑往，全力以赴，不计名利，不惮劳苦，呕心沥血，这种精神是很让人感佩的，我想，刘先生地下有知，也会为有这样的弟子而感到欣慰。

能够让刘先生欣慰的，还有他的儿孙们。刘先生的大女儿刘文漪女士是整个整理工作的直接推动者，整理出版刘先生著作可以说是她最大的心愿。由于家学熏陶和常年坚持，她几乎成了刘先生著作整理的专家了。很多年以前，她就抄录整理刘先生的书稿，并把刘先生手稿中不认识的字拿给我看，让我辨认。退休后，更是把自己的全部精力都用在了对父亲遗著的整理上。有些十分专业的文献，能够整理者甚少，她就各方打听，寻求专家帮助，其执着精神难能可贵。刘先生的儿子刘文涵是浙江工业大学的教授，专业不同，也尽力参与文集的整理工作，拍摄了大量的图片，还撰写了刘先生的年谱，可惜猝然离世，没能看到文集的出版。刘文漪在给我的微信中说："刘文涵的儿子刘昭明现在已是国家'优青'，浙大化学系的'百人'。"刘先生祖孙都是浙大人，子孙又那么孝顺，刘先生应当了却了心愿吧！

我来杭州大学中文系读书是1982年，1985年硕士毕业就分到古籍所工作。很可惜，没有听过刘先生的课，只听说他上课激情澎湃，知道他吟诵古诗有古人之风，而刘先生退休很早，我只有几次接触的机会，现在想来很是遗憾。刘先生是著名的文史学家，在许多领域都有研究，在古代天文历算、古代科技、文史典籍、小说戏曲等领域著述甚丰，在章回小说与诗词书画等方面都有创作。而我涉猎甚窄，只在古代文献语言上有点研究，不知道该如何整理刘先生的文集，记得初期只是把先生的几部书稿如《〈史记〉春秋十二诸侯史事辑证》《古代天文历法释证》《古籍与科学》等内容分给我的硕博士生刘芳、沈莹、马一方、王健等同学，请他们帮助核对引文，校勘误字，作了初步校对工作。办公室陈叶老师、出版社宋旭华编辑都尽力做好协调工作，我要感谢他们。作为古籍所所长，在整理刘先生文集方面，我没有尽到责任，倒是陈飞教授在不停呼吁，不断督促，让我感与惭并。

除了刘先生是古籍所的前辈外，我们与刘先生还有另外一层情谊：刘先生是民盟盟员，他女儿刘文漪在民盟省委会机关工作，罗卫东校长和我也都是民盟成员。我们都应当学习刘先生献身学术事业的精神，把刘先生付出毕生精力撰写的著作整理出版，为我国的古籍整理事业、为传承和弘扬中华优秀传统文化贡献自己的力量。时光很快，从筹划整理出版到现在，已经7年过去了，刘先生的著作已经出版了11部，期待另外的11部不久将问世。

从这件事情我想到，整理已故老先生的著作，包括遗物或档案的整理，是十分紧迫的事情：虽然老先生已经去世多年，但他们的家属还健在，他们的弟子还在工作，如果再过若干年，可能资料散落更多，知情者更少，搜集整理更难。所以建立和完善文科老教授的学术档案是文献传承、文脉延续的重要工作，必须有规划、分步骤进行，时不我待。

我以为，建立和完善文科老教授的学术档案，主要有文献整理与文物搜集两方面工作。文献整理应当依托原有学科和弟子，与出版社联合，整理出版著作，也包括学术年谱和回忆录等；文物搜集应当联系家属，与档案馆联合，上门搜集老先生的珍贵资料，如手稿、书稿、照片等文物，如果有条件，建立音像档案更好，进行妥善搜集、归类与整理保管。有的学者在文献整理和档案搜集方面都较完善，而有的已故学者尚未有资料整理与专门档案。我们应当协助学校档案馆或出版部门做好这项工作。

浙江大学古籍所是一个文史哲并重、以文献立身的研究机构，所以刘先生这样涉猎很广的学者才在古籍所授课和工作。建所初期，我所就先后编辑出版了《文史新探》《古文献研究》等论文集。明年4月18日就是古籍所成立四十周年的纪念日，守正、创新是我们的愿景，一方面，我们要认真总结古籍所的历史和传统，让姜亮夫、沈文倬、刘操南等先生开创的事业继续弘扬，不断发展；另一方面，也要与时俱进，开拓创新，尝试运用新方法、新材料，开辟新的研究领域，把古籍整理与研究事业推向深入，无愧于时代。

2022 年 7 月 13 日于杭州紫金西苑

附记：《刘操南全集》由浙江大学出版社陆续出版。

《中国语言学前沿丛书》总序

《中国语言学前沿丛书》是浙江大学中国语文研究中心近期的重要工作。中心的前身是浙江大学周有光语言文字学研究中心。周有光中心于2015年5月成立,经过六年的建设,基本完成了以"周有光语言文字学"整理与研究为主题的研究使命。为了适应新形势和中长期可持续发展的需要,实现向语言文字学相关领域的拓展和纵深发展的目标,2020年12月,经学校批准,正式更名为"浙江大学中国语文研究中心"。

语言文化是一个国家、一个民族的灵魂。考察中华文明发展与演变的历史,我们会清楚地看到语言文字研究所起到的巨大的、基础性的作用。语言文字不仅仅是交流情感的工具,更是文化传承的载体,是国家繁荣发展的根基,是民族身份的象征和标志。现在是语言文字研究的大好时机,去年召开的全国语言文字工作会议体现了以习近平同志为核心的党中央对语言文字工作的高度重视。我们汉语研究者应该更多地回应社会需求,在语言文字研究和当代文化建设中更加积极有为。

我们中心新的发展目标是：响应国家以语言文字凝聚文化自信、增进民族认同的号召，充分发挥浙江大学语言学研究重镇的影响力，汇聚全国语言研究力量，强化语言文字学全方位的学术研究、交流与合作，着力构建具有中国特色和国际视野的语言学理论体系，打造具有前沿性、权威性、引领性的语言学研究品牌。为此，中心决定启动以"学术传承"为基调的"浙大学派语言学丛书"和以"学术发展"为基调的"中国语言学前沿丛书"两个项目。现在出版的"中国语言学前沿丛书"第一辑，正是"学术发展"这一规划的首批成果。

中国语言学是一门古老的学科。正如马提索夫所说："世界上没有别的语言像汉语研究得这么深，研究的时间那么长。"（J.A. 马提索夫《藏缅语研究对汉语史研究的贡献》）汉字是形音义的结合体，传统的中国语言学根据汉字汉语的特点形成了训诂学、文字学和音韵学三个学科，统称为"小学"。19世纪末20世纪初，西方语言学思想传入中国，与传统语言学发生碰撞，有识之士开始对中国传统语言学进行总结与反思。章太炎先生在《论语言文字之学》中认为以"小学"这一古称应当改为"语言文字之学"："语言文字之学，古称小学。……合此三种乃成语言文字之学。此固非儿童占毕所能尽者，然犹名为小学，则以袭用古称，便于指示。其实当名语言文字之学，方为塙切。"这种观念体现出当时学者对传统语言学现代化的向往，也标志着中国语言学开始走上现代化的道路。

学术历史需要不断梳理与总结。近二三十年来,我国语言学研究又有哪些新的起点、新的成果?《中国语言学前沿丛书》正是基于这样的考虑:展现当代语言学诸领域专家学者的经典论文,让我们重温经典;集中某个领域的进展,让我们深化对学科本质的认识;引入新思想、新观念,甚至新的学科,让我们视野更开阔。我们的做法是:邀请对自己精耕细作的研究领域有独到见解的专家,用他的眼光,去挑选一批本领域、本选题研究具有代表性的学术论文加以汇总。这既是既往研究的回顾总结,也是一个新的研究阶段的开端,正所谓承前启后、继往开来。同时,通过集中呈现前沿成果,使读者了解、掌握该方向研究的最新动态和代表性成果,"辨章学术,考镜源流",得参考借鉴之利。

本丛书编选有三个标准:创新性、前沿性、专题性。这三点同时也是我们编纂这套丛书的目的。

编选之难,首先在于鉴别是否具有创新性。陈寅恪先生在《敦煌劫余录序》中说:"一时代之学术,必有其新材料与新问题。"研究成果必须具备相当的深度和水准,可以代表这一领域的最新进展。学术研究贵在有所创造,周有光先生曾说:"学问有两种,一种是把现在的学问传授给别人,像许多大学教授做的就是贩卖学问;第二种是创造新的学问。现在国际上看重的是创造学问的人,不是贩卖学问的人。贩卖学问是好的,但是不够,国际上评论一个学者,要看他有没有创造。"创造绝非无源之水、向壁虚构。

创造之可贵，正在于它使得人类已有认知的边界再向前拓展了一步。

编选之难，还在于如何鉴别前沿性。前沿代表了先进性，是最新的经典性研究。时至今日，各学科的知识总量呈指数级增长，更兼网络技术飞速发展，人们获取信息的途径日益便利，使人应接不暇。清人袁枚已经感叹说："我所见之书，人亦能见；我所考之典，人亦能考。"如今掌握学术动态的难点主要不在于占有具体的资料，而在于如何穿越海量信息的迷雾、辨别出真正前沿之所在。我们请专业研究者挑选自己本色当行的研究领域的经典性成果，自然可以判断是否具有前沿性。

编选之难，还在于如何把握专题性。当前国内的语言学研究正处在信息爆炸的进程当中。仅举古代汉语的研究为例，近几十年来，无论在材料上还是方法上均取得了长足的发展。从材料来说，其一，各种地下材料如简帛、玺印、碑刻等相继出土和公布，这一批"同时资料"由于未经校刻窜乱，即便只有一些断简残篇，也足以掀开历史文献千年层累的帷幕、使人略窥上古文献的本来面目；其二，许多旧日的"边缘"材料被重新审视，尤其是可以反映古代日常生活的农业、医药、法律、宗教等文献受到了普遍关注，因而研究结论会更接近语言事实；其三，还有学者将目光投向域外，由日本、韩国、越南、印度，乃至近代欧美的文献记载中观察本土，使得汉语史研究不再是一座孤岛，而是与世界各民族的语言密切联系在了一起。从方法和工具上看，其一，由于方法和手段的先进,从田野调查中获得的材料变得丰富和精准,也成为研究汉语的鲜活证据;其二,随着认识的加深,学者对于材料可靠性的甄别日趋严谨,对于语料的辨伪、校勘、考定时代等工作逐渐成为语言研究中的"规范流程";其三,由于计算机的发达,研究者掌握大数据的能力更加强大,接受国际语言学界的新理论更及时、更便捷,交叉融合不同学科的能力也越来越强,借助认知语言学、计算语言学等新兴领域的方法也流行开来。由此,鉴别专题性就变得纷繁复杂了。

曾国藩说得有道理:"用功譬若掘井,与其多掘数井而皆不及泉,何若老守一井,力求及泉,而用之不竭乎?"只有强调专题性,才能够鲜明突出,集中呈现某一专题的最新见解。

创新性、前沿性、专题性,就是我们编纂本丛书的基点。近二三十年来的语言学研究,可以说是观念不断拓展、理论不断创新、内涵与外延不断丰富的历史。这些都是我们能够编纂这套丛书的基础。学术是相通的,凡是希望有所创见的研究者,不但要熟悉过去已有的学问,且对于学界的最新动态也要有足够的敏锐性,要不断地拓展思想的疆界和研究的视野。同时,在日新月异的信息浪潮之中,似乎学术的"前沿"也在一刻不停地向前推进,作为研究者个人,或许更便捷的门径是精读、吃透一些经典的成果,以此作为自身研究的路标和导航。这是我们丛书编纂的目的之一。

本丛书为开放性、连续性丛书,欢迎汉语各领域的当代学者参与编纂。第一辑我们首先邀请中国语文研究中心的专家，他们从各自的研究领域，以独特视角和精心阐释来编辑丛书，每个专题独立成卷。以后会逐步邀请相关领域学者根据各自的研究专长确定专题，分批出版。各卷内容主要分三部分：一为学术性导言，梳理本研究领域的发展历程，聚焦其研究内容与特点，并简要说明选文规则；二为主体部分，选编代表性文章；三为相关主题的论文索引。这最后一部分不是必选项，看实际需求取舍。我们选编的文章尽可能保持原貌，也许与今日的要求不尽相同，但保留原貌更有助于读者了解当时的观点，更加真实地再现作者的研究历程和语言研究的发展轨迹，对于历史文献的存留也有特殊的意义。

这就是浙江大学中国语文研究中心编纂这套《中国语言学前沿丛书》的缘起与思考，希望能够兼具"博学"与"精研"，使读者尽可能把握特定领域、范畴的最新进展，也对学界的热点前沿形成初步印象。

2022 年 7 月 22 日于杭州紫金西苑

附记：本丛书由商务印书馆 2022 年陆续出版。

《浙大文献学研究生教程》总序

何为"文献"?《论语·八佾》:"夏礼吾能言之,杞不足征也;殷礼吾能言之,宋不足征也。文献不足故也。"这是"文献"一词的最早出处。三国魏何晏《论语集解》引郑玄注:"献,犹贤也。我不以礼成之者,以此二国之君,文章、贤才不足故也。"南宋朱熹《论语集注》:"文,典籍也;献,贤也。"按照郑玄和朱熹的说法,文,指有关典章制度的文字资料;献,指熟悉掌故的人。后来"文献"的概念发生了一些变化,从指"典籍和贤才"的并列结构转向偏指"典籍"。宋末元初马端临的《文献通考》,是第一部以"文献"命名的著作,此书中的"文献"指的即是典籍和文字资料。1983年颁布的中国国家标准《文献著录总则》(GB37921-83)把"文献"定义为"记录有知识的一切载体",这是站在当代科学技术发展背景下对传统"文献"概念的延伸,无疑更为全面和概括。

何为"文献学"?文献学是一门探究如何对文献进行整理与

研究的学问，古典文献学的研究对象即是古代典籍。自西汉刘向、刘歆父子领校秘书、整理群籍以来，一直到清代章学诚提出"辨章学术，考镜源流"，中国古代文献学研究的历史源远流长。就狭义的古文献学而言，包括语言文字和文本形态，涉及中国古代语言文字学和古籍版本、目录、校勘、辑佚、辨伪、编纂等方面的学问。这大约是"文献学"本体课程的范畴。广义"文献学"的概念始见于近代，泛指以文献为研究对象的传统学问，经过几代学者的推阐和实践，文献学的内涵和外延得到不断地深化和发展。我们这套教程的文献学概念就属于后者。

虽然古文献学的定义有广狭之分，但其宗旨和目的是明确的，那就是整理和研究中国历代文献典籍、传承和弘扬中华优秀传统文化。可以说，古典文献学是关于古文献阅读、整理、研究和利用的学问。浙江大学古籍研究所承担的正是这样的工作。

浩如烟海的古书典籍是中国古代文化的重要载体，其形式和内容两方面的特点决定了古文献学是个既交叉又综合的学科。就内容而言，分为具体和抽象两个方面，前者包括文献记载的人物、史事、年代、名物、典制、天文、地理、历算、乐律等，涉及自然和社会、时间和空间诸多方面的具体内容；后者主要指文献中的思想观念，需要紧密结合语言文字和具体内容剖析探求。按学术性质来分，古文献学又分考据学和义理学，有关形式方面的文字、音韵、训诂、版本、目录、校勘、辑佚、辨伪诸学及有关内容的考实之学均属考据学；有关思想内容的剖析探求属于义理学。

我们古籍所的文献学诸课程，秉承清代朴学学风，考据为主，兼具义理分析，二者紧密结合。

浙江大学古籍研究所的文献学课程已有近四十年的历史了。我所的前身是杭州大学古籍研究所，1983年经教育部批准成立，是全国高校古委会所属的二十四家古籍整理研究机构之一。首任所长是著名学者姜亮夫先生，由姜先生组建的学术队伍文史哲兼备，设置的课程包含了广义文献学的各个领域。从姜先生主持制定的研究生培养方案（见序后所附）中，可以看出当初的规模和教学的理念。经过四十年的发展，本所现已成为海内外有较大影响的传统文化研究和人才培养基地，所辖中国古典文献学专业分别于1983年和1984年被国务院学位委员会评定为硕士学位授权点和博士学位授权点，1994年被评为浙江省重点学科，2007年被评为国家重点学科。目前，我们的文献学课程也因为研究人员的变动而处于变化之中。

为了适应新时代的要求，进一步加强古籍整理和研究人才的培养，推进研究生教育的改革和创新，同时，也为了使本所教师的教学科研成果为更多人所知、所享、所用，在古籍所成立四十周年之际，我们组织编写了"浙大文献学研究生教程"。这套教程包括：《礼学文献八讲》《出土文献与周礼八讲》《汉文佛教文献八讲》《写本文献八讲》《敦煌经学文献八讲》《敦煌道教文献八讲》《唐代避讳问题八讲》《音韵学八讲》《训诂学八讲》《说文段注八讲》《中古汉译文献语言八讲》《东亚文献学八讲》

《科举八讲》《博物学八讲》，共十四种。这些都是老师们发挥自身研究特长，同时根据课程特点和学生需求，在多年探索、积累的基础上撰写的研究生文献学教材，以学术性为主，兼顾知识性和普及性。因为浙大一学年分为春夏秋冬四个学期，一门课通常开一个学期，每学期八周，故每本教材都是八讲。

这套教材涵盖了本所的主要研究方向，但不能包括所有文献学课程。教程在文献学的基础上，广涉经学、礼学、传统语言学、敦煌学、史学、宗教学等诸多领域。从书名中就可看到，涉及的文献种类丰富多样。从文献的流传来看，既有传世文献，又有出土文献；从文献的版本来看，既有刻本文献，又有写本文献；从文献的存藏来看，既有域内文献，又有域外文献；从文献的内容来看，涵括儒家文献、佛道文献；等等。这套教程在选题设计上点面结合，既有学科通论，也有专题研究；在内容安排上广度和深度相结合，一方面注意知识的覆盖面，对相关学科或专题作体系的介绍，另一方面也体现深浅梯度和进阶层级，重视培养分析问题、解决问题的能力。因为授课者对各自领域有深入的研究，所以这套教程视野广阔，内容前沿，材料新颖，对于文献学及相关专业的青年学子，以及热爱中华典籍和传统文化、有志于学习和研究文献学的广大朋友，是一个很好的读本，相信会有助益。

古籍工作得到党和国家的高度重视。1981年9月，中共中央发出《关于整理我国古籍的指示》，推动我国古籍事业不断向前发展。新时代古籍事业迎来新的发展机遇。2022年4月，中共中央办公厅、国务院办公厅印发《关于推进新时代古籍工作的意见》，全面部署古籍工作，意见指出："做好古籍工作，把祖国宝贵的文化遗产保护好、传承好、发展好，对赓续中华文脉、弘扬民族精神、增强国家文化软实力、建设社会主义文化强国具有重要意义。"在中华优秀传统文化日益融入时代、走进生活的今天，古籍整理与研究事业任重道远，前途无限，我们愿意与学界同道一起携手共进，为赓续中华文脉、弘扬民族精神贡献力量。

2022年12月

附：20世纪80年代姜亮夫先生制定的古典文献学硕士研究生培养方案（专业课和专题报告部分）

专业课：

《尚书》

《诗经》

《左传》

《庄子》

《荀子》

《韩非子》

（以上每种由一人讲授，求会通。此外，下列几种可由学生选读一两种，要求熟练，并自选导师指导：《周易》，《老子》，

《论语》,《墨子·经说》诸篇,《中庸》或《大学》)

（以上诸书除熟读外,并即作为基本技能练习之专书,用三百年来有关学者最佳成就为基本读物,一定要从头到尾读透、点过,并且作出笔记等）

屈原赋

《史记》

《续资治通鉴长编》

文字学（读《说文解字》）以三分之一时间讲甲骨金文

声韵学（读《广韵》）以三分之一时间讲古韵学

训诂学（读《尔雅义疏》）

文献学（参《通志》二十略,廿四史志书）

目录学（参《汉书·艺文志》《隋书·经籍志》《通志·艺文略》《四库全书总目提要》)

版本学

校雠学（参郑樵《通志·校雠略》、章学诚《校雠通义》）

要籍解题及古籍校读

专题报告：

中国文化史

中国思想史

佛典泛论

道教概论

三教斗争史

中国名学和印度因明学

金石学

中国艺术史

中印交通史

中国科技史

天文历算书目提要

史记历书、汉书律历志算释

中国六大古都的结构形势

中国方志学

礼俗与民俗学

文物与文献

档案学

历史统计学

历史研究中的语言学方法

文化人类学

制度与制度史

历代职官小史

中国医学

（以上专题报告，针对学生进一步学习的志愿，来灵活安排。报告时数，按内容需要灵活掌握。）

附记：本套文献学教程由商务印书馆2023年陆续出版。

# 三、应约之序

文言文学习的益友良师
——方青稚《高考古诗文翻译与鉴赏》序

方青稚老师的《高考古诗文翻译与鉴赏》一书已经完成,即将出版,承蒙作者雅意,嘱我写几句话。我是在大学从事古代汉语的教学和研究工作的,对高中语文特别是文言文教学的现状并不熟悉,但对方老师的工作热情、科研劲头和成绩却相当佩服,盛情难却,聊为喤引。

青稚老师自1982年大学毕业后就走上了高中语文的教学岗位,迄今已经有20年了。他向来备课认真,讲求方法,教学生动活泼,曾获得市级"教坛新秀"等多项荣誉称号;他还积极开展科研活动,探索语文教学的方法和规律等,已经出版了《高中文言文词典》等5种著作。这本《高考古诗文翻译与鉴赏》就是作者的又一新成果,可喜可贺。拜读之后,我想就我所熟悉的古文翻译部分谈点想法。

古文的学习不是一件容易事,许多词语篇章我们很陌生;即便是我们耳熟能详的古诗文，也未必有准确的理解。我举两个例子。

《孔雀东南飞》："生人作死别，恨恨那可论！"

人民教育出版社高中语文教材第一册收录此文，注"恨恨"句为："心里的愤恨哪里说得尽呢？恨恨，愤恨到极点。"

孤立地看这一例"恨恨"，课本的注释好像合情合理，但是看看其他例子，就说不通了。"恨恨"是汉魏六朝时期经常出现的词语，含义与现代汉语不一样。比如：

东汉秦嘉《重报妻书》："车还空反，甚失所望，兼叙远别，恨恨之情，顾有怅然。"

三国魏王修《诫子书》："自汝行之后，恨恨不乐。何者？我实老矣，所恃汝等也。"

西晋陆云《与杨彦明书》："彦先来，相欣喜，便复分别，恨恨不可言。"

这几个例子中的"恨恨"都是惆怅、伤感或遗憾义，常用于和亲友离别的场合，"恨恨那可论"也用于离别之际，言心中的伤感哪里说得出来呢？"恨恨"形容难以言表的怅惘之情，与"愤恨"无涉，教材是按照现代汉语来解释了。

王羲之《兰亭集序》："永和九年，岁在癸丑，暮春之初，会于会稽山阴之兰亭，修禊事也。"

这是著名的篇章，可以说脍炙人口。其中"修禊事也"该怎样解释呢？人民教育出版社高中语文教材第一册收录此文，其注释是："（为了做）修禊这件事。"并进一步解释说："修禊，古代的一种风俗，到水边洗濯、嬉游，并举行祈福消灾的仪式。禊，一种祭礼。"

这里把"修禊事也"读作"修禊/事/也"。其实，这不但是教材的看法，也是普遍常见的理解。"修禊事也"的音节切分应当是"修/禊事/也"，当以"禊事"连言。我们看魏晋以来古人对这句话的用法和理解。

《全唐文》卷九百四十四载真圣《生辰贺词》："禊事时修，庆长安之佳丽；极枢电绕，宜上圣之笃生。"

《全唐诗补编·全唐诗补逸》卷十三《省题诗·上巳日曲江锡宴群臣》："禊事辉朝曲，欢声彻帝门。常陪观者列，低首望余暄。"

唐高彦休《唐阙史》卷下："左辖始舍辔居首筵，则为川尹邀去，乃大合乐于旧相之座，而诸朝容已携酒馔出城者，散于田野，选胜聚饮，歌乐四起，飘飘然若澧州上巳、会稽禊事也。无贵无贱，及暮醉归。"

宋张孝祥《拾翠羽》词："禊事才过，相次禁烟追逐。"

宋洪迈《容斋随笔》卷一有"裴晋公禊事"一则，描绘曲江宴饮群臣的场面。

元王恽《清明日锦堤行乐》："浪说兰亭禊事修，年年春好锦堤游。"

例多，不一一称引。古人的例证充分说明，应当"禊事"连言。"禊事"是古代的一种风俗，谓上巳日到水边洗濯，嬉游，并举行祈福消灾的仪式。"禊"是祭祀名称，古人祓除不祥之祭。"修"则为动词，从事、进行或举办的意思。《国语·晋语五》："晋为盟主，而不修天罚，将惧及焉。"韦昭注："修，行也。"宋吴曾《能改斋漫录》卷十三："时薛适以汾州司户，为京西漕司帐官，往修谒，典宾请致参。""修禊事"是动宾结构。

"修禊事也"出自名篇《兰亭集序》，流传甚广，王羲之以后的古人能够理解"修"是做，即从事某种活动的意思，所以以"禊事"连言；现代人不明白，则往往以"修禊"连言。我们举几个现代人理解不够确切的例子：

冰心《寄小读者》二三："三月三日是古人修禊节，也便是我们绝好的野餐时期。流觞曲水，不但仿古人余韵，而且有趣。""修禊节"这一说法有些含混和不够准确，古人有"禊节"，即"上巳节"，而不应叫作"修禊节"。

《汉语大词典》"禊川"条的解释是："古人修禊事活动所滨临的水流。""禊除"条的解释是："修禊事以除不祥。""禊堂"条的解释是："修禊事之堂。"凡此，都有些含混，不知道它们究竟是读作"修/禊事"还是读作"修禊/事"？

不仅如此，《汉语大词典》以"修禊"为词条，引《兰亭集序》为例；又以"禊事"为词条，仍以《兰亭集序》为例，显然对同一句话有不同的切分理解。在"修禊"条下引宋张耒《和周廉彦》诗为例："修禊洛滨期一醉，天津春浪绿浮堤。"其实，这里的

"修禊"谓行禊事,是动宾结构,不能作为"修禊事也"以"修禊"连读的证据。

由此可见,对"修禊事"音节切分不当的不独是教材,而是沿袭已久的事情了,需要加以澄清。

可见,阅读和理解古文,需要一定的古汉语知识,不能想当然。青稚老师这本《高考古诗文翻译与鉴赏》就是结合高考,告诉我们该怎样阅读和理解古代诗文。

我觉得本书有这样几个特点:

一是内容丰富,论述全面。本书包括常识储备、考点解读、分类阅读、比较阅读等四章,每章又分为若干节,像第一章下面分列六节,节下又有小节,举凡考生可能会遇到的有关问题,林林总总,网罗殆尽,介绍得全面而系统,相信对考生会有较大的帮助。

二是理论结合实际,学以致用。这几年高考语文试卷的文言文考题都来自课外,但许多知识和词语都在课内学过。本书从高考的实际出发,在论述翻译技巧、方法时,经常举往年高考文言文试题的实例,结合高中语文教材进行分析,有很强的针对性。

比如,第一章第四节"复习方法"的第5小点说到"迁移课内知识",举了一例:

> 秦始皇帝游会稽,渡浙江,梁与籍俱观,籍曰:"彼可取而代也。"梁掩其口,曰:"毋妄言,族矣。"(《史

记·项羽本纪》)

作者指出:"其中结句'族矣'的'族'字为此段翻译的重点,也是难点。我们可联系高中课文《阿房宫赋》中'族秦者秦也,非天下也'一句,此句的'族'为'使……灭族'之意,与这里的'族'字意思相通。"很自然地把课外考题和课内学过的知识贯通起来了。

再如第二章介绍重点虚词、重点实词、固定句式、特殊句式和词类活用,都列举高中语文教材的实例,中学生朋友可以在回忆、归纳平时学过的文言文知识的基础上进行高考复习,有触类旁通、举一反三的功效。相信同学们读了这样的书,会在轻松的氛围中领悟到古文翻译的真谛。

三是重点突出,详略有当。本书着重介绍了在学习、解答文言文习题时应该掌握的知识,包括文言词和古代文化常识,并列举大量实例,归纳容易产生的错误,从正反两方面探讨正确翻译的方法,总结产生错误的原因,这就可以使同学们不仅知其然,而且知其所以然,学得进,记得牢。

如作者举2001年高考第14题,"下列各个句子在文中的意思,不正确的一项是":

B. 恐他将之来,即墨残矣——只怕他带领军队到来,即墨就不能保全了。(其他三项略)作者指出:"这里B项的错误同2000年的第14题B项的错误同出一辙,出题者利用'他将'容易理解为'他率领军队'进行干扰。联系上下文,'他将'应理解为'别的将领''其他的将领',故此题亦选 B。"

联系《史记·项羽本纪》"备他将之出入与非常也"一句,"他将"也是"别的将领"的意思,可证作者所说甚确。

语文的学习本来就有很多方式,并没有一定之规。课堂学习固然重要,课后的大量阅读,多作练习同样也是很好的训练方法。尤其是文言文这种古代的语言,现代人缺乏语感,学习的难度也不小,特别需要深入浅出的引导。在这方面,方青稚老师这本《高考古诗文翻译与鉴赏》是一本可以信赖的好书,我郑重地向中学生尤其高中生朋友们推荐。

2003 年元月 21 日于杭州

附记:方青稚《高考古诗文翻译与鉴赏》,后以《高考古诗文应试手册》为名,2003 年由汉语大词典出版社出版。

葛佳才《东汉副词系统初探》序

葛佳才的博士论文《东汉副词系统初探》即将出版，我为他感到高兴。佳才要我在书前面写几句话，这也是人之常情。重读佳才的论文，不禁又回到了和他朝夕相处的日子……

葛佳才是2000年暑假从四川大学毕业考入我校就读博士研究生的，由方一新和我共同指导。刚见面的时候，只见他身材瘦削，戴着眼镜，说话腼腆，一副文弱书生的样子，后来的学习也愈发显示了江南才子的特色。佳才原是俞理明先生的高足，从事汉语史研究多年，喜欢从系统的角度探讨汉语词类的发展，所以到我办公室谈起论文常说的一句话是"我的词汇系统……"。一年后，要确定博士论文题目了，佳才决定要做东汉副词研究。副词是介于实词、虚词之间的一类词，在汉语词汇中，数量大，变化多，几乎都是从实词发展而来的。如何从系统的角度来看副词，的确是值得探讨的问题。我了解并支持佳才的想法，希望他能以此作为突破口，通过副词探讨汉语的词汇系统。

佳才的确才思敏捷，写文动辄洋洋洒洒。2003年3、4月间，正是"萨斯"在粤、京等地横行的日子，佳才交来了厚厚的一摞初稿。看过后，我提出了修改意见，佳才忍痛割爱去改。几经反复，就成了现在这个样子。我觉得，佳才的论文有这样几个特点：

在指导思想上，牢牢地把握住了"词汇是一个系统"的理念。作者指出："我们在一个个地考释词语、了解各个时期词汇面貌的同时，也需要在系统观的指导下，积极探索某些词群（或语义场）的历史变化，并有意识地寻找词汇发展的特点、规律和机制。"（6页）本书在概述了东汉副词面貌的基础上，选取9组典型副词作为主要研究对象，详细描写、条分缕析了它们的发展变化，互相之间的联系、互动，使读者对东汉副词特别是一些常用副词、用于否定词前的极量副词、疑问句中的语气副词三类词的概貌、发展演变的轨迹和规律有比较深入的了解，可以说是在副词系统研究方面的一次成功尝试。

在研究方法上，从语义、功能的相关性出发，经过系联，选择9组副词作为研究对象。我曾经在评江蓝生、曹广顺两位先生的《唐五代语言词典》的文章中说："（汉语词汇史研究）不能只对词语作单个的、零散的分析，而要把同类型词语集中起来进行考察，从而发现其间秩然有序的条贯，或者说是构词规律。"佳才比我高明，他把这一想法付诸实践。佳才认为，这也就是他这篇博士论文对东汉副词加以系统研究的基本思路和具体方法。论文采用了"异中求同"的比较、综合的研究方法。表现为：

①不同组群的构成,以其在东汉共时平面中意义、用法的相同为纽带,并从历时的角度探溯其个体成员的意义和用法,把共时描写和历时考察结合起来;②组群中的个体尽管在来源和功能、使用频率、位序和搭配对象等方面存在差异,但在虚化起点和演变过程、引申方式和虚化机制上表现出一致性,需要采用比较加综合的研究方法;③在上述研究的基础上,尝试着对一些词和义的异同、变化加以解释,注意描写和解释的结合。

佳才这篇论文,勾勒了东汉副词的基本面貌,重点描写了9组副词的发展演变,取得了一定的成绩。表现为以下几点:

一是描述了东汉副词的基本情况,勾勒了从先秦以来的发展概貌。作者以《论衡》《风俗通义》和汉译佛经为基本语料,考察东汉单音副词421个,副词义798项;双音副词986个,副词义1400项;三、四音节副词61个。并以图表的形式说明在这些副词中,旧词和新词、旧义和新义的比例,直观地介绍了东汉副词的新发展。作者认为:东汉是汉语副词发展的重要时期,单音节副词出现了较多的新词新义,副词复音化已处于迅速发展的前期,复音副词不但初步形成了系统,构词方式也有了长足的进步,在很大程度上确立了汉语副词发展的主要方式和总体走向。(38页)

二是抉发了一批新生副词,考察了它们的虚化过程。东汉是汉语词汇发生剧烈变化的时期,汉译佛经的产生、道教的兴起和道教文献的传播、汉乐府的产生,都为词汇的发展注入了新的活力。例如，二三，本盖为实指二次三次，后语义虚化，泛指多次，就产生了屡次、再三义，演变为副词。"二三"的这一用法已见于东汉张仲景的《伤寒论》："其人不呕，清便欲自可，一日二三度发。"（卷二）（19页）

作者也常常考察副词由实而虚的过程。如："伤"由其本义创伤引申为程度副词太、过于，中间经过了动词嫌、失于的阶段，《潜夫论·忠贵》："婴儿常病，伤饱也；贵臣常祸，伤宠也。""伤"都是嫌、失于义，动词。有人把它们解释为副词，不确。（20页）

在对所掌握的语料作深入研究的基础上，作者敢于提出自己不同于前人的观点，修正了前人时贤的一些结论。如，关于三音节的复合词，潘允中、史存直两位先生认为系近代以后才大量出现；徐浩认为到宋代仍未产生纯语法的三音节复合词。作者经过统计，发现在东汉复音副词中，三、四音节的有61个，其构成形式有二加一、一加二、三字分、嵌入等方式。（37—38页）

三是把语义、功能相关的副词系联在一起，一组一组地进行比较研究，正其渊源，明其流变。这是比较突出的优点，即通过"整体观照"的方法，理清以往研究中的分歧之处，提出自己的意见。例如，东汉译经中，"适"可放在否定词前面，构成"适无"一词。有学者认为"适无"表示均无、都无，"适"用法略等于否定词前面的"了"；也有学者认为"适无"的"适"是应当义。作者认为，东汉以来，在否定词前面表示彻底否定语气的副词不少，已经构成了一个系统。把"适"放进这一系统中考察就可以发现，

"适"与系统中其他成员一样,是在否定词前强调彻底否定的语气副词。(136页)这一观点给人耳目一新的感觉,很有说服力。

总之,本文改变了以往对副词等虚词的零散的、个别的研究,尝试把它们纳入整个词汇(副词)系统中加以观照,因而其研究视野较宽阔,分析考虑的角度也相对周全,研究结论显得平允、全面,有不少地方补正、充实了以往的研究,为汉语副词研究作出了贡献。

当然,论文在语料运用、副词选择以及具体的考证溯源方面,都还有可议之处;行文也略显拖沓,有些考证也未必需要,凡此都是本书可以改进的地方。但从总体上看,作者扎实的考据功夫和系统的理论素养使本书成为一部有分量的汉语历史词汇的研究专著。我为佳才的进步感到由衷高兴,也期待他有更多的高水平成果问世。

2005 年 4 月 16 日

附记:本书由岳麓书社于 2005 年出版。

丁喜霞《中古常用并列双音词的成词和演变研究》序

在十多年前的一次学术会议上,我第一次见到丁喜霞,她是洛阳师专(现为洛阳师院)的讲师,是可以切磋的同道;五年前,她作为副教授,要考我的博士生,经过考试,她如愿以偿,可我却觉得有点茫然:与实际年龄相比,我觉得自己不如她老成;从学问研究的角度讲,我的理论水平还不如她。所以我与她约定:在同学面前必须称我为"老师",不能老三老四。三年的时光很快过去,一切都比较和谐,她的行动证明我的担心是不必要的。喜霞很勤奋,很执着,一旦认准了一个观点,她会既快又很全面地进行考辨,不长时间就拿出一篇头头是道的论文给我看。我提出的意见她都认真思考,比我想象的要谦虚得多,要用功得多,因此她也成为其他博士生的榜样,大家称她"丁师姐""丁老师",我也常常这样称呼她。所以喜霞与我是介于朋友和师生之间的关系。

喜霞在读书期间还担任洛阳师院的科研处领导，工作、学习、家庭三副担子都挑得好好的，我很佩服。毕业一年了，喜霞的博士论文也即将出版了，我为她高兴。重新翻阅她的博士论文，想起了我们一道切磋的时光，值得回味。

喜霞《中古常用并列双音词的成词和演变研究》这本书，我以为有如下几个突出的优点：

一是选题和研究角度独具特色。常用词演变的研究是汉语词汇史的核心问题，但是，从目前见到的常用词研究来看，大多集中于单音常用词范畴。中古时期正是汉语词汇复音化的重要阶段，而在汉语词汇双音化过程中，并列双音词占绝大多数，因而本文选取的是中古时期常用的并列式双音词为研究对象，突破了以往常用词演变研究以单音词的历时更替为研究对象的局限，颇具眼光。

二是学风较为严谨，材料丰富翔实。喜霞的书稿实事求是，每一说法大抵有根有据，不为空泛之论，体现了作者具有扎实的传统语言学功底，以及较强的驾驭历史语料的能力和分析研究能力，比如对于"桥梁"称呼演变的研究就很有深度。

三是研究方法比较科学。本书能将丰赡的例证与细密的分析相结合，微观的个案分析和宏观的理论概括相结合，断代研究与历时考察相结合，既有考证的功夫，又有细致的描写和合理的解释，因而结论较为可信。本书还运用"定量分析""分类构组""动态描写""文化互证"等具体方法，在个案研究之后，能从理论的高度总结出常用并列双音词成词和演变的若干普遍规律，这是难能可贵的。

四是成功地将传统训诂学的方法与现代语言学理论结合起来进行汉语"史"的研究。这是本书最出彩的地方。作者既能比较自如地引入现代语言学理论，又相当娴熟地运用传统训诂学词语考释的方法，从探索词汇系统演变的角度，阐明了一批现代汉语常用的并列双音词的成词和演变过程，纠正了不少错误或不确的成说。

当然，本书也有值得改进的地方，比如有的征引过长，有的分析重复，个别说法还可以斟酌。

我期待着看到喜霞更多的新成果。我相信凭着喜霞的勤奋、执着和聪明，一定会有更为出色的著作问世。

是为序。

2006年6月30日于浙大西溪校区

附记：丁喜霞《中古常用并列双音词的成词和演变研究》，语文出版社2006年8月出版。

胡百熙《558汉语检索法字典》序言

汉字是世界文字中唯一一种延续至今从未间断的文字，汉字体系的形成和发展已有长达大约四千年的历史。汉字属于表意文字系统，在检索方面不如拼音文字便利，故方便检索是极具意义的要务，可以保证使用者的思想交流畅通无阻。早在两千年前的先人就致力于汉字的编排顺序，《四库全书总目·经部·小学类一》中说："惟以《尔雅》以下编为训诂；《说文》以下编为字书；《广韵》以下编为韵书。庶体例谨严，不失古义。"训诂书、字书、韵书尽管内容侧重点不同，但都涉及字、词的排列和检索，都可视为古代广义的字典。后世的字典也大致沿着《尔雅》《说文》《广韵》所代表的三种方向发展下来，逐渐形成三种流派。

历史上汉字的检索经历了多种编排检索顺序，但多互有利弊：如果不了解词义，以《尔雅》为首的按意义编排系统就无法利用；如果不知道部首偏旁，以《说文》为首的按部首编排系统就无法检索；如果不知道读音，以《广韵》为首的按韵部编排系统就没有用处；不经过专门训练，以1925年王云五创制"四角号码"为首的按字形特征的代码编排系统就毫无办法；没学过注音符号，以1937年黎锦熙主编的《国语辞典》为首的按注音符号编排系统就完全过时；不知道读音和现代汉语拼音，以《现代汉语词典》为首的按汉语拼音编排系统也不会得心应手；笔画检字法是根据汉字笔画多少编排的，在许多词典中都作为辅助检索法，但是没有掌握汉字书写规则的人也有一定麻烦。随着时间的推移，以上检字法都在逐步完善。20世纪80年代，汉字排检法研究与电子计算机技术相结合，已研制出各种汉字信息处理方法及汉字编码技术。

总的说来，汉字检索法已有数百种，但多数因使用不便而被淘汰；即使较为通用的几种也优劣并存，只能部分满足人们的需要，尤其是那些对汉语十分陌生的外国人，他们对汉字的意义、读音、书写都缺乏了解，检索汉字是颇有难度的。所以更为适宜的汉字检索方法还是亟需探索新路的，正如胡适所说："中国字的整理是一件最难的事，然而这件事业却又是不可不做的事。"（胡适《四角号码检字法序言》语）

胡百熙博士就是这样一位敢于做这种难事的人，他经过多年努力，创建了一种专门针对外国人学习汉语的简易的检字方法——"558汉语检索法"，让那些不认识汉字偏旁，不知道读音，不明白汉字意义的外国人也能够容易地翻检汉字。给外国朋友使用，音序法、意序法就不方便了，形序法也必须简明易懂，让未经过专门训练的人也容易掌握,这个工作难度相当大。胡百熙博士做到了:他从全新的角度审视汉字,摒弃传统的汉字偏旁部首观念,把汉字以全新的面貌呈现给初学汉语的外国人:即单纯地从字面入手,用笔画的交叉和方框的有无来判断汉字的归类,视觉为主,不用任何的附加知识背景。方法的精简还可以从笔画顺序看出:只用一句顺口溜"三十六小犬同入四川",就介绍了汉字的书写顺序,用思精密而又简单之极,让人佩服。

我与胡百熙先生相识仅一年多,但是胡先生的为人与风度却给我留下很深印象。那是2010年春天,应浙江大学原党委书记张浚生先生之邀,胡百熙先生来浙大讲学,我受命接待胡先生。交谈不久,热爱传统文化的胡先生就爽快提出,要捐资一百万元人民币,用于资助人文学院古典文献专业,奖励从事语言学研究的研究生,由此设立了"浙江大学人文学院胡百熙奖助学金",用于资助古典文献专业本科生、奖励在汉语言文字学和语言学及应用语言学专业学习的优秀研究生。胡百熙博士应邀在人文学院作了两场讲演:《论中国共产党的执政体系》《六度语音与粤语学习》。他把共产党的执政体制与西方的议会制度进行比较,认为在中国现有的政治体制是完全符合国情和历史要求的,其独特的视角、鲜明的观点给人很多启迪。关于"六度语音"理论,是胡先生的创造,他认为音符乐理是世界相通的,而语言的发音声调也必定有共通之处,他把世界各种语音声调归为六个层级,称之为"六度语音",认为任何语音都在此六度空间之内。胡先生和蔼亲切，谈吐儒雅，既有律师的敏锐和锋芒，又有学者的深邃与渊博，很受师生欢迎。

之后胡百熙先生又数次应邀来校讲学和交流，我也逐步了解了胡先生：他是香港久负盛名的律师，热爱中华传统文化，具有强烈的使命意识和社会责任感，一向热心祖国和东亚地区的文化建设；他还是原澳门东亚大学（现改名为澳门大学）的创办人之一，现在位于凼仔的澳门大学校徽上题写的校训"仁义礼知信"正是胡先生首先提出来的；他家学渊源，其祖父胡翼南先生即对传统经典有深入研究，六卷本的《胡翼南全集》显示了深厚的国学功底；胡先生对佛教也素有研究，出版了富有哲理的佛学著作。更妙的是他会把儒家学说及佛家的主张融入生活和事业，记得在马来西亚胡先生的家中，刚一落座，胡先生就拿出打印好的《孟子》中的段落与我们讨论，并以此解释金融现象，难怪胡先生的理财之道也是十分了得，律师事业和其他各种产业也都做得有声有色，十分成功。胡先生不光兴趣广泛，思维敏捷，身体也保养得非常好，他个子很高，腰板笔挺，从外表根本看不出已是七旬过半的老者。这一切，都让我对胡先生深感佩服。

胡百熙先生虽然不以语言学研究为职业，但却对祖国语言一往情深，倾注心血去研究，取得了丰硕的成果，这让我这个搞语言的人自叹弗如。胡先生《558汉语检索法字典》再版在即，命我写一篇序，谨遵嘱草就此文，表达我对他的敬意，并祝愿胡百熙先生在语言研究和传播中华文化事业等领域取得更多更好的成绩。

2011 年 10 月 28 日

附记：此书最终书名为《558 易用汉英词典》，由浙江大学出版社于 2014 年出版。

郭作飞《近代汉语词汇语法论稿》序

　　阅读郭作飞副教授的《近代汉语词汇语法论稿》一书，很高兴，也有好多感慨。我是2007年夏天认识郭作飞的，他来浙江大学作博士后研究，是在西溪校区见面的。初次见面，只觉得他质朴，实在。渐渐的，交往越多，印象越深。作飞有两个突出特点：一是勤奋，二是真诚，这在他与我交往的那段时间里是这样，在他的书稿中依然能够看到这两个特点。

　　作飞很勤奋。他作博士后，还要兼顾所在三峡学院的教学工作，而且还担任了无法推辞的行政工作，可是依然在工作之余完成了《专书语言研究索引》一书，这是需要广泛阅读和日积月累的事情，不是随便抄抄可以凑合的；同时还高质量地完成了博士后出站报告。作飞很真诚，他对学问真诚，对他人也真诚，他在博士后期间，与我的其他研究生都保持了密切联系，谁有事都可以找"郭师兄"，无论是在杭州还是远在四川，一个电话，他可以帮助你查阅资料，发到你的手机上。我的书稿《中古汉语词汇史》

那时正在最后合成阶段,作飞从头到尾看了一遍,帮助我查阅、核实和补充相关内容,尽心尽力,这是我永远感激的。作飞的勤奋与真诚是密切相连的,因为执着于学术,他必须勤奋;因为热心助人,他也必须勤奋,否则是没有时间干那些事情的。所以作飞是我印象很深的一位博士后。

文如其人。作飞博士后出站已经三年了,现在来读他的书稿,这个印象进一步加深。他写论文,必定依据自己查阅统计的资料和数据,而不是转引他人或泛泛而谈。比如《说"万福"》一文,他统计了十几部近代汉语文献,找出其中"万福"的各种用法,从而清晰呈现了"万福"一词的演变过程,揭示出"万福"一语的使用对象由男女共用到作为女子专用问候语的过程,其结论令人信服。阅读作飞的《近代汉语词汇语法论稿》一书,还有一个十分深刻的感觉:本书视野开阔,涉及广博。比如《中国古代哲学视野中的语言学思考》一文关于语言学名实关系的探讨,既有当代的认知语言学理论,又有一系列孔子、老子、荀子等先秦诸子的相关论述,两相对比,可以看出汉语传统的认知理论是相当深刻和明晰的。这是很契合我意的做法。在当今特别强调与国际接轨的同时,希望不要忘了与传统接轨;没有传统,实际上就没有科学意义上的现代。《中古近代汉语专书词汇研究的历史回望》和《中古近代汉语专书词汇研究的总结与思考》是相关联的两篇关于近百年来中古近代汉语专书词汇研究的综述性文章,搜罗资料之细密,分析问题之翔实,都是令人钦佩的。总的说来,作飞的研究扎实、质朴，在这些论文中都可以看出他的性格特点。

接到作飞的邮件，我欣然答应作序。希望作飞继续努力，我愿意与他共勉。

2012 年 2 月 15 日

附记：本书由中国社会科学出版社于 2012 年出版。近日作飞来电话，告诉我两件值得高兴的事情：一是他的儿子考上了四川的高校。这是很不容易的。他在孩子高考前的一年里，租个小房子住到离孩子学校近的地方，为了省出孩子读书的时间，而且他天天陪读，这种精神是中国式家长的典范，也可以说是常态。我想这也可以看出他的真诚。作飞还增加了一项重担：担任三峡学院的副校长。我知道他担任文学院院长已经好多年了，为学科忙碌，为检查汇报忙碌，如果来电话，通常说的都是工作上的事情，可见他十分投入。作飞的长处就是他的真诚和勤奋，这两点也可以保证作飞会有一个光明的未来。

2021 年 9 月 1 日

《浙江大学图书馆藏国家珍贵古籍名录图录》序

在世界文明古国中,我国是唯一文字没有中断的国度,其中古籍的传承、延续发挥了巨大的作用。华夏民族悠久的历史和灿烂的文明,绝大部分也都因为文献典籍的流传而传承下来。在古代,尤其在唐宋以前,由于受到书写工具、书写载体等客观条件的限制以及兵燹灾难的戕害,相当多的文献典籍陆续亡佚,能够保存至今的文献,尤其是稀见珍本,就显得极其珍贵了。

中国历史上有一道独特的风景,就是在神州大地上,古色古香的建筑往往是藏书楼,有知识的文人往往是藏书家。中国古籍的珍藏、传承,离不开藏书家和藏书楼。最早记载古人藏书的大概是《庄子·天道》:"孔子西藏书于周室。子路谋曰:'由闻周之征藏史有老聃者,免而归居,夫子欲藏书,则试往因焉。'"可见藏书的传统源远流长。而太平盛世藏书之风尤甚,据《新唐书·艺文志一》载:"藏书之盛,莫盛于开元。"有许多古代诗文描写访书的辛苦、抄书的痴情和藏书的乐趣,可以概见藏书家的风貌。晚清藏书家叶昌炽在《缘督庐日记》曾流露不能找回散佚古书的遗憾："张暗如来，携赠《鸣沙山石室秘录》一册，即敦煌之千佛山莫高窟也。唐宋之间所藏经籍碑版、释典文字，无所不有。其精者大半为法人伯希和所得，……而竟不能罄其宝藏，辎轩奉使之为何！愧疚不暇，而敢责人哉！"这是"辎轩使者"搜罗古籍珍本的国家使命！至于藏书的历史和地域特点等，《中国私家藏书史》《中国藏书通史》《江浙藏书家史略》等都有详细介绍，这里就不赘言了。

藏书的目的是什么？明代李贽曾说："藏书者何，言此书但可自怡，不可示人，故名曰藏书也。"（李贽《藏书·世纪列传总目前论》）"自怡"也许是藏书者的本意。更高的境界是什么？明末清初大学者黄宗羲曾"尽发家藏书读之，不足，则钞之同里世学楼钮氏、澹生堂祁氏，南中则千顷堂黄氏，吴中则绛云楼钱氏，且建'续钞堂'于南雷，以承东发之绪"，他主张藏书"当以书明心，勿玩物丧志也"（《国朝先正事略》卷二十七《黄梨洲先生事略》），这是学以致用的藏书境界。

当代大型的藏书楼莫过于各类图书馆，当然性质有所不同：图书馆是公共性质的，是对外开放的。但是珍本古籍往往秘不示人。对于历经劫难尚存人间的古籍珍本，是束之高阁，甚或自然泯灭，还是让普通读者也能一睹真容，发挥其真正的价值？这是检验当代藏书机构境界的一把尺子。浙江大学图书馆古籍部认为：善本古籍，手抄稿本，都是国家的珍宝，既要将其保护好，也要充分发挥它们的作用，不能总是"藏在深宫人未识"，故决定出版《浙江大学图书馆藏国家珍贵古籍名录图录》（以下简称《图录》），这是藏书的真正价值和目的，我相信也是广大读者所期盼的。

浙江大学图书馆地处江南，历史悠久，藏书自然丰富而珍贵：共收藏古籍18万余册，其中善本近2000种，2万余册，有宋元刻本、明清抄本和稿本等。《图录》如何收录和取舍？国务院曾于2008年公布了第一批《国家珍贵古籍名录》，收录1912年以前书写或印刷的，以中国古典装帧形式存在，具有重要历史、思想和文化价值的珍贵古籍。其后又陆续公布了三批。浙江大学图书馆有173种图书入选《国家珍贵古籍名录》，其中有的还是唯一收录的，如明代铜活字印本《唐人集》，其珍贵程度可想而知。浙江大学图书馆就是把这些珍贵的图书集中起来，用"图录"的形式形象地呈现在世人面前。我有幸浏览了《图录》的排印样本，感觉装帧古朴大气，图片选取得当，行款、题跋、藏印等更是一一展示，相信本书将为藏书史研究领域增一雅藏。

《图录》按时代编排，分为"宋元时期"和"明清时期"两个部分。"宋元时期"共入选五种古籍，均为刻本。"明清时期"入选的古籍数量较多，共167种，包括刻本、稿本、写本、抄本等。《图录》所收每种古籍均由该书的版本信息和图版两部分构成，一般为一本一图，能够反映浙大特色的珍本则是一本两图，如《集韵》《雁山志稿》《孔子家语》《龙洲道人集》等。通过《图录》，读者不仅可以了解到古籍的基本信息，还可以根据所录图版直观感知善本的价值、版本的特征等信息。

《图录》值得收藏，因为珍贵。《图录》所选古书中有不少的名家批校题跋本，如《大戴礼记补注》《夏小正正义》《历代名人年谱》《李长吉昌谷集句解定本》《杜工部全集》《白石道人歌曲》等，这是浙大图书馆藏珍贵古籍的一大亮点。善本古籍因为有了名家的批校题跋而更显珍贵。这些名家的批校题跋本身也具有重要的学术价值，可以作为研究的第一手数据。

《图录》反映的浙大藏书的另一个亮点是有一批明清时期的稿、写本、抄本，如《周易干凿度殷术》《宋太学石经考》《古籀拾遗》《古籀余论》《契文举例》《商周金识拾遗》《温州古甓记》《武经总要前集》《武经总要后集》《乾象坤图格镜》《六历甄微》《兰舫笔记》等。它们书写精美，多为孤本，其文物价值和学术价值都很高。

此外，众多藏书家的印章也是《图录》图版所着力呈现的内容之一，通过这些印章我们也可以了解古籍的收藏、流传轨迹，鉴别古籍的版本。

值得注意的是，在这些珍贵的批校题跋本、稿本、写本、抄本当中，有很多都出自浙江瑞安人孙诒让之手，来自孙氏私家藏书的玉海楼，如《图录》所收16部稿本中9部来自孙诒让，元刻本《新编方舆胜览》《乐府诗集》均出自玉海楼。可见，浙大图书馆的藏书具有鲜明的浙江地域特色。我曾参与主持过《孙诒让全集》的整理工作，对浙江先哲孙诒让由衷钦佩，看到孙诒让手稿的影印图录，就倍感亲切，这恐怕也是我期待《图录》的原因之一。

今年2月上旬的一天，人们还沉浸在春节的气氛中，韩国学者一行四人就来访学了，他们的主要目的是看看浙大图书馆有哪些稀见古籍，我答不上来。如果有了图版精美、印刷精致的《图录》，我就可以自信地说：这里收录的古籍就是浙江大学图书馆藏书的精华！这恰好从一个角度证明了《图录》的价值和作用。

简言之，《图录》的出版，对于建立完备的珍贵古籍档案，推动古籍保护工作，同时发挥其应有的价值，促进学术研究，促进国际文化交流与合作都有重要意义，是一件嘉惠学林的大好事！

近些年来，浙江大学图书馆有了长足的发展，在为全校师生教学、科研提供服务方面，发挥了重要作用。我是研究古籍的，所以对古籍部的工作就格外关注。古籍特藏是浙江大学图书馆的重要特色，古籍部在文理分馆、医学分馆、农业分馆都设立了古籍阅览室，为读者提供古籍的阅览和信息服务。在西溪校区文理分馆，不仅有古籍书库，还有一个古色古香的古籍阅览室，陈设典雅，宽敞明亮；顶楼设有专门的教授研究室，古朴的中式庭院，竹叶荷影，师生置身其中，与先哲对话，感受古籍的韵味，确实是读书的理想之处。

去年岁末的一个中午，浙大图书馆古籍部负责人约我为《图录》写序。在古籍部古雅的阅览室，我了解了他们清晰的定位和抱负：图书馆不仅是一个服务性机构，也应该是一个科研机构。古籍部不仅要发现、整理古籍，还要利用得天独厚的便利条件来研究古籍，使一些优秀的典籍尽快整理面世，出版《图录》就是一个良好的开端。他们信心满满，为我描绘了未来紫金港校区图书馆的宏伟蓝图：更加典雅舒适的阅览室，教授研究室，甚至茶室、咖啡厅、衣帽间等细节都一样不落地考虑到了。我知道，构想已经在他们脑海中呼之欲出了。冬日的阳光透过古朴的窗棂，照着对面年轻人充满憧憬的脸庞，让我充满向往，充满感动。所以我答应了写序，虽然我对版本目录之学纯属外行。

期待浙江大学图书馆有更多、更好的古籍整理及研究成果问世，为广大师生提供更加优质、高效的文献数据。是为序。

2014 年 2 月 28 日于闲林白云深处

附记：《浙江大学图书馆藏国家珍贵古籍名录图录》由浙江大学出版社 2014 年出版。

张福通《唐代公文词语专题研究》序

2011年暑假，文静腼腆的小青年张福通从南京大学来杭州看我们，他是我丈夫方一新教授早年的博士张诒三教授（在曲阜师范大学工作）的儿子，硕士即将毕业，想考浙大古典文献学的博士生。我们请他吃个便饭，福通那种书生气给我很深印象。三年读博生活，福通涉猎很广，尤其对于现代语言学的关注出乎我的意料，所以，我想他的博士论文可能更偏向理论了。而最后他决定作的主题，依然是传统的文献语言研究——唐代公文词语研究，这也是我没有想到的。正因为比较宽阔的视野和方法，使他的博士论文有许多独到的发现。博士毕业后，福通回到了他大学的母校南京大学任教，无论教学、科研和成家立业方面，都有了很大提高，我时时能够听到他的喜讯。现在，在博士学位论文的基础上进行深化和扩展，福通完成了《唐代公文词语专题研究》一书，要我写个序。粗翻一过，全书主要探讨公文词汇现象，分析典故构词、对仗成词等构词现象。在公文词语分类考释部分，则主要对职官词语、法律词语等专用词语及部分常用词语进行专门的考释。这本书给我这样几个感觉：

首先是选题独到。在汉语史研究领域中，学者们普遍认为反映汉语历史变迁的语言数据应该主要是白话文献，因此，汉译佛经、敦煌文献和历代白话作品，一直是词汇史、语法史研究的关注热点。不过，汉语词汇史研究又有其特殊性。就研究对象而言，词汇史研究固然要重点关注白话文献里的方俗语词，但也不应排除对文言作品中典故词语、名物词语等的释读。

近年来，书仪、碑刻墓志等文言作品的词汇研究，已逐渐引起学界重视。同样包含大量文言词语的公文文本，则少有学者提及。福通把目光瞄准唐代公文词语，无疑是选择了一个学界关注不多、研究相对薄弱的领域，体现了选题方面的创新性。

其次是观察独到。唐代公文承齐梁骈俪文风之绪，追求韵律对仗、注重使事用典和堆砌辞藻。在这类文献中，典故词语就成为阅读和理解的难点。于是，福通花力气研究的重点就是典故词语的准确溯源和释义。有些典故词语语源比较隐晦，如"汾水"。唐代公文有如下用例：

（1）朕方高居大庭，缅怀汾水。无为养志，以遂素心。（《唐大诏令集》卷三十《睿宗命明皇总军国刑政诏》）

（2）汾水秋风之唱，仰天翰而扶轮。姁沏丛云之謌，钦睿词而拥篲。（《唐大诏令集》卷十三《高宗天皇帝谥议》）

作者玩索例证，认为该词源于《庄子·逍遥游》："尧治天下之民，平海内之政，往见四子藐姑射之山，汾水之阳，窅然丧其天下焉。"郭象注："夫尧之无用天下为，亦犹越人之无所用章甫耳。然遗天下者，固天下之所宗。天下虽宗尧，而尧未尝有天下也，故窅然丧之，而常游心于绝冥之境。虽寄坐万物之上而未始不逍遥也。"《庄子》原文描写尧逍遥物外，窅然自失天下之事。从窅然丧天下而言，汾水之乐胜于治理天下，尧有禅位于舜事，故可以"汾水"代指禅位（例1）。从逍遥物外而言，"汾水"已非世间之境，故又以之指皇帝出离世间，即驾崩（例2），则又与"升遐"类似。这种解释很有说服力。

第三是方法独到。本书在考释职官词语时，注重参考有关政治、法律等文献，考求词义的方法灵活，分析深入。例如，关于"知制诰"一词的解释，就是一个很好的例子，它出现于多种文本：

（3）转起居舍人，遂知制诰，凡撰命词九年，以类集为五十卷，天下称其能。(《韩昌黎文集校注》卷七《唐故相权公墓铭》)

（4）朝散大夫尚书户部侍郎知制诰翰林学士上柱国建平县开国男食邑三百户赐紫金鱼袋杜元颖，识禀人秀，才为国华。(《唐大诏令集》卷四十七《杜元颖平章事制》)

（5）其中书舍人在省，以年深者为阁老，兼判本省

杂事；一人专掌画，谓之知制诰，得食政事之食；余但分署制敕。(《唐六典》卷九《中书省》)

在排比例句后，福通首先归纳"知制诰"在不同语境中的意义，再联系《唐六典》等著作，分析"知制诰"的词性，从而指出"知制诰"有动宾短语（例3）和名物词（例4—5）两种主要用法。不过，"作为名词的'知制诰'并不仅是使职官名，还可以作为中书舍人中专掌制诰者的专称（别名）。不能因为使职官名的'知制诰'广泛行用，而否定职官别名类'知制诰'的存在。《唐六典》所见'知制诰'并非使职官名，也不是一般的动宾短语，而是专指掌制诰的中书舍人。"简言之，同是名物词，例4"知制诰"是使职官名，例5则是职官别名了。

其他的创新之处仍有不少，如立足词语考释、突出个案研究的同时，也注重思考和探讨典故词语、职官词语构词理据以及词汇化的过程等。总之，书稿的可取之处还有很多，这里就不一一罗列。

当然，本书也有不足之处，如有些例证列了出来，没有进行具体的分析；一些具体结论的表述，还可以更加准确一些，表述得更加充分，并尽力探讨其得义之由；有些章节还可以加以扩展充实。

瑕不掩瑜，福通的这部著作值得一读，语言研究者可以得到一些有益的启示。希望福通在学术的道路上幸福通畅,不断进步。

2019 年 12 月 16 日

附记:张福通《唐代公文词语专题研究》由中国社会科学出版社 2019 年出版。

大众化文库英汉对照本《古文观止》前言

自唐代以来,古文选本大量出现,其数目已难以确切统计。在众多的古文选本中,流传最广、影响最大的,大约就是《古文观止》了。《古文观止》自清康熙年间由浙江山阴(今浙江绍兴)乡间塾师吴楚材、吴调侯叔侄二人选编,传承至今已三百余年,不知道多少为了博取功名的读书人细读此书,就是现代,人们也往往视其为基本读物,各种新注本层出不穷,依然是一部魅力无限的畅销书,原因究竟在哪里?

一

"古文"有两个不同的理解范畴。一是作为一种文体名称源于唐代的"古文运动"。唐韩愈《题〈欧阳生哀辞〉后》:"愈之为古文,岂独取其句读不类于今者邪!思古人而不得见,学古道则欲兼通其辞;通其辞者,本志乎古道者也。"这里所说的"古文"是以先秦散体化的语言形式写作的文章，韩、柳、欧、苏等唐宋八大家的散体文都属于"古文"。韩愈认为作"古文"是为了通过言辞而通"古人"的"古道"，也可见语言文字对于传承文化、思想的妙用了。另一种是与"时文"相对的古代的一切文章，时人根据不同目的或不同侧重加以选编，大多指那些经典的、可供当世人学习模仿撰文取法的可以作为范文者。"观止"就是观看到顶、为止，出自先秦典籍《左传·襄公二十九年》："（季札）见舞《韶箾》者，曰：'……观止矣！若有他乐，吾不敢请已。'"形容所见舞蹈好到顶点，所见到此为止。后因以"观止"称赞所见事物尽善尽美，无以复加，成语有"叹为观止"。"古文观止"为书名，意在此书为古文之最，阅此书即可通古文。所以，所选篇目内容，应当是本书流传的首要原因。

清初的统治者强调"义理"和"清真雅正"，相应地"古文"也有了新的内涵，方苞说："以先秦盛汉辨理论事、质而不芜者为古文。盖六经及孔子、孟子之书之支流余肆也。"（方苞《古文约选序例》）这可以看作清代对编辑"古文"的基本观点。而《古文观止》的理解有所不同，这里所倡导的"古文"是一个宽泛的概念，全书选录自春秋战国至明末古代散文名作222篇，选材广泛，能照顾到各种文章体裁的多方面艺术风格，范围广博而切实可用。我们可以比较六朝萧统编《文选》对"文"的理解："老庄之作，管孟之流，盖以立意为宗，不以能文为本"，不选诸子；史书"褒贬是非，纪别异同；方之篇翰，亦已不同"（萧统《〈文选〉序》），不选史部。《古文观止》选编者的观念大大进步了，一切古代的经典篇章皆在收取范围。

《古文观止》在选文上秦汉和唐宋并重，前者104篇，后者94篇，分别占比47%与42%。先秦古文以《左传》最多，另有《礼记》《公羊传》《穀梁传》《国语》《战国策》等，占全书的33%；两汉文以《史记》最多，另有两汉书疏等。唐宋古文主要是唐宋八大家，以韩愈文最多，其次是苏轼和欧阳修。明代古文占比约不到8%。这种选择取舍与当时的风气相吻。归有光说："文无过于《史》《汉》、韩、柳，科举之文何难哉？"（归有光《送国子助教徐先生序》）所以，《古文观止》以秦汉与唐宋八大家并论，是有根据的。章学诚说："世之稍有志者，亦知时文当宗古文，其言似矣，……使诵习之者，笔力可以略健，气局可以稍展耳，此则仍是时文中之变境，虽于流俗辈中，可以高出一格，而真得古文之益，则全不在乎此也。盖善读古人文者，必求古人之心。"（章学诚《章学诚遗书·清漳书院留别条训》）这个观点可以代表大部分古文选编的用心：借鉴古文以提高时文的品位和境界，沉潜于周秦、盛汉、唐、宋大家之古文而文气浑融，文法流畅典雅，从而培养有品位的人。

为了这个目的，还选录了最接近于古文体制的《卜居》《对楚王问》《归去来兮辞》《阿房宫赋》《秋声赋》、前后《赤壁赋》等文赋；选录《北山移文》《滕王阁序》等内容醇正、句法精绝的骈文名篇，体现了对应匀称之美和铺排流畅之韵。这些古文提供了时文可法的类型，同时也反映了特定时期的古文尊尚。在编者看来，经学、史学的篇章和文学的篇章，是相互成就，不能区分的。以史书为例，钱锺书说过："史家追叙真人真事，每须遥体人情，悬想时势，设身局中，潜心腔内，忖之度之，以揣以摩，庶几入情合理。盖与小说、院本之臆造人物，虚构境地，不尽同而可相通。"（钱锺书《管锥编》）可见历史记录和文学创作是可以相通的。比如《史记》自由奔放的叙事风格和散化的语言形式就受到魏晋以来文人学士的极力推崇和模仿。柳宗元就曾说："退之所敬者，司马迁、扬雄而已。"（柳宗元《答韦珩示韩愈相推以文墨事书》）

从文体上看，骈散并重，注重经典与实用相结合。散文是文学中一大重要体裁，《古文观止》中选录的篇目，既有散体古文，又有骈体古文，如经典名篇《北山移文》《滕王阁序》《为徐敬业讨武曌檄》《归去来兮辞》《对楚王问》《阿房宫赋》《秋声赋》、前后《赤壁赋》等均收录。从具体类型看，所选篇目包括了表、状、笺、启、论、策、序、祭文、碑文等经常使用的文体范文，约占全书的三分之一，因而具有实用价值。除了文体实用外，内容以议论和叙事文为主。如《古文观止》所选古文篇名标有论、议、谏、辨、说、对、告、诫等的文章有78篇，有些书信、序文，也是以议论为主的，如韩愈《送孟东野序》《送董邵南序》，柳宗元《愚溪诗序》等；再如韩愈《原道》《原毁》《进学解》等也是议论文，总数近百篇。叙事文有80多篇，包括《左传》《国策》《史记》《汉书》中较短的传、记等。议论文和叙事文约占全书篇数的86%以上，这与当时科举时文的写作要求相一致。

受清初"崇儒尊孔"的文化政策和理学官化所形成的"醇雅"文风影响，《古文观止》选编文章内容以"雅正"为基本特色。金克木说："读《古文观止》，可以知历史，可以知哲学，可以知文体变迁，可以知人情世故，可以知中国的宗教精神与人文精神，几乎可以知道中国传统文化的一切。"（栗拙山《〈古文观止〉插图珍藏本·前言》）这是从所选古文所承载的内涵和文化魅力方面看《古文观止》的意义和价值，毫无疑问，这种说法是颇有道理的。但是，一件晶莹剔透的宝玉，放在古色古香的博古架上，有宝石蓝的天鹅绒背景衬托，才能凸显其特色；而如果堆在杂物中，就无从欣赏了。所以，除了所选篇章的周到、公允外，其本身立意与编辑注释，都是其精美的博古架和适宜典雅的背景，当都有可称道之处。

二

从编纂目的上看，古文选本《古文观止》的教科书性质是它广受欢迎的原因之一。作为古文选本，《古文观止》是清代康熙年间由私塾先生选编的教科书，目的是传承古文，为科举考试服务，为八股文写作服务。与之风格相对的《昭明文选》是现存最早的诗文总集，强调纯文学，可视作雅文化的代表，影响之大、地位之重无需赘言；然而，《古文观止》也自有其传播门径，流传于乡野私塾、市井街坊，可作为蒙学读本，也可作举子写八股时文的学习参考。还可以比较两类古文选本：以传播教化为主，很少考虑到文章文学性，重道轻文的选本如《斯文正统》，在后世流传甚少；以辑佚目的而编的《古文苑》之类，重在文献保存世所未传或流传未广的稀见文献，价值颇高，但是不会成为大众的普及读物。《古文观止》所选篇幅适中，全书12卷，选编先秦至明末的222篇文章，均以短篇为主，大多数在千字以内，其中800字以下的就有168篇，占全书总数的76%，以500—700字的文章最多，颇便阅读。《古文观止》在编排上以时代为轴，共分十二卷：周文三卷，秦文一卷，汉文二卷，六朝唐文一卷，唐文一卷，唐宋文一卷，宋文二卷，明文一卷。以作者为纲目，将原作者的各类文体的作品集粹于一处，方便阅读和查找。可见，有文学性而通俗、平易、实用，大约是《古文观止》成为受众基础广泛，流传广布而持久，在当代依然不断刊印付梓，成为学习古文的畅销书的原因之一。

《古文观止》影响深远，还有一个显著的例子，就是选篇所拟的题目大多流传下来。我们可以作一个比较：清初几代帝王都曾参与具体的古籍选编，留下了大量"御选""钦定"的古文选本，其中以康熙《御选古文渊鉴》影响最大，成书于康熙二十四年（1685）。《古文观止》成书时间大约比《古文渊鉴》晚十年。以其中《左传》的篇目为例，《御选古文渊鉴》中的题目没有流传下来，而《古文观止》的题目流传至今，比如《古文渊鉴》的题目《齐鲁长勺之战》，在《古文观止》中的名称是《曹刿论战》，这个篇名影响深远，后世选本大都采用。

我们以王力《古代汉语》中《左传》篇名与二书作对照。

表1　王力《古代汉语》选《左传》篇名对比

《古文渊鉴》篇名	《古文观止》篇名	王力《古代汉语》篇名
郑庄公叔段本末	郑伯克段于鄢	郑伯克段于鄢
楚屈完对齐侯	齐桓公伐楚盟屈完	齐桓公伐楚
秦蹇叔谏穆公袭郑	蹇叔哭师	蹇叔哭师
郑烛之武说秦伯	烛之武退秦师	烛之武退秦师
晋知罃对楚子	楚归晋知罃	楚归晋知罃

王力《古代汉语》所选《左传》10篇，有5篇完全采用了《古文观止》的篇名，《齐桓公伐楚》是在《古文观止》中的《齐桓公伐楚盟屈完》基础上的删减，而均没有采用《古文渊鉴》的篇名，可以证明《古文观止》对后世的影响是更为直接的。古代诗文选本对于古代典籍的传播，功劳巨大。"《文选》烂，秀才半"，"熟读《唐诗三百首》，不会作诗也会吟"，即是人们对于《文选》《唐诗三百首》这两种选本功用认可的极好反映。而《古文观止》的影响完全可以与此二者媲美。

历史上，经典古文浩若繁星，各种选本也数不胜数，明、清时期用作科举教科书的古文选本很多，大多数也出自私塾先生之手,为什么《古文观止》会成为至今影响流传广大的古文选本?

三

为了达到提高写作水平的目的,编辑者不仅呈现古文中成功的范例,还要着力经过评点加以揭示,将古文的经验巧妙地告诉读书人,让后人仿照。《古文观止》发挥的正是这个既传播义理,又教授时文法规的目的。《古文观止》初刻本有吴楚材伯父吴兴祚的序文,有过高度评价:"阅其选简而该,评注详而不繁,其审音辨字无不精切而确当。披阅数过,觉向时之所阙如者,今则靰然以喜矣。以此正蒙养而裨后学,厥功岂浅鲜哉!"

《古文观止》每篇文章有注有评,是其一大特色。《例言》说:"古文评注兼有,方能豁然。若有注无评、或有评无注,譬若一人之身,知其有面目而不知其有血脉,知其有血脉而不知其有面目,可乎?是编字义、典故逐次注明,复另加评语,庶读之者明若观火。"有注音,有释义,有评议,简洁明了,颇便阅读理解。比如释义问题,《例言》又称:"是编于艰奥须解者固细加阐发,即目前便语亦未尝率意忽过,庶于初学有补。"所以,"目前便语"都细心关注,常言口语都讲解清楚,这是便于阅读理解的首要工作。

关于评议,也很有特色:评议文章内容、评析行文艺术、评论全篇主旨。点评内容散落在字、句、章、段原文下。阅读原文与评议相结合，常常给人统揽全局、豁然开朗的感悟。这恐怕也是《古文观止》大受欢迎的一个原因吧。比如《左传·齐桓下拜受胙》，评齐桓公"将下阶拜，受天子之赐"一语："君尊如天，其威严常在颜面之前。"这是对句义的阐发。评论《左传·郑伯克段于鄢》："左氏以纯孝赞考叔作结，寓慨殊深。"《捕蛇者说》总评："此小文耳，却有许大议论。必先得孔子'苛政猛于虎'一句，然后有一篇之意。……真有用之文也。"这是行文主旨的讨论。评《国语·祭公谏征犬戎》："'耀德不观兵'是一篇主脑，回环往复，不出此意。"评《愚溪诗序》："通篇就一'愚'字，点次成文。"这是行文手法的揭示。点评韩愈《原道》一文："孔孟没，大道废，异端炽。千有余年，而后得《原道》之书辞而辟之。"这是对时代背景与文章价值的点评。《外戚世家序》的总评是："齐家治国，王道大端，故陈三代之得失，归本于六经，而反复感叹，以天命终也。全篇大旨，已尽于此。"这是揭示谋篇布局之妙。《醉翁亭记》的点评："通篇共用二十个'也'字，逐层脱卸，逐步顿跌，句句是记山水，却句句是记亭，句句是记太守。"这是对行文用词和写法的分析。《郑伯克段于鄢》尾评："'初'字起，'初'字结。"《种树郭橐驼传》尾评："一篇精神命脉，直注末句结出。"这是对文章技巧的归纳。评论《杂说》："写得委婉曲折，作六节转换，一句一转，一转一意，若无若有，若绝而又生，变变奇奇，可谓笔端有神。"这是对行文风格的体悟。评点《左传·烛之武退秦师》"臣之壮也，犹不如人；今老矣，无能为也"一句：

"隐示不早见用意。虽近怨，然辞亦婉曲。"这是对行文含蓄、言辞舒缓典雅的称许。评价《史记·酷吏列传》："语不多而意深厚也。"这是对言简而意深的赞美。凡此，例子不胜枚举，对于阅读者都有很深刻很实在的指导意义。

为了科举考试的目的，点评中也有不少八股术语的解释，这里就不罗列了。在辽阔而又深远的历史文献长河中，八股文是一支渐渐干涸消失的溪流，而传统古文则是浩荡的江河大海，万古长流。

当然，有的点评解释还是可以商议的。如在陶渊明《归去来兮》第一句"归去来兮"下有释词："渊明为彭泽令，是时郡遣督邮至，吏白'当束带见之'，渊明叹曰'我不能为五斗米折腰向乡里小儿'，乃自解印绶。将归田园，作此辞以明志。因而命篇曰'归去来'，言去彭泽而来至家也。"这是通过介绍创作的事件背景和原因等，来解释"归去来"的含义。但是如果"去彭泽而来至家"，则"去"为离开义，这样"归去"连言就无法说得通了。笔者以为"归去"是一个词，就是"回家"的意思，"来"为语尾助词。当然，这个解释对陶渊明此文的因果交待是非常准确的，有助于理解全篇。关于《古文观止》注释方面的失误，安平秋先生曾分为六类，包括"字词训释上的错误""文义理解上的错误""史实训释上的错误""地理注释上的错误""引书产生的错误""注文不确切"。各举一例，可以参看。这里引一个例子：李陵《答苏武书》"单于临阵"，注云："单于，匈奴号。"其实，单于是匈奴君主的

名称，不是匈奴族的号。(参见安平秋《〈古文观止〉点校说明》)

《古文观止》精彩的点评，是其大受欢迎、流传久远的重要原因。而精彩的点评，源于编者的修养和真情实感。如《祭十二郎文》的总评："情之至者，自然流为至文。读此等文，须想其一面哭，一面写，字字是血，字字是泪。未尝有意为文，而文无不工。"这是编者的感悟，是写作的本质，也是阅读者应当有的态度。对于学子来说，这种点评不仅是教技巧，更重要的是教品性。吴兴祚作序说："余束发就学时，辄喜读古人书传。每纵观大意，于源流得失之故，亦尝探其要领。若乃析义理于精微之蕴，辨字句于毫发之间，此衷盖阙如也。"伯父如此，子侄的学识与素养当也近似。另外，学习借鉴前人点评经验，也是其原因之一。故《〈古文观止〉例言》说："是编遍采名家旧注，参以己私，毫无遗漏。"还有，谨慎谦虚的态度，也是此编成功的一个保证："至于考订之下偶有所得，则亦谨附之以备参究，不敢雷同附和以取讥于大雅。"(《〈古文观止〉自序》)

四

《古文观止》作为私塾教科书，为科举考试服务，要与清初统治者"崇儒尊孔"的文治政策和定理学于一尊的思想标准相吻合，注重其思想的纯粹性和正统性。《〈古文观止〉自序》揭示了编者的选录标准："一义之未合于古勿敢登也，一理之未惬于心勿敢载也,一段落、一勾勒之不轨于法度勿敢袭也,一声音、一点画之不协于正韵勿敢书也。""义合于古、理慊于心"是其思想内容的取舍标准。这就充分保证了选编内容的义理与法度。

《古文观止》在文化方面具有多重意义。首先是其蒙学意义。《易经·蒙卦》:"蒙以养正,圣功也。"童蒙阶段即指人漫长一生的幼儿阶段,而这一时期的教育又是十分基础、重要的,万万不可轻视。比如宋代朱熹《四书章句集注》之言,既含古者小学之"洒扫应对进退之节,礼乐射御书数之文",又括大学之"穷理、正心、修己、治人之道",在识文断字的技能培养中蕴有正心修身、忠信孝悌的伦理。

阅读古文还对个人的学识、教养产生重要影响。东晋陶渊明生逢乱世,其《归去来辞》抒写了复归田园生活的向往和决心,表达了寄情山水的高洁志趣;《桃花源记》描绘了一个景色优美、民风淳朴、自给自足、秩序井然的和乐境地,表明了对于美好生活的向往,"世外桃源"也成为理想生活的代名词。唐代刘禹锡在政治运动革新失败后被贬,所作《陋室铭》虽写的是所居陋室,却也寄托了个人安贫乐道、不与世俗同流合污的意趣。明代归有光《沧浪亭记》,记述沧浪亭的历史变迁,发出对世事变化的慨叹,从凭吊古迹到对士人垂名的思考,"士之欲垂名于千载,不与其澌然而俱尽者,则有在矣",也表达了对名利的淡泊。虽时代有别、作者境遇各有差等,但是呈现出的文士风骨可见一脉,这也正是阅读古文可遥见古人的妙处了。

《古文观止》在了解古代社会风貌、文化观念等方面也具有重要意义。传统伦理观念包括父慈子孝、兄友弟恭等。李密《陈情表》辞意恳切，叙述自己与祖母二人相依为命，抚育之恩誓将还报。唐韩愈《师说》充分阐述"求师""为师"之道。这些文章所蕴含的深情、所辨明的道理，千年之后仍可受用，也可以起到一正风气的效用。又如《左传》之《郑伯克段于鄢》，母亲偏私，弟弟骄横，兄长故意纵容，为争权夺位以致造成兄弟阋墙的祸乱，实属不该，以警世人。《战国策》之《触龙说赵太后》，左师触龙进谏赵太后，告之"父母之爱子，则为之计深远"的见解，这对于现在父母如何教育子女仍具有借鉴意义。又如《史记》为游侠、滑稽作传，也收录于《古文观止》中。游侠往往为上层所轻视，但他们"其言必信，其行必果"，扶危济困的游侠精神足值称道；"滑稽"指长于言谈、机敏幽默的一类人，他们具备"不流世俗，不争势利"的可贵精神，擅于讽谏，"谈言微中，亦可以解纷"，可谓是具备"四两拨千斤"的特殊技能了。这些反映了司马迁不同凡俗的价值观念，亦可见《古文观止》编者选篇极具包容性。

古代士人读书不仅仅是知识层面的丰富，不仅仅是为了涵养性情，更高的境界是高洁品格和心怀天下之心的培育。因此《古文观止》中也有相当一部分政论性散文。如《臧僖伯谏观鱼》《宫之奇谏假道》《邹忌讽齐王纳谏》等，记叙讽谏之事，表达为人臣需尽忠谏言又要注重方式方法的道理；《过秦论》总结秦朝二世而亡的历史教训以作王朝加固政权的借鉴；《捕蛇者说》记叙捕蛇人遭遇，直指苛政之毒甚于蛇毒，借古讽今，笔锋犀利；《岳阳楼记》所言"古仁人之心"："不以物喜，不以己悲，居庙堂之高则忧其民，处江湖之远则忧其君"，精准阐发了士人追求的精神境界。

五

古文都是用来传情达意的，既可以是作者个人的志向与情感，也可以是对世情的关怀。如汉代司马迁《报任安书》，郁郁孤愤，不平则鸣，记述了极刑受辱始末，又借古人如周文王作《周易》、孔子作《春秋》、屈原赋《离骚》、左丘明撰《国语》等等事迹，直抒个人情怀，"古者富贵而名磨灭，不可胜记，唯倜傥非常之人称焉"，阐发了意欲完成"究天人之际，通古今之变，成一家之言"名山事业的志愿。通过这些文字，我们可以跨越二千余年产生共鸣，同此心、共此理。这就是古文、古语的魅力。

《古文观止》在了解、学习古代语言上具有重要意义。学习语言及其内涵意义，最简单也最基本的做法是"读书百遍，其义自见"。多读、多诵就会加深对文字的理解。《古文观止》选出历朝历代二百余篇经典之作，以时间为轴，既可以领略古代汉语的发展变迁，也可以通过这些习得古代汉语的基本词汇和语法，了解古文的美感和表现力。如东晋王羲之《兰亭集序》："群贤毕至，少长咸集。"前后二句互文，是说贤能之人、年少年长之人都来了，"毕至"和"咸集"对文同义。又如北宋欧阳修《醉翁亭记》："风霜高洁，水落而石出者，山间之四时也。"其中的"风霜高洁"实为"风高霜洁"，此为"合叙"。从古文的语句入手，可以理解古文的蕴涵与情感，因为这正是古文构成的基础。

通过《古文观止》的历代选篇，既可以看到文化思想的传承，也可以看到古汉语词汇的沿用。《古文观止》选择宋代苏轼的作品不少，其中《前赤壁赋》有"清风""明月"的意象："惟江上之清风，与山间之明月，耳得之而为声，目遇之而成色，取之无禁，用之不竭，是造物者之无尽藏也，而吾与子之所共适。"这句句义是只有江上的清风、山间的明月，才是造物者提供的享用不尽的宝藏，这也是不论身份地位人人都可以享用的。表现了忘怀得失、超然物外的豁达心境。苏轼《前赤壁赋》中表现出的宇宙观念正是：人生短暂而宇宙无穷，在"变"与"不变"的辩证对照之中获得开阔澄明的人生境界。然而，这一观念和意象的使用也并非独创，而是源于更古之文的化用：《庄子·内篇·逍遥游》："若夫乘天地之正，而御六气之辩，以游无穷者，彼且恶乎待哉？故曰：至人无己，神人无功，圣人无名。"这表现的是对"逍遥"的追求，即对世俗之物无所依赖，与自然合为一体，不受拘束。王羲之《兰亭集序》："固知一死生为虚诞，齐彭殇为妄作。""虽世殊事异，所以兴怀，其致一也。"表达的情感相类似。称"清风""明月"等为造物者提供的"无尽藏"，这一称名源出于佛教术语，德广无穷谓无尽，包含无尽之德曰藏。

"清风""明月"对举入诗文，也早见源流。《南史·谢谖传》："有时独醉，曰：'入吾室者，但有清风，对吾饮者，唯有明月。'"与清风明月相伴，表现了谢谖的高洁品行以及旷达心绪。我的已故导师郭在贻先生曾用毛笔手书此文，压在书桌的玻璃板下，读书时可以时时看见，我对这句话就印象格外深刻。"清风明月"的意象在中国传统作品中常见。又如唐李白《襄阳歌》："清风朗月不用一钱买，玉山自倒非人推。"宋欧阳修《西湖念语》："虽美景良辰，固多于高会。而清风明月，幸属于闲人。并游或结于良朋，乘兴有时而独往。"苏轼之后，也广为流传，宋黄庭坚《鄂州南楼书事》诗之一："清风明月无人管，并作南楼一味凉。"宋林正大《括水调歌》："自有清风明月，刚道不须钱买，对此玉山颓。"到了明清，"清风""明月"的表意又见丰富。明沈采《千金记·遇仙》："恋功名水上鸥，俏芒鞋尘内走，怎如明月清风随地有，到头来消受。"清林则徐："静坐读书各得半日，清风明月不用一钱。"可见，享受清风明月，喻指品性高洁，既可以表现超然物外的旷达，也可以表达一种闲适的生活，也可以用于描述环境的清幽。同一语汇的表意不断丰富发展的过程，也是语言、文化传承演变的明证。

六

关于《古文观止》的历史传承，吴楚材、吴调侯在其《自序》中说："且余两人非敢言选也，集焉云耳。集之奈何？集古今人之选，而略者详之，繁者简之，散者合之，舛错者厘定之，差讹者校正之云尔。盖诸选家各有精思深意以抉古人之奥，读之者取此置彼则美者或遗，一概观览则劳于睹记，此余两人所以汇而集之也。"又在《例言》中说："是编所登者，亦仍诸选之旧。"可见，《古文观止》的选编不是凭空产生的，而是在前人诸多选本基础上，根据自己的需要经过甄别，淘汰了不合于自己选编标准的文章。同时"略者详之，繁者简之，散者合之，舛错者厘定之，差讹者校正之"，兼采众长，避其所短，因而更适合于教学和科举考试，更适合阅读和流传，更具有传承价值。

选编诗文结集，历史已久。诗集出现要更早，《诗经》与先秦时期的采诗制度关联密切，又有《楚辞》，是刘向辑成的第一部浪漫主义诗歌总集。汉代设乐府主要为收集民歌、观政得失，在客观上为诗歌的传播提供了便利。宋时郭茂倩编有《乐府诗集》，是又一部重要的诗歌总集。随着雕版印刷术及活字印刷术的出现，诗集词集的出版相对容易许多。陆游的诗词全集《剑南诗稿》、李清照的《漱玉词》、纳兰性德的《饮水词》，等等，都属于此类。《千家诗》《全唐诗》也在《唐诗三百首》出现之前即已流传。

文章选集的问世则较诗集晚些。南朝梁萧统所编《昭明文选》

收录自周代至南朝梁130多位作者的诗文,共分60卷,计700余篇,分类众多。隋、唐以来,学者文人推崇《文选》,产生了诸多注疏研究,其中最为著名的有李善注和五臣注,宋代又有人把两者合并刊刻称"六臣注"。研究《文选》离不开注文,也成为一专门的学问——"文选学"。《昭明文选》之后,体量大的文选集不断问世,如宋代所编通代选本《文苑英华》,断代选本如《全唐文》《宋文鉴》《元文类》《明文海》《清文汇》等等。通代的古文选本更是浩如繁星。而这本《古文观止》则成为传世之作,脍炙人口,雅俗共赏。

初刻本未见传世,据安平秋点校《古文观止》(中华书局1987年出版)的《点校说明》,此后又有乾隆三十九年(1774)鸿文堂本、乾隆五十四年(1789)映雪堂本,皆依据吴序本刊刻。另有一刊刻系统,保有二吴"题于尺木堂"序言,且有吴楚材所写例言,却未见吴兴祚序。这一刊本即康熙三十七年(1698)文富堂本,是二吴在家乡刊印之本。吴兴祚此时应已作古,未见此本。民国元年(1912)据文富堂本翻刻,即绍兴墨润堂刊本《增批古文观止》。据安平秋《点校说明》,又有其个人所藏乾隆三十三年(1768)锡山怀泾堂刊本,但此本后世罕见翻刻。

20世纪初,科举考试制度废除,地方私塾教育仍然存在,《古文观止》也就主要当起文言文教学之用。民国时期,《古文观止》印本颇多,有石印本如民国五年(1916)上海锦章图书局本,木刻本如民国七年(1918)扫叶山房本,铅印本如民国二十四年

（1935）书局本等。为适应社会需要，也不断出现了断句本、标点本，或增批、或加文白对照的注释等。到了1920年，当时的教育部规定废止文言文教材，而代之以现代语文体。《古文观止》也就成为"课外读物"了。

1949年以后，教育制度一振为新，语文教学课本中文言文教学也有了专门的系统安排。虽然《古文观止》不再作为专门的教材，但也可看到现在语文课本中文言文学习的选篇与《古文观止》选篇相合者。经典选篇，历经淘洗，为人共识。现在，《古文观止》的相关图书有五百余种，销量热度不减。

大浪淘沙，文海拾贝。《古文观止》结集历朝历代的经典古文选篇，这些吉光片羽值得我们珍视，也可作为我们学习研读古代汉语、掀开中华文化宝藏一隅的开端。现在翻译成英文，不知道英语读本是否能有"叹为观止"的效果呢，我们期待着。

2021年8月

附记：大连海洋大学徐华东教授组织学者编写了一部汉英对照本《古文观止》，这工作量也是前无古人的，让人叹为观止。多次嘱我写序，推辞不过，只好应命写了此序。当然，也因此而跟徐华东教授结为朋友。《古文观止》（汉英双语版）2022年由外文出版社出版。

付建荣《唐宋禅籍俗成语研究》序言

8月9日,付建荣来电话,说他的《唐宋禅籍俗成语研究》书稿正在校对,问我是不是可以写个序。我马上就答应了。因为付建荣是我很满意的一个学生。2009年,付建荣考入浙江大学博士生,跟他同时考上的还有楚艳芳。这是两个非常优秀的学生,其共同点是勤奋。现在,两人都是副教授,楚艳芳已经出版三部著作了。付建荣这是第一本。建荣的长处是深思熟虑,精耕细作,似乎有点不鸣则已、一鸣惊人的感觉。这在他的博士论文《汉语词汇核心义研究》和这部《唐宋禅籍俗成语研究》中都有充分的体现,证明他的特点一以贯之,而且有进一步的深入思考,粗读这部厚重的《唐宋禅籍俗成语研究》上下册,我由衷地替他高兴,也得意自己没有看走眼,确实后生可畏!

这部书稿如果用"体大思精"来评价,我觉得不为过。全书分为上下编,上编从例证中分析出俗成语的定义、研究历史、语料鉴别和研究方法、研究意义等,都不是泛泛而论,而是有比比皆是的生动例子。下编则逐一考释每一个禅宗俗成语,可以当作成语词典使用。因而无论在汉语词汇史还是成语词典编纂方面,都具有很高的理论价值和实用价值。

一

2006年,我写了《论汉语词汇的核心义》一文,觉得汉语一个词有十几个甚至二十几个词义(除了语音通假外),其中主要的义项都受其造字义的特征所制约,我把这个特征义称为"核心义",因为是诸多义项的核心。而这个特征源于本义的抽象提取。如"翘"本义是"鸟的长尾羽",长尾鸟的尾巴要高高举起来才不至于拖地磨损,所以"高"就是"翘"的核心义,"翘"的几个义项都受"高"制约(参见付建荣书)。有了这个想法,我兴奋不已,在课堂上常常跟研究生一起讨论,很希望同学也能够做这方面的探讨。但是,其实我自己都不是非常清楚核心义怎么提取,怎么描写。同学觉得主观性过多,或者难以把握。也有同学选择了核心义作为讨论的主题,但是都让人有隔靴搔痒之感,似乎没有理解我的想法。唯有付建荣认认真真地把核心义当作了论文选题,而且完成了一篇高质量的博士论文,他的讨论甚合我意,也让我信心大增,觉得核心义研究是一条可行之路。我在2014年与王诚博士后合作出版的《汉语词汇核心义研究》一书,就有一些受了建荣论文的启发,也有的作了参考和引用,这是教学相长的很好的例子,所以建荣跟我说"我会把老师的核心义继续研究下去的",我完全相信这一点。

这一次,付建荣博士研究的是唐宋禅籍中的俗语,而且是俗成语,是不是就没有核心义了呢?不是。这部书稿对词语意义的讨论就贯穿了核心义的理论。比如第五章讨论俗成语的意义系统,就直接论述了核心义;在下编的释词中,大多数词语意义的讨论,也都蕴含着核心义的思想。他说:"词的核心义隐含在词的本义当中,成语的核心义隐含在字面义当中。"这个见解很有启发意义。我的《汉语词汇核心义研究》主要讨论单音词,所以核心义源于造字义(大多数属于本义)。我已经结项的第二个有关的内容是《汉语复音词核心义研究》,我认为核心义对复音词依然有制约作用,两个语素的核心义往往具有共性,才能够组合成词,换句话说,语素的核心义决定了复音词的意义。那么,成语是否还有核心义呢?我还没有成熟的想法,建荣的书稿回答了这个问题。他在上编第五章《唐宋禅籍俗成语的系统》将成语的意义分为两个语义成分,一是范畴义,一是核心义,核心义内部又分为描述性特征、叙述性特征和泛指性特征。范畴性特征多由其本义决定,核心义则是其抽象特征:

"眉飞色舞"描述的是因内心喜悦而在脸上显露出的愉快神情,上述辞典的释义就是对其义位的描写。这些释义基本上揭示出了这条成语的两个关键语义成分:"神情"和"喜悦","神情"是这条成语语义描述对象的范畴,"喜悦"是这条成语语义描述对象的核心特征。在"眉飞色舞"的语义构成当中,这两个语义成分是最为核心和关键的语义要素,二者有机结合后就构成了"眉飞色舞"的核心语义——"神情喜悦"。

这样的分析我觉得是非常精彩的,这一章的每条成语都这样细致讨论,或者说,他对成语意义的讨论基本都贯穿了这个观念。再比如:"细如米末",字面义指细微得像米末一样,隐含的核心义就是"细微"。"水落石出",字面义指水面落下去,水底的石头显露了出来。字面义隐含的核心义是"显露"。

建荣在给我的微信中说:"用核心义构建成语系统,又一次感受了核心义理论是个很好的研究视角。核心义可以把词(语)义系统串起来,也可以把词(语)汇系统串起来。抓住核心义,再加上范畴义,就等于抓住了成语的核心要义,抓住了系统网的'纲领',以此为依据建立起来的语汇系统就会更加精准。"诚然,"核心义"不是万能的,这个理论也需要逐步完善,但是语言一定是有系统的,不会是一盘散沙,这个观点应当是学界的共识。而"核心义"根植于本义,如果无法找到本义,还可以通过归纳其用例中义项的"核义素",从而推演出其核心义,所以这个方法不是唯心的,应当是有事实根据的,建荣的研究成果进一步证明了这一点,我很高兴。

二

有悟性，而且观察细密，是语言研究者的必备特质。建荣具有这样的研究潜质，在禅宗俗成语的研究中，在具体个案和整体分析中，都体现了这一点。

禅宗语言具有比喻教化的巨大功能，其成语的使用，也与普通成语有很大的区别。所以成语的释义应当考虑二者的不同。

比如"笑里藏刀"，禅籍用义和目前世俗用义迥别，辞典以世俗常用义作解，释作"比喻外表和善，内心阴险狠毒"。作者认为释义未当，关键是对"刀"的词义理解有误。根据禅宗哲学象征意象的使用规律，"刀""箭"等锋利之器常用来隐喻"机锋"，相似的俗成语有许多，如用"隈刀避箭""避箭隈刀"比喻回避险峻的机锋，用"一箭双雕""一箭两垛"比喻一句机语具有双重禅机或功效，用"遇獐发箭"比喻禅师开悟学人时果断发机施教，用"残弓折箭"比喻挫败的机锋，用"弓折箭尽"比喻法战中机锋折断，用"张弓架箭"比喻机锋较量时准备发机等。这些"刀""箭""弓"等的交锋均喻指问答迅捷，语词锐利、含意深刻的对答。"笑里藏刀"比喻微笑中含有机警锋利，没有"内心阴险狠毒"之义。可以比较《隐元禅师语录》卷一〇："花中有刺，笑里藏刀。机锋相触，鬼哭神号。"下言"机锋相触"，其义显豁。推而广之，禅籍中"笑中有刀""笑里有刀"之"刀"均喻指"禅机"，谓微笑中含有犀利深刻的机锋，并无"恶毒"

之义。

看上去普通的词语，在禅宗语录中往往有特殊的含义，需要仔细分辨。比如"家贼难防"一语，现今辞典以世俗常用义作解，或释为"比喻内部的坏人最难防范"，或释为"家庭内部的贼人或内奸最难防范"。但作者认为，这些释义验诸禅籍文例并不契合，实由不明"家贼"在禅籍中的比喻义所致。《五灯》卷一四"缘观禅师"："问：'家贼难防时如何？'师曰：'识得不为冤。'"禅籍中的"家贼难防"何义？《古雪哲禅师语录》卷八："外贼易破，家贼难防。正当此时，六贼交侵，如何抵敌？""家贼"如何"六贼交侵"？唐惠能《坛经》第31则："常净自性，使六贼从六门走出，于六尘中不离不染，来去自由，即是般若三昧，自在解脱，名无念行。"原来家贼来源于自身"六门"——眼耳鼻舌身意六根，"六贼"则指"六识之贼"。唐大圆《沩山警策》曰："从迷至迷，皆因六贼。"宋守遂注曰："六识之贼，自劫家宝。"所以"家贼"即"六贼"，指"六识之贼"。明函昰《楞严经直指》卷四说得更明白："由六根为媒，引起六识家贼，劫害真性。"明通润《楞严经合辙》卷四云："人但知六识为内贼，劫家宝。不知招引内贼劫家宝者，实六根也。"人六根引起的各种心识妄念随身自带，极难防备，故明深有《黄檗无念禅师复问》卷三有感而发："来云遍识，偷心难伏，此是无始劫来生死根本，岂能一念顿荡哉！古人道'家贼难防'，正谓此也。"禅籍中"家贼"的比喻义既明，则"家贼难防"的语义就显豁了，所以词典应当加上一个释义：指六根引起的心识妄念难以防备。

由上二例可见，禅宗典籍中的比喻往往具有特殊性，"笑里藏刀"中的"刀"可以比喻犀利的言辞机锋，"家贼难防"中的"家贼"可以比喻人内心的妄识杂念，这是真正的难防难对付。所以，成语词典应当在本书中汲取营养，加以充实和提高。

《唐宋禅籍俗成语研究》一书中像这样观察缜密，善于思考和归纳的成语分析，不胜枚举。能有这样的成果，没有多年潜心向学、孜孜以求的精神是做不到的。建荣跟我说起书稿的写作："第五章是花工夫最多的一章，逐个分析了1759条成语的范畴义和核心义，系统表改了好几次，脑子里每轮转一圈系统，总得半个月时间。"其中甘苦，想来读书人都是有体会的。

三

善于归纳，提取语义演变规律性的东西，是《唐宋禅籍俗成语研究》一书"体大思精"的另一个体现。比如他提出："范畴义经常变化，核心义通常不变。"以"半青半黄"为例，有两个义位，用"语义二分法"切分如下：

①形容果实未熟时青黄相间的色貌——"果实未熟"=［果实］+［未熟］

②禅家比喻道业还没有完全成熟——"道业未熟"=

［道业］+［未熟］

在"半青半黄"的语义构成中,范畴义由"果实"演变为"道业",这是隐喻引申的结果,而核心义"未熟"则没有变化。"隐喻"是基于两个相似事物间的联想,禅家用"果实未熟"隐喻"道业未熟",是从"果实"认知域投射到了"道业"认知域,反映在语义演变方面,就是从"果实"范畴义演变为"道业"范畴义。核心义"未熟"则是"果实"和"道业"相似性特征的集中体现,是隐喻引申发生的语义依据。他还进一步归纳说:

> 既然"隐喻"是从一个认知域到另一个认知域的投射,那么反映在语义方面,就是从一个范畴义到另一个范畴义的演变,属于语义范畴的转移。核心义是语义描述对象的特征,是隐喻引申"相似性"的体现,也就是语义引申的内部依据,所以在隐喻引申的过程中核心义通常是不会变化的。

核心义理论与认知理论的结合,使其结论科学谨严,有理有据。

建荣的论述,有丰厚的资料做基础,有扎实的考据为依托。如作者不仅关注成语的含义和结构,还关注语音规律,对四字格成语的韵律平仄作了全面系统的考察,提出了成语"二四字平仄对称律"的探讨。他说：纵观唐宋禅籍俗成语的平仄搭配模式，发现有一条较为普遍的规律就是"二四字平仄对称"律。这里的"二四字平仄对称"律，是指成语的第二个字和第四个字的平仄呈现对称的规律，包含"×平×仄"和"×仄×平"两种基本格式。这一规律的提出是基于以下数据和理由：在唐宋禅籍1759条俗成语中，二四字平仄对称的俗成语有1447条，占总量的82.26%，占据绝对优势；二四字平仄不对称的成语仅有312条，仅占总量的17.74%，处于绝对劣势。还有内部的16种细致分类。最后的结论是："二四字平仄对称律"是成语平仄搭配的一条基本规律，也是影响成语韵律和谐的最重要的因素。

建荣的研究方法中有一个突出特点，就是善于类比，把同类现象归纳起来，其特点就一目了然了。书中的一些个案研究，采用先解释语义和理据，再系联有关联的变体、同义成语的方法研究，或互相证发，或比较辨析，或总结特点。由于唐宋禅籍俗成语系统的建立，关联变体或同义成语很是便捷，这是系统研究的好处，也是作者具有整体意识和全局观念的一个证明。如在唐宋禅籍俗成语里，由"指鹿为马"直接或间接类推产生了一大批格式相同相近的同义成语：

   指马作驴 指南为北 指东认西 指东作西 认马作牛

   认驴作马 认弓作蛇 认奴作郎 认弓为矢 认龟

作鳖

  认指作月 认儿作爷 认指为月 认贼为子 唤驴作马

  唤龟作鳖 唤钟作瓮 唤东作西 唤南作北 唤奴作郎

由此来作为"类推造语"和"同步引申"的例子是很有说服力的。

又如要证明在唐宋禅林口语中,"龙肝凤髓"指教化学人施设的法门精髓,就系联了相关的"粗粥淡饭""家常茶饭""粗茶淡饭""粗羹淡饭"等形式,均比喻十分平常的教化施设;还有"残杯冷炙"和"残羹馊饭",比喻各种陈腐的教化陈设。互相证发,以增强结论的说服力。引用例证如:

> 我若说佛说祖,是剥名品荔枝供养你。若说菩提、涅槃、真如、解脱,是烹龙肝凤髓供养你。若说超佛越祖之谈,是搅酥酪醍醐供养你。(《宗鉴法林》卷四八)
>
> 趋淮西,谒投子于海会,乃问:"佛祖言句如家常茶饭。离此之外,别有为人言句也无?"(《普灯》卷三"道楷禅师")

从而说明本体"言教施设"和喻体"龙肝凤髓""家常茶饭"

的隐喻关系是非常明显的。

建荣具有严谨的科学精神,真实沉稳。上面关于成语韵律的分析,还有细致的表格逐一分析归类,探讨其分布状态,一丝不苟。再比如第一章关于成语讨论的很多精彩内容,他都放在了注释中。所以本书的脚注,值得认真去阅读。在资料的鉴别上,也可以体现他的缜密思致。如他在讨论成语时,把成语条目经过查重过滤,一些重复的内容就不再计入讨论。

当然,建荣的著作还可以修改得更加完善,文笔重复拖沓之处尽量减少,一些表述和结论还可以更为严密些。

总的看来,建荣《唐宋禅籍俗成语研究》一书给我们呈现的是既有高屋建瓴气概,又有细致雕琢功夫的语言研究大制作,我很欣慰,也更充满期待。他告诉我他的打算:要不断扩充资料,扩大视野,"向着汉语史断代语汇系统研究的目标出发,先构建系统,再研究系统,希望站在系统的视角下能有新发现"。我相信他一定有更为扎实的著作问世。

是为序。

2021 年 9 月 9 日

附记:本书由商务印书馆于 2021 年 10 月出版。

四、参政心声

在西溪校区民盟委员会作的一九九八年工作总结发言

1997年11月，新一届杭州大学民盟委员会产生。因而1998年，是杭州大学（即后来的西溪校区）民盟委员会新一届成员工作的第一年。2月24日，是新学期刚刚开始的日子，全体盟委会成员与三个支部的负责人就在一起举办"开拓杭大盟务工作新局面"的研讨班，主要讨论两个问题：（一）杭大民盟工作现状；（二）新一届盟委会的工作思路。大家认为，过去几年杭大盟委的工作取得了很大成绩，得到学校领导的充分肯定，但也存在一些不可忽视的问题,比如：支部工作相对薄弱；老年盟员比例较高；青年盟员的积极性没有充分调动起来；盟员分布各系科不平衡；宣传工作开展不够。新一届领导班子应当从薄弱环节抓起，才能使杭大盟务工作再上新台阶。统一了认识，与会同志畅谈1998年工作新思路，并提出了具体要求。（一）发挥支部作用，各支部要在一年中组织一二次活动，提一二个合理化建议，物色发展一二名新盟员,写一二篇宣传报道,做一二件实实在在的事情。(二)盟委会要结合工作实际,加强活力与凝聚力,使杭大盟委会真正发挥参政议政的作用,为杭大、为社会作出应有的贡献。研讨班还就每月的具体工作作了安排。这次讨论会很成功,大家沟通情况,统一认识,增强信心,为一年的工作打下了坚实的基础。

过去的一年,杭大盟委会举办了多次有声有色的活动。(1)二月二十七日,杭大盟委会召开全体盟员大会,由徐辉副校长传达新学年学校工作精神,盟委会成员还介绍了学校教学、科研工作计划,并通报1998年校盟务工作安排。(2)"三八妇女节"时,组织女盟员收听厉以宁关于经济形势的报告,并专场观看了世界名片《钢琴课》。(3)四月份是春游的好季节,结合周恩来总理一百周年诞辰,盟委会组织全体盟员到梅家坞茶园,参观了周总理纪念室,观看了录像,并请多次受到周总理接见的梅家坞社员报告当时的情形和切身感受;大家还在茶园品尝龙井茶,观赏采茶、制茶过程。(4)"五四青年节"组织年轻盟员登玉皇山,讨论对四校合并的设想,并开展一些有趣的娱乐活动。(5)六月份,由各支部安排组织生活,有观看国际形势录像的;有讨论杭大在四校合并之后如何加强学科建设的;有请学者作东南亚经济形势报告的……都搞得生动活泼又富有教育意义。(6)暑假之后,九月份,盟委会总结上半年工作,讨论下半年工作安排。于十月九日召开全体盟员大会,请党委副书记庞学铨同志作报告,通报四校合并的新进展,盟委会成员谈如何发挥知识分子忧国忧民的传统美德，立言立论，体现民主党派的作用。（7）十月二十六日，结合重阳节，召开老年盟员茶话会，中心议题有两个：如何发挥老年盟员的作用；老年盟员怎样保持健康的心境。与会盟员讨论得相当热烈。（8）十一月七日，组织全体盟员参观绍兴柯岩、吼山，使大家在游览自然风光的同时，了解了浙江乡镇近几年的巨大变化。（9）九九年一月七日，将组织全体盟员迎新联欢会，总结过去一年的盟务工作。

过去的一年，杭大民盟组织建设有了一定的发展。杭大民盟1997年共有盟员144人。盟员平均年龄达57.8岁，年龄结构偏大，已退休盟员77人，占总数的53.5%，未退休盟员67人，占总数的46.5%，退休盟员比例偏高。1998年在组织发展工作中加大了力度，共发展新盟员8人，其中男盟员5人，女盟员3人，高级职称5人，中级职称3人，平均年龄为41岁。现在除去老盟员自然死亡2人，增加6人。现有盟员150人（男盟员88人，女盟员62人）。但由于普遍年龄偏大，到1998年底，有9名盟员退休，已退休盟员达86人，占总数的57.3%；未退休盟员64人，占总数的42.7%。总的说来，年龄结构有些老化，盟员中高层次的代表人物相对较少，组织发展是校区盟委会明年应当努力去做的工作。

过去的一年，杭大盟委会在参政议政和宣传报道方面取得了一些成绩。作为民主党派，能够为学校、为社会的建设和发展提出合理可行的建议、意见，才是最基本的工作、最主要的职能。

首先，发挥政协委员的作用。杭大盟员中，共有全国政协委员一名，省政协委员二名，市人大代表一名，区政协常委一名。我们利用这些委员、代表的作用，向有关部门提出十多项议案，反映社情民意报告多份。不光这些委员写，还发动广大盟员参与。比如教育系吴华副教授利用专业优势，为省政协委员提供了《发展高中（包括职高）教育，减轻就业压力》的提案。许多提案发挥了作用。如省政协委员提出的《制止噪音、空气污染，改善教师生活环境》的提案，就是针对杭大新村十幢、十六幢教工宿舍遭受消防队招待所锅炉煤烟和鼓风机噪音影响的实际情况提出来的，经过各方面的共同努力，到去年年底，这个招待所烟尘和噪音的排放量已达到规定标准，使教师生活得到了基本保证。

其次，发挥盟委会的作用。作为教师，立足学校，应当为学校的建设与发展尽心尽责。所以杭大盟委会的建议往往结合学校的实际情况。去年五月，结合四校合并，即将举行庆典，华明教授不顾年事已高，骑车到其他三个校区做实地考察，了解各校不同的校训、校徽等，提出了《关于设计新浙大校训、校徽、校歌》的建议。结合杭大文科科研的实际问题，我们组织了以图书馆陈益君副教授为主的调查小组，到各系了解、分析杭大文科期刊规定标准的科学性与可行性，参照其他高校期刊标准，提出了一个比较符合实际，体现杭大文科科研特点，又具有科学性的标准草案，但由于四校合并在即，校领导认为暂时不搞为好，我们就没有正式提出来。相信这个工作还是有意义的。还有的老教师，虽然退休了，仍然十分关注学校的工作，在杭大成立艺术系时，就有老盟员提出了如何创办艺术系的建议，还有的提出了如何办好新浙江大学图书馆的建议，都有新意，有价值。再次，搞好宣传工作。过去的一年里，杭大盟委会在这方面有了突出的进步。我们的一些主要活动都在《浙江民盟》通讯上介绍，郁建栋、张卫中、陈益君同志及时地把杭大民盟的组织生活、工作状况报道出来，以达到沟通情况、鼓舞士气的目的。我们还介绍杭大盟员风采，如《不断创新，超越自我——记第16届尤里卡世界发明博览会金奖得主陈积坤教授》的通讯，就获得了很好的反响。

以上是杭大盟委会过去一年里的主要工作。我们的体会有以下三点：

（一）盟委会成员的凝聚力很重要。杭大盟委会新老班子成员相当团结。上一届主委华明教授、副主委沈报恩教授参加新一届盟委会的各项工作，贡献他们的经验和智慧，使新盟委会成员的工作有连续性。盟委会的十一位成员都感情融洽，一旦决定下来的工作都分头去做，充满热情和责任心。民盟工作是义务性的，在当今金钱至上的大环境中，大家不为名、不为利，只为民盟这个大家庭，是难能可贵的，体现了对民盟组织的热爱。

除了盟委会成员之外，凝聚力还表现在与广大盟员的关系上。盟委会继承了上一届领导班子的好传统，关心盟员的工作和生活，尤其对知识分子特别看重的职称晋升问题给予关注，帮助他们解决各种困难，盟员也乐于向盟委会成员倾诉想法，这种吸引力是双向的，互相信任和理解，使杭大盟委会工作得以顺利开展。许多盟员工作家庭都很忙，但对参加民盟活动都积极主动，以能够为民盟做点工作为荣，这也从另一个侧面反映了杭大盟委会的凝聚力。

（二）民盟工作需要有活力和创新精神。杭大盟委会工作有一套健全的制度。每月盟委会成员讨论一次工作安排，基本上每月有一次盟员活动，每学期有一次全体大会，有一次全体出游活动，年终有慰问老年盟员的工作。此外，针对不同节气，不同节日，组织不同类型的盟员活动。但这远远不够，必须有创造力，有活力，有吸引力，才能团结广大盟员。我们精心组织每一次活动，让大家觉得有意义，充实。比如老年盟员多，今年的春节联欢会就有一个节目是：由最年轻的十位盟员给八十岁以上的十位老盟员每人献上一朵鲜花。这个活动对敬老、爱老教育是很有好处的，比说教要好，也可以给老盟员留下美好的回忆。

民盟作为参政党，主要职责是发挥民主监督、参政议政的作用。所以我们的工作重点是如何调动广大盟员的积极性，使大家充分反映社情民意，提出切实可行的建议。我们曾就知识分子忧国忧民的传统和参政党的作用等问题在广大盟员中展开讨论，使大家对知识分子盟员的责任和使命有了更高的认识。但我们觉得，反映民意的渠道还不够畅通，许多好的建议没有得到应有的重视，这对保护和鼓励大家积极性不利。

（三）依靠学校党委和统战部，依靠省民盟委员会，工作才有保障。杭大盟委会工作能够顺利开展，离不开校党委和统战部的直接领导和关心，离不开上级盟组织的领导。尤其盟省委会和校统战部领导政策水平高，领导有方，在大政方针上给予指导、把关，具体工作则充分信任，当好参谋，决不指手画脚，盛气凌人，使我们觉得盟省委会和校统战部就是我们的家，这种民主、和谐的领导作风对开展工作无疑是有极大好处的。分管与杭大盟委会联络的盟省委组织部更是把杭大的工作看作像自己的事情一样，千方百计帮助我们开展工作，对此，杭大盟员都很感激。

新年来临，西溪校区盟委会有信心在盟省委和新浙大党委、统战部领导下把工作做得更好。

1999 年 1 月 4 日

附记：作为主委，这是按照惯例对一年民盟工作的总结。

附录：杭大民盟简史

1952年院系调整，成立浙江师范学院。至1956年，民盟成员有59人，王承绪同志任主任委员。

改为杭州大学之后，1958年改名为民盟杭大支部。王日玮同志任主任委员。"文化大革命"期间停止民盟活动。到1979年底筹备恢复组织活动。1980年3月支部改选，王日玮同志任主任委员。1982年支部改选，庄尚瑞同志为主任委员。1984年4月成立杭大民盟总支部，下设两个支部。总支部主任委员是庄尚瑞。1986年6月改选，总支部主任委员为庄尚瑞。成员计84人。

1990年盟省委批准杭大民盟总支改为杭大民盟委员会。1991年经盟员大会讨论，选举产生杭大第一届盟委会，主委为华明同志，下设三个支部。这期间杭大盟委会被评为浙江省各民主党派为社会主义建设服务先进单位。1994年，杭大盟委会换届，选举华明同志为第二届委员会主委。仍设三个支部。其间杭大盟委会被评为全省优秀基层盟委会。1997年杭大盟委会换届，选举王云路同志为第三届委员会主委，仍设三个支部。杭大现有盟员近160人。

近几年杭大盟委会在参政议政方面作了一些工作，主要有：关于大学生"双休日"生活的调查，关于如何抓好校园文明建设的调查，关于高校文科期刊规定标准的调查等。

建立科学与民主相结合的决策制度是浙大建设世界一流大学的重要保证

《左传·昭公二十年》有一则记载"同"与"和"不同含义的生动故事:

> 齐侯至自田,晏子侍于遄台,子犹驰而造焉。公曰:"唯据与我和夫!"晏子对曰:"据亦同也,焉得为和?"公曰:"和与同异乎?"对曰:"异。和如羹焉,水、火、醯、醢、盐、梅,以烹鱼肉,燀之以薪,宰夫和之,齐之以味,济其不及,以泄其过。君子食之,以平其心。君臣亦然。君所谓可而有否焉,臣献其否以成其可。君所谓否而有可焉,臣献其可以去其否。是以政平而不干,民无争心。故《诗》曰:'亦有和羹,既戒既平。鬷嘏无言,时靡有争。'先王之济五味,和五声也,以平其心,成其政也。声亦如味,一气,二体,三类,四物,五声,六律,七音,八风,九歌,

以相成也。清浊、小大、短长、疾徐、哀乐、刚柔、迟速、高下、出入、周疏，以相济也。君子听之，以平其心。心平，德和。故《诗》曰：'德音不瑕。'今据不然。君所谓可，据亦曰可；君所谓否，据亦曰否。若以水济水，谁能食之？若琴瑟之专一，谁能听之？同之不可也如是。"

这里用烹调饮食与琴瑟音乐要"和"（协调）而不要"同"（单一）的道理说明君臣关系，说明和谐才有味道，才是艺术，才有辩证法。从多样与差异到适中与平衡，要经过"调"和"齐"（就是调剂的剂）。甘、酸、辛、苦、盐称作五味，加上滑，称作六和。"声"需要"和"，所谓"清浊、大小、短长、疾徐、哀乐、刚柔、迟速、高下、出入、周疏，以相济也"。以水济水，单调无味，没有人吃；琴瑟都是一个调，毫无韵味，没有人听。"和"是烹饪的最高标准，也是音乐的最高标准。

食要"济五味"，乐要"和五声"，万物的生成也要和，政治的最高境界是和。

我们看《国语·郑语》记载郑桓公与史伯的一段对话：

公曰："周其弊乎？"对曰："殆于必弊者也。《泰誓》曰：'民之所欲，天必从之。'今王弃高明昭显，而好谗慝暗昧；恶角犀丰盈，而近顽童穷固。去和而取同。夫和实生物，同则不继。以他平他谓之和，故能丰长而物归之；若以同裨同，尽乃弃矣。故先王以土与金木水火杂，以成百物。是以和五味以调口，更四支以卫体，和六律以聪耳，正七体以役心，平八索以成人，建九纪以立纯德，合十数以训百体。出千品，具万方，计亿事，材兆物，收经入，行姟极。故王者居九畡之田，收经入以食兆民，周训而能用之，和乐如一。夫如是，和之至也。于是乎先王聘后于异姓，求财于有方，择臣取谏工而讲以多物，务和同也。声一无听，物一无文，味一无果，物一不讲。王将弃是类也，而与剸同。天夺之明，欲无弊，得乎？"

史伯用"和实生物，同则不继"的观点，讲述了治理国家要"和乐如一"的主张。和谐才能生长自然之物，金木水火土相和才能成就百物。史伯也举了五味与口、四支与体、六律与耳、七体与心、八索与人、九纪与立德的关系，只有和谐才能成就其作用，并强调单一的声音不中听，单一的物色无文采，单一的味道不成果的道理。可见世间万事万物，最高的境界是和，和才丰富，和才有万物，和才有各种事物的独特作用。多样的事物和因素的融合与和谐，多种元素与成分的融合与和谐，才构成了自然与社会。

社会政治生活中，民主党派与中国共产党的关系就是"和"的关系。唐太宗尝谓宰相曰："自知者为难。如文人巧工，自谓己长，若使达者大匠诋诃商略，则芜辞拙迹见矣。天下万机，一人听断，虽甚忧劳，不能尽善。今魏徵随事谏正，多中朕失，如明鉴照形,美恶毕见。"(《新唐书·刘子玄传》)这里就能看出统战理论研究的意义,也就是民主党派存在的价值。

学校领导工作也应当讲究"和",才是管理工作的艺术,才是科学的管理方法。现在有一批有知识、有水平、有热情的党外人士,他们是完全义务、不计报酬、真心实意地要帮助学校领导"和"而不是"同",学校领导应当真诚地欢迎才是。浙江大学的民主党派成员有2000多人。其中有不少是区、市、省乃至全国的人大代表、政协委员。他们不仅有学识,懂法规政策,而且联系面广,位置相对超脱,思路、视野都比较新。学校领导已经注意发挥这些代表人物以及他们所联系的党派成员在学校教学科研等方面的决策中的积极作用,集思广益,但还很不够。我们以为原因有两个:一是没有真正意识到民主党派的作用,也就是没有意识到领导艺术中"和"的作用;二是没有一套健全的规章制度来保证实施民主党派的作用。所以如果忙了,领导可以省掉情况通报会,有空了,就开个会议,而且也大多流于形式,不讲求实际效果,因为只有领导报告,几个领导报告完毕,会议就结束了。

所谓科学研究,有两层含义,一是研究的对象是科学,二是研究的方法也应该讲科学。同样,决策、管理也要讲科学。高等院校是科学研究的殿堂,同时也应当在科学决策、科学管理上做表率。特别像我们浙江大学,是一所有近4万名学生、1.5万名教职工、20个学院、近100个系所的超级大学。要建设具有世界先进水平的一流大学,要做的事情实在太多。教学、科研、管理、服务、开发、教师、学生，校内校外，工作千头万绪，真可谓一项庞大又复杂的系统工程。领导就那么几个，有的还要搞教学、科研，甚至开发。因此，要每件事情都决策正确、不出差错是不可能的。但是，小事情出点差错影响范围小，损失也小。如果大事情出了差错，那就影响范围大，时间长，损失就严重。科学决策是很重要的。

科学是与民主相联系的。科学决策与民主决策是统一的。科学决策必须以民主为基础。古人说："兼听则明，偏信则暗。"所以，应该把科学决策与民主决策有效结合起来。民主的实施应该讲科学，也就是要把民主管理制度化、规范化。去掉主观随意性、标准统一。

对具体做法我们有几点设想：

第一，建立规范的情况通报制度。凡涉及学校发展规划、学科建设、院所设置及领导任免等重大决策，关系到全校教职工切身利益的岗位职称评聘、福利分配、医疗改革等政策的制定，应该向省级以上政协委员、人大代表、各党派的正副主委通报情况或打算。一学期二至三次情况通报，可以是开会的方式，也可以是印发资料的方式，而后者更省时间。

第二，建立规范的征求意见制度。这一环节更重要。凡涉及学校发展规划、学科建设、院所设置及领导任免等重大决策在出台之前，应该向民主党派征求意见。其方式大致有三：（一）可以是开会，要在会议通知上写明讨论的专题或某类事情，使大家有备而来，以取得实质效果，而不是泛泛地空谈一通，随意发挥，征求意见会不能成为领导通报会或报告会，二者不能合二为一；（二）可以参考政协提案的方式，用通讯方式征求意见或建议，在所发的征求意见信笺上注明议题和截止时间，由统战部组织征集汇总；（三）可以利用电脑，用电子邮件的方式征求意见。

第三，建立每学期一次学校领导与各党派正副主委及省级以上政协委员、人大代表的见面会制度。无主题地广泛倾听大家的意见，其意义往往不是半天时间可以计算的。例如，最近民盟有同志提出浙大新校园建设要投资20多个亿，学校能否建立一个专门独立的监督机构，以防止庞大的基建工程中可能出现的腐败现象及工程质量问题。这样既保护学校、国家资产，又保护有关当事人。因为由大型基建项目引发的领导腐败事件屡见不鲜，有时一幢大型建筑拔地而起，就有一、二个人锒铛入狱，是监督机制不完善害了某些人。

第四，建立学校领导与有关党派代表及省级以上政协委员、人大代表的个别联系制度，以便平时有特殊情况及时反映。现在也有这个形式，但实质作用不大。建议学校在领导工作总结时加上与民主党派交友一项，看解决了什么问题，听取了什么意见，作为衡量考核的标准之一。

第五，建立各院党委分管统战工作的领导每学期与所在院的民主党派成员或主要代表的见面沟通会制度，发挥民主党派成员在院系教学科研工作中的积极性。

第六，还应当扩展民主参与的渠道。学校的重大决策在正式出台以前，应在校园网上公布实施草案或在校园固定橱窗张贴，以充分征求大家意见。

以上规矩似乎早已设立，现在来说也是老调重弹。但以往有些弊端：1. 随意性很大，究竟哪些事情应当通报，没有标准；什么时间通报，主要视领导时间，而不是根据事情的紧急程度（这也说明了情况通报在领导眼里是可有可无的）；2. 流于形式，不注重实效，有情况通报会，但只有通报，倾听意见或建议的时间较少；会前无准备，影响发言质量；少有信息反馈，挫伤大家参与的热情；3. 沟通信息和征求意见的渠道和手段单一。建议学校对此制订明确的规章制度，真正重视并全面落实。

不是党派成员就有清谈、提意见的癖好，而是出于对国家、对社会、对学校强烈的责任心和使命感。他们也有各自的教学、科研工作，也不轻松，能够义务地为学校建设献计献策，应当受到鼓励和尊重。

2001 年 1 月 7 日

附记：这是在浙江大学统战部党派工作会议上的发言。

在民盟浙大委员会年终会议上的发言

各位领导、盟员朋友们：

早上好！2003年马上就要过去了，时光匆匆。这一年里，对我们大家来说，都是忙碌的一年，也是充实的一年。随着国家的一天天发展，随着杭州的一天天美丽，我们的学问、工作和思想也一天天成熟和完善。浙大民盟委员会在民盟省委会、校党委统战部的领导下，也做了很多工作。民盟组织在一天天发展壮大，我们又发展了一批新盟员。民盟中央有人才强盟、人才兴盟的战略，相信新盟员的加入会使浙江大学的民盟组织更具有活力，更富有创造性。根据盟员年龄结构和工作性质的变化，有的校区在支部组合上按照退休与在职的划分，同时根据居住地的不同，对支部进行了重新划分。相信新的支部组合会更有利于大家活动的开展。

在参政议政、建言献策方面，我们浙大盟员也发挥了重要作用。比如省的各个专门委员会的主要成员都是浙大民盟的，如教育、科技、经济、老龄、妇女、法律等。

许多教师在自己的本职工作上都取得了新的科研和教学成果。最有代表性的是2003年11月5日在杭州举行的联合国教科文组织第九届国际教育创新大会上，联合国教科文组织官员向我校终身教授、比较教育学专家、92岁高龄的王承绪先生颁发了"亚太地区教育革新终身成就奖"。王先生是我们的老盟员、老领导，他的获奖，是我们民盟的骄傲。我们其他的教师盟员也都在自己的教学、科研岗位上做出了出色的贡献。

新的一年，随着浙江大学建设一流大学步伐的逐步加快，我们应当为学校的改革与发展做点切实的工作；同时，随着浙江经济的发展，随着浙江、杭州在长三角地区地位的突显，我们的视野可否放得开一些，比如是否可以考虑长三角地区高校民盟组织（上海、南京、苏州高校）的联合调研，如何为长三角的经济发展、文化发展、教育发展等出力献策。当然，我们的教学与研究工作应当更出色。

我代表学校盟委会感谢校党委、统战部、感谢盟省委的领导、关心与支持。我们这次活动的所有礼品都是校统战部亲自为我们准备的。

我们相聚在这里，庆贺我们丰收的一年。祝愿大家有更加美好的明年。祝大家身体健康、阖家欢乐，事业兴旺，万事如意！

2003年12月19日

关于人才强校问题的一点想法

人才强校是学校发展的重要战略。国家首次召开全国人才工作会议，胡锦涛同志首次提出："人才问题是关系到党和国家事业发展的关键问题。"省里提出了"人才强省"的口号。民盟中央提出了"人才强盟"。学校提出了"人才强校"。学校的这一思路无疑是十分正确的。

一、人才强校问题的关键

人才强校问题的关键在哪里呢？在于发现人才、保护人才、培养人才、引进人才的机制，在于管理人才的人。因为学校要建设一流的大学，主要的不是最大的校园、最大的食堂、最全的学科门类、最多的师生人数。一流学校的主要标志是一流的人才队伍，而培养、吸纳并发挥一流人才作用的关键是一流的领导者和管理者。所以，我以为人才强校的关键是以下这两个方面：

第一,建设一支一流的教师队伍。

1. 保护、培养现有的教师队伍。学校发展的根基是现有的4000名教师。所以立足点应当是这些人,充分尊重人才的特殊禀赋和个性,注重发挥其特点和特长,不求全责备,鼓励开拓创新,大胆探索。真正做到关心人、爱护人、理解人、信赖人,营造一个舒心的环境:良好的工作环境,和谐融洽的人际环境,民主活泼的学术环境,比较舒适的生活环境,尊重理解的社会环境。凝聚人才,需要用事业,用精神,用情感,还要有适当的物质待遇安定人才。

现有教师中两类人才是关键:一类是学科带头人。这些人不能压力过大,温情太少。有了矛盾要及时化解,避免人才流失。

另一类是年轻教师。因为管理、考核的标准不适合,压力过大,经济拮据,许多人要离开浙大。而这些人是浙大的未来。人才培养、成果显现需要有个过程,我们的考核模式需要重新审视。

2. 引进人才。一要引进大师级人才,创建新的学科领域,带来新的研究方向;二要引进有锐气、有献身科学事业精神的年轻人。他们同样是浙大未来的支柱。我们对后者同样要给予重视。

第二,建设一支一流的领导者、管理者队伍。

1. 从某种意义上说,一流的领导者是建立一流大学最关键的因素。北京大学因为有蔡元培,成了北大历史上最鼎盛、最光辉的时期,也成就了北大精神;浙江大学因为有竺可桢,被世人称誉为"东方剑桥"。所以也可以说,我们浙大不缺乏献身学术事业的学者、不缺乏献身教育事业的教师,我们更不缺乏聪明好学的学子,我们需要真正懂得教育内涵、教育规律,具有科学精神与胆识的领导者和管理者。许多情况下,某些领导者的好大喜功、目光短浅和急功近利,可能会阻碍了学校事业的发展。个人的人格魅力是了不起的精神动力。领导者的真诚与胆识、亲和与魄力,可能会成就一个学科、成就一所大学,或者留住一个人才、吸引一个人才、成就一个人才。

2. 应当重视党外干部人才。高校是知识分子尤其是高层次知识分子集中的地方,有许多成绩卓著、精明强干、有影响力的民主党派成员和知名党外人士,历来成为党外干部和人才工作的重要源头。我校教师中党外人士(包括民主党派和无党派人士)占了近一半的比例,所以选拔干部的眼光不应当忽视这一部分人群。可惜,在校领导眼里,恐怕不是这么回事。举一个最简单也最直接的例子:在学校党委和行政联合下发的"贯彻全国人才工作会议"的文件中,宣布设立了一个"由学校有关部门和学院领导、教师参加的调研组,具体负责我校实施'人才强校'战略有关政策措施的调研和起草工作"。这些有关部门包括:党委办公室、校长办公室、组织部、人事部、研究生院、宣传部、发展规划部、教务部、科技部、人文社科部、学工部、研工部、计财部、房产部、招生就业部、工会,共计16个部门,独独没有统战部!而统战部是直接联系党外人士,尤其党派人士的部门!这些教师固然隶属于各学院,但统战部是从另一个角度关怀他们、培养他们、理解他们的重要部门，怎么可以忽视呢？党外干部需要培养。各级人大、政协以及各民主党派的主要领导岗位上、在省市各实职部门中有我校的人员，这对提升学校声誉、形象，对学校的建设和发展，是有重要意义的。这方面，学校是努力争取的。但是，另一方面，学校应当为党外人士铺设台阶。比如：许多党外人员本人素质等都具备提拔的条件，但是因为没有在学校任处长以上的工作经历，就失掉了竞争的资格。学校统战部也认真地每年按上级要求排列后备干部名单，但是由于决定实职安排的组织部门与统战部缺乏有效的沟通协商，使统战部的培养计划难以落实。

3. 应当实行民主管理，教授治校。古今中外，凡是成功大学的办学经验中，一定有教授治校这一条。因为名校的主要标志是名师，名师需要一个团队，不是孤零零的单个人所能成就的。所以教授群体在学校的作用是至关重要的。学校的业绩、学校的经费、学校的各项排列指标都要靠以教授为主体的教职人员工作才行，而如果教授说话远不及一个普通办事人员有用，那这个学校肯定搞不好！

二、应当树立正确的人才观

第一，人才资源是第一资源的观念。知识和人才已经成为新时代的两大支点。而人才是知识的发明者、创造者、传播者、使用者，所以人才成为制约经济增长和社会进步的关键因素，应当高度重视人才。

第二，人人都可以成才的观念。"千里马常有而伯乐不常有"，这是古人的感叹。清代龚自珍有"我劝天公重抖擞，不拘一格降人材"的呼吁。现在中央号召抓住人才，发掘人才，我们应当"不拘一格用人才"。创造条件，使优秀人才脱颖而出，把每个人的潜能和价值都充分挖掘出来。东汉的王充说："涉浅水者，得虾，其颇深者，见鱼鳖，其尤深者，察蛟龙。"当观念正确了，机制健全了，观察了解公正而深入了，就不仅仅捉住小虾，甚至可能发现鱼鳖蛟龙了。

第三，以人为本的观念。"大学"的最终目的是人格，而不是人力，更不是钱财。如果仅用经费数衡量人才，那是可悲的。北京大学校长许智宏说："一个没有精神支撑的社会将是可悲的。亚洲国家具有很好的历史文化传统，这样在新的条件下，使原有的优良的价值观得到认同，大学的人文科学将起到很重要的作用。失去道德与精神支撑的民族恐怕难以发展。因此，在全球化背景下大学在国际化过程中如何坚守精神是目前最重要的命题。"大学更重要的是产生思想，对民族精神的支撑。它不仅要为国家创造出眼睛看到的产品，更重要的是为国家的发展提供理念，为社会贡献具有原创性的思想家，这也是北大自始至终都很重视人文与社会科学的建设以达到与理工科平衡的原因所在。以人为本，就不会机械地用经费数、文章数、出版级别衡量人才了；就不会一年一评、一年一考核了，人不是机器，尤其大学教授创造的是学术、是思想、是理念，许多情况下是不能量化的。科学研究的领导和管理尤其需要科学性，以人为本，尊重学科特点是最重要的。

第四，人才具有多样性的观念。《国语·郑语》记载郑桓公与史伯的一段对话，史伯用"和实生物，同则不继"的观点，讲述了治理国家要"和乐如一"的主张。和谐才能生长自然之物，金木水火土相和才能成就百物。食要"济五味"，乐要"和五声"，色要调五彩、自然界要配五行。单一的声音不中听，单一的物色无文采，单一的味道不成果。可见世间万事万物，最高的境界是和，和才丰富，和才有万物，和才有各种事物的独特作用。多样的事物和因素的融合与和谐，多种元素与成分的融合与和谐，才构成了自然与社会。

所以从理论上说，政治的最高境界是和，"和为贵"。百花齐放，是自然界的春天；百家争鸣，是学术界的春天；和谐发展，而不是单一的声音，也是学校兴旺发展的标志。曾任北大校长的严复说："大学理宜兼收并蓄，广纳众流，以成其大。"蔡元培说："大学者，'囊括大典，网罗众家'之学府也。"他们真正理解了大学之"大"。

2004 年 4 月 12 日

附记：这是在学校统战工作会议上的发言。

民盟引领我成长

尊敬的各位领导、嘉宾和盟员朋友们：

大家早上好！

近日，盟省委通知我参加民盟浙江省级组织成立75周年庆祝大会，并要我代表老盟员讲两句，我感触很多。讲什么呢？涓涓溪流可以映出民盟的浩荡江河，我就讲讲我个人加入民盟30多年的经历和感受吧。我讲以下三点。

一、加入民盟，让我与高尚者为伍

刚刚工作，因为带孩子到校医院看病，认识了热情开朗的王祖姣医生，她鼓动我加入民盟。而一入盟，就认识了杭州大学民盟主委华明教授。华老师正直、热情而又坦诚，与我父亲年龄相当，我也完全信赖和依靠他。在民盟的工作中，他总是鼓励我，告诉我怎么参加会议，怎样召集会议，带我去老盟员家看望。华老师还关心我的学业和生活。记得有一年我开会回来,晚上楼道里都遭遇了小偷,一个人在家,我很害怕,打电话告诉华老师,他告诉我开着客厅里的灯睡觉吧!后来工作忙,跟华老师来往少了,现在很遗憾,很自责,我常常想起他眯上眼睛说话的样子。

更早的主委王承绪先生当时已经80多岁,还参加各项活动,当时过年前都要去看望他,听他讲以前的事情,总是钦佩他的工作热情和执着精神。

参加盟省委会议,有幸认识了宁波的老主委徐季子先生,他的人格魅力吸引着我,虽然年龄相差很大,却成为忘年交,每次见面总想多多请教,徐先生的大著出版后,也会送给我。已经很久没有见到徐先生了,很想念。

还有90多岁依然工作的徐英含先生,我虽然交往极少,但是他的工作精神和生活态度,都让我非常钦佩。徐先生今年97岁了,也来参加会议,我祝福他老人家健康长寿。

这样的民盟前辈和同辈朋友以及晚辈很多,我不能多说了,怕有奉承之嫌。他们的高尚为人,让我钦佩,与这样的人交往,是我人生的一大幸事。

二、加入民盟,让我的生活充满活力

记得20多年前采访我的一篇报道,题目是:"王云路:快乐地工作,幸福地生活。"讲的是我们一家子的快乐。我觉得刚刚工作就加入民盟，是我的正确选择。我入民盟不久，我丈夫就加入了民盟；大前年，我儿子也加入了民盟。我们都是浙大人，我们都是盟员。在前辈的提携和组织的帮助下，我也担任过杭州大学民盟主委、浙江大学民盟副主委、省民盟妇委会主任、省民盟副主委，我参与或负责一些具体工作，到浙江各地调研，都是与正直敢言、活力四射的民盟朋友在一起，他们的热情奉献和开朗精神，让我确实感觉到生活在快乐幸福之中。

民盟，让我的视野更开阔，经历更丰富。因为民盟和学校的推荐，我担任过浙大统战理论研究会会长，担任过省政协委员和省人大代表，也担任过民盟中央委员，还担任过省政府参事，现在是省文史馆馆员。与这些朋友在一起，让我体会到人是要有一点担当精神、奉献精神的，所以我在这些社会工作中也尽自己所能，为参政议政、传承中华文化建言献策，发挥自己的绵薄之力。

三、加入民盟，让我的事业更上层楼

很多民盟前辈都是学有专长的事业型学者，他们在自己的专业领域开掘很深。记得大约20年前，民盟前辈费孝通先生来到浙江，在民盟省委会的会议室里，有幸握着费老温暖的手，我当时想的是，这就是作为经济学家、社会学家，人类学家，写出温州经济调查报告的那双手吗？这也是在80岁生日时提出了"各美其美、美人之美，美美与共、天下大同"主张的睿智老人吗？

费老的著作现在已经集成四册，书名有《费孝通论中华民族多元一体格局与民族关系》《费孝通论文化自觉与学科建设》《费孝通论乡村建设》《费孝通论文化艺术与社会精神生活》等，从题目即可以看出他的事业心和家国情怀，体现了对人类社会和世界前途的深邃思考，他是民盟的榜样和骄傲。我是民盟中的一员，应当做一流的学问，应当发挥作用。我的专业是研究传统语言，我努力学习，与我丈夫方一新教授一起提出了"中古汉语"这一学科分期主张，我还提出了"汉语词汇核心义"的理论观点。我的研究得到了学界的肯定。大家推举我担任中国训诂学会会长，担任国务院学科评议组成员，九年前获得了长江学者的称号，近年也获得了浙江省特级专家的荣誉，也成为浙江大学首位敦和讲席教授。在我精力最充沛的时光中，我以学术为事业，取得了一点成绩。

我已过耳顺之年，回看我的生命历程中，30多年的盟员经历是重重的底色，让我交好友、读好书、写好文，让我的事业有深度，让我的生活有广度。所以，我说民盟引领我成长，我感激民盟省委会出色的工作。

"潮平两岸阔，风正一帆悬"，民盟浙江省级组织成立已经75周年了。在新的历史时期，相信盟省委在中国共产党的领导下，会更好地发挥党派作用，为浙江的发展作出更大的贡献。

附记：这是2022年7月8日在纪念民盟浙江省省级组织成立75周年大会上的发言。

# 五、零篇散札

2003年在人文学院研究生毕业典礼上的发言

各位领导、老师、博士、硕士朋友们：

大家好！

今天是在座诸位博士生、硕士生获得学位，跨出浙江大学校门的时刻，我代表研究生导师，向大家表示热烈祝贺！祝贺大家完成学业，步入社会，开始新的生活！

要讲点什么呢？我们也曾有过你们同样的经历，也曾年轻过，所以想把自己的点滴体会告诉大家：走出校门，首先要有一个明确的目标。

前些天看报纸，讲耶鲁大学曾做过一个实验，问参加实验的同学两个问题：一是有没有明确的目标，有10%同学说有明确的目标；接着问第二个问题：把你的目标写下来了吗？回答有4%的同学写下来了。20年后，对被调查的同学做追踪考察,结果这4%的同学最出色，最成功，他们拥有的财富等于其他96%的同学的总和,其他同学忙忙碌碌,只是直接或间接地为这4%的同学服务。

无论这则报道准确与否，有一点是可以肯定的，就是：有明确的目标比没有目标或目标模糊要好得多。现在就是大家该明确目标的时候了。也许大多数同学目标已经有了，那就要执着地为此努力奋斗了。

其实，人生每时每刻都在选择，在大的方面选择了就要坚守、自足。我们选择了学术研究，就要一心一意对待它，这就是事业吧？事业并不一定要用什么头衔称号来满足，你爱上了一样事情，一种工作，愿意为它全身心地付出、追求，并且永远也不放弃，我想，这就是事业，就是事业心，是比什么都重要的。

当然，每个同学的选择不一样，有的同学选择继续研究学问，有的同学选择了其他行业。可以说，生活中处处有学问，时时需要学习，我们应当以这三年的苦读精神和人文精神对待以后的学习和工作。事业或工作其实也是一种爱好，一种着迷的爱，也就是快乐。对学问、对工作的爱，可以使我们把学习和工作的过程变成感受快乐的过程，会把忍受变为享受，我想，这就是精神对于物质的最大胜利，就是学习或工作的最高境界了。这样才可以说"工作着是美丽的"。这种感受、这种境界，需要培养，需要我们不懈的努力。现在大家都三十岁上下，是人生最宝贵的，也是最美好的年华，对今后的一生都有决定性影响。时间抓得住的是金子，抓不住的是流水。古人说："易失者时，不再者年。"所以毕业了，仍要有紧迫感。衷心希望大家未来的生活充实而快乐，也相信以后浙江大学会因为在座的诸位年轻博士、硕士而荣耀。

既要有执着的追求,又要有达观的态度。淡泊了名利,就选择了坦然;看轻了金钱,就变得轻松。希望以此与大家共勉。

最后,还有一点,是请大家注意身体,坚持锻炼。健康,有活力,就是最大的资本,最大的财富。

三年来,我们师生结下了友谊,共同度过了美好的时光,分手的时候,真有些依依不舍,希望大家常回校看看。谢谢大家!

2003 年 3 月 28 日

在姜亮夫先生110周年诞辰座谈会上的发言

尊敬的各位先生、各位老师、各位同学：

大家好！今天能够参加姜先生110周年诞辰的纪念会，确实非常高兴。这个会是由浙江大学主办的，联合了好多部门、单位做这个工作，其中档案馆是出了很大的力的，人文学院、古籍所还有一些校办相关部门都有参与。作为古籍所的一员，参加这个纪念会意义不一般，浙大古籍所就是原来的杭州大学古籍所，是在姜亮夫先生直接主持筹划下成立起来的，所以古籍所能够走到今天，成为浙江大学文科唯一的国家重点学科，离不开姜先生的直接的创建之功。从1983年古籍所成立以来，已经近30个年头了，我们在座的还有很多是在姜先生那个时候就在古籍所工作的开所元老，各位老先生能够到会，我代表人文学院也代表古籍所，向为古籍所的创建和发展作出很多贡献的各位前辈表示衷心的感谢。姜先生的亲属姜昆武老师和徐老师做了大量的工作，还有姜先生家乡的代表都能够不远千里到这里来参加纪念活动，确实是非常感人的，我也代表人文学院、代表古籍所，代表姜先生的子弟对大家表示衷心的感谢。

感谢之余我还要说几句个人的感受。昨天徐老师跟我说，你是姜先生的入门弟子，就是入室弟子。确实，我是姜先生的入室弟子，1992年考到姜先生门下攻读博士学位，但是远远没有达到登堂入室的真功夫，差得是太远太远了，作为姜先生的学生我觉得既光荣又有压力。我们能在某一个方面学到一点姜先生的学问就不错了。

我在读硕士生时，因为郭在贻老师的引荐，就有幸经常到姜先生家去聆听教诲。记得刚到杭州不久，我到姜先生家去，姜先生仔细问了我的学习情况，又说：杭州这个地方很好，是一个很美的地方，应当在这儿好好读书，还要到西湖边好好玩玩。姜先生说他在年轻的时候在望湖楼那个地方经常拿着书去看的，他说年纪大了，去不了，你们还应该常去。姜先生还讲了一个读书研究的方法，他说做学问就像在一个深水潭里面打桩，这个桩打得越深，旁边的东西就慢慢吸附到桩上，而且越来越多，学问的根基就越来越深，否则就像浮萍一样没有一个归属。姜先生说学问重在打基础，而且从一本书、一个领域入手，这个研究方法是相当重要的。这个生动的比喻我记得很牢，我后来给学生上课的时候也常常告诉大家姜先生说过的这个比喻，对新来的学生也常常告诉大家珍惜美景，常常去西湖边看看。

能够做一个像姜先生这样的通人，这样一个大师，是很难的了。在我们这个时代，姜先生这样的大师确实越来越少了，我们的责任就是要学习姜先生那种对学术的执着，献身学术的精神。

姜先生能够成为大师，在于他的勤奋、执着，更在于他的心胸和气度。姜先生的学术视野，姜先生的学术精神是一般人达不到的，所以他能有一个学术领袖的气概。姜先生说："我是以人类文化学为猎场，以中国历史为对象，用十分精力收集资料……而抓住一个问题死咬着不放，是我用力的方法。"姜先生规划的史学、文学、历史、语言学，其中包括敦煌学、楚辞学等，很宏大的布局，每一个方面都很有建树。比如说文字学方面，姜先生写的文字学的书，确实有跟别人不一样的地方，有独到的见解。在我还读硕士生的时候，姜先生说让我帮助整理抄录《昭通方言疏证》，这是方言研究的一个典范，他做的实录里面有很多的内容，那个时候对我来说语言研究还是一个懵懵懂懂的事情，看到里面很多俚语和骂人的话，觉得这个没有用啊！后来我才慢慢体会到，这是民间的语言，俚俗的口语是非常宝贵的原生态的语言资料。我毕业后做姜先生助手的时间不长，但是涉猎了一点先生治学的内容，姜先生是在民族、历史、社会学这些宏观方面都能够有一个高的驾驭和概括，他的研究视野相当广。

另外，姜先生对学科框架的搭建，对古籍所一些设置课程的安排，都体现了姜先生的学术视野和气概。当时课程的安排要比现在宽得多，很多的课都是请了著名专家来讲，包括物理理论等自然科学，包括历史地理等社会科学，都是很广博的，现在有很多地方窄了,应当学习姜先生给我们指的这个方向,视野更大气一些。

有姜先生等老一辈学者种下的学科大树,使得我们可以乘凉避风,我们缅怀先生,更要继承先生的精神。姜先生的学问、姜先生的精神在古籍所是代代相传,影响深远的,我们古籍所的师生作为姜先生的传人,一定要继续努力,把姜先生的事业发扬光大。

谢谢。

附记:这是2012年春在学校召开的姜亮夫先生110周年诞辰座谈会的发言。2022年5月13日,文学院又组织了"文学院125周年校庆特别策划:纪念姜亮夫先生诞辰120周年座谈会"。姜先生永远是我们治学的榜样。

学术研究感言：信、乐、静

各位老师：

大家好！

我是人文学院的王云路。今年学校文科大会给我定的发言主旨是如何提高研究质量。就人文学科的学术研究而言，我的体会可以用三个字加以概括：信、乐、静。高校学术研究涉及两个方面，一是从事研究工作的主体力量，即高校的教师们，二是起协调服务作用的学校职能部门。我觉得老师和学校的职能部门都要关注信乐静，达到了信乐静的状态，科研质量可以有很大提高。下面我从教师和职员两个方面分别说说什么叫信乐静，如何达到这样的状态。这是我自己的一点感受和建议，未必恰当，请批评。

先说学者研究工作的信乐静。

第一、信

《说文解字·言部》："信，诚也。""信"包含了真诚和相信两个方面。就是学者内心对学问的真诚热爱。这里也包含两个方面：

一是相信所做的研究是有价值的。学者需要有社会责任感和使命感，要有担当意识。所选择和从事的研究一定是对社会进步、对科学发展有益的。比如我所在的浙江大学汉语史研究中心是教育部重点研究基地，我们目前进行的一个重大项目是《今训汇纂》，拟汇集百年来汉语历史词汇的研究成果，主要着眼于词义的发明和考辨，从学术史的高度对近百年来的训诂实践作全面的梳理和总结，编纂成多卷本大型工具书。其学术史的价值是不言而喻的，因而我们会全力以赴进行研究。

二是相信所做研究是自己的发明、创造，是具有原创性的。这主要针对个人研究而言。目前学界有两种倾向应当避免：一是打扫清理派。把众人的研究成果东拼西凑，汇总来成为自己的著作。二是阐释（国外）理论派。为了理论而理论，或者在研究中国问题时，用贴标签的方式牵强生硬地附会上某种外国理论，而不管其是否适合。只要外国有一个新鲜的说法，就生拉硬扯找一两个本土的例子往上拼凑。这种趋炎附势式的研究恐怕连他自己都未必真信。王国维《人间词话》说："能写真景物、真感情者，谓之有境界，否则谓之无境界。"研究工作同样如此。

第二、乐

快乐就是欣慰、充实，乐在其中。这也包括两个方面。一是研究中的自我快乐：当选择了自己喜欢的、擅长的研究内容，就全身心投入，投入了就会充实而快乐。这个"乐在其中"的过程，钱锺书先生在《论快乐》中有很生动的描写，我想大家都体验过这个乐趣。

二是让读者快乐：研究的成果要语言平实，让读者明白。有人硬是把简单的说成复杂的，明白的用术语或"理论"说成不明白的，故作高深，这样的研究就不能称之为成功。深入而浅出，才是写文章的最高境界。

第三、静

"天下熙熙，皆为利来；天下攘攘，皆为利往。"在当下这种氛围中能够保持内心平静、甘于寂寞，是需要很强的定力的。学术研究，尤其国学研究，需要慢工出细活，"十年磨一剑"。东汉王充就说过："居不幽，思不至。使著作之人总众事之凡，典国境之职，汲汲忙忙，何暇著作？"学者能够卓然特立、保持本色，坦然面对冷落甚至贫穷，沉稳而不旁骛，才有可能写出传世之作。

《论语·宪问》记孔子谈到学者的研究时说："古之学者为己，今之学者为人。""为己"就是听从内心召唤，欲罢不能的研究，这是学问的最高境界。

我自己当然还远未做到信乐静，提出来，愿与大家共勉。

再说学校的行政部门如何做到信乐静。我觉得学校领导和职能部门在学术管理和服务工作中，如果能够做到信、乐、静这三点，也一定会有力推进研究的整体进展。当然学校已经提供了相对宽松的环境和研究条件，只是希望做得更好些。

第一、信

这个"信"同样包括两方面。一是充分信任教师"皆有可取","假以时日,必有成果"。能够在浙大工作,绝大部分教师是有水平、有责任心的。给予充分的信任和尊重,往往能够激发学者更大的潜能和创造力,这对从事精神活动的研究者就更为重要了。二是信任自己的判断力,不受外围因素影响。什么时候经费与水平划了等号?有经费有项目就一定有水平吗?显然未必,这是常识,但是我们还常常用这个去评判一个教师的水平,实在不应该。可喜的是现在我们学校已经提出重内涵、重质量的口号了,相信以后也不会那么看重经费和项目,就像现在衡量经济发展已经不再把 GDP 作为唯一指标一样。

第二、乐

为教师服务,以教师之乐为乐。提倡简约式的领导和管理风格。试想,如果教师们都为琐事忙碌,汇报、填表、总结,哪还有时间和精力潜心研究?当知识分子的眼界、旨趣和情怀,都缩到 PPT 汇报和发票报销中,怎么能有浩然之气?怎么能写出传世之作?

第三、静

安静,就是不折腾。钱锺书说:"大抵学问是荒江野老屋中,二三素心人商量培养之事,朝市之显学必成俗学。"这虽然是就国学而言,其他学科也大致需要安静、宽松的环境。不要过多的顶层设计,要由下及上,要有学科基础,没有根基的楼房是不坚实的,管理者请深思。频建平台、机构,频繁考核,恐怕也会干扰教师的潜心研究,不利于写出原创性的、扎实厚重的力作。

说得不对,请批评。谢谢!

附记:这是 2012 年 9 月 15 日在浙江大学第三次文科大会上的发言。

什么是古籍所的精神？

尊敬的各位领导、老师、同学：

首先感谢各位嘉宾莅临指导，欢迎各位所友回家！

在座的有我的老师，我的同学，也有我的学生，相信每一位对古籍所的情感都不会比我少。我站在这里，想起了三十年前的自己，那时候我在郭在贻先生和姜亮夫先生门下求学，初生牛犊，如饥似渴。一转眼，我也已经人到中年，潘鬓成霜了。当年我一起读书一起爬山的同窗，也都成为一方学术之大家。因此，我愿意把所庆当成一次相聚，我们来见师长，会同学，讲一讲当年的故事，交一份自己的成绩单，看一看我们脸上的皱纹中是否还有熟悉的模样。

我记得当年杭州大学古籍所的发展。自1983年古籍所成立到1998年四校合并之前，古籍所在姜亮夫、徐规、平慧善、崔富章诸先生的带领下在楚辞学、三礼学、敦煌学、宋史、汉语史、文化史研究上都取得了重要的成绩。

我记得浙江大学古籍所的进步。1998年四校合并后，古籍所在龚延明、张涌泉等诸位所长的领导下，在科学研究、学术交流、研究生培养等方面都取得了丰厚的成果。我们的中国古典文献学科获评全国重点学科，实现了浙江大学文科重点学科零的突破。我们有浙江省特级专家，有浙江大学求是特聘教授，古籍所成为全校文科人才高地。

古籍所的成绩来自古籍所的传统、古籍所的精神。关于这个问题，我想讲两句话，与大家分享。

第一句话出自《论语·宪问》，孔子谈到学者的研究时说："古之学者为己，今之学者为人。"这句话我经常和我的学生们提起。什么是"为己之学"？什么又是"为人之学"？读书、考据、感悟，沉浸在学术研究的桃花源中，这大概就是"古之学者为己"的情形；项目、获奖、升职，把这些作为一种奋斗目标，这大概就是"今之学者为人"的情形。因为自己的研究，而收获后一种的成就，是很好的事情；倘若专意名利，就可怜可叹了。

第二句话是钱锺书先生说过的："大抵学问是荒江野老屋中，二三素心人商量培养之事，朝市之显学必成俗学。"这虽然是就国学而言，其他学科也大致需要安静、宽松的环境。做学问不能赶时髦，要静下心来，不折腾。

所以我想，"朴素求是"这四个字应该可以概括古籍所的精神。唯有朴素，才能沉下心来，戒骄戒躁，扎实前行；唯有求是，才能脚踏实地，心怀理想，成就自我。因为有这样的精神，老一辈学者继晷焚膏，东南垂帷，使我所声名远播；中青年教师专精覃思，薪火相传，使我所茁壮成长；后学青年们锐意创新，生生不息，使我所后继有人，日升月恒。

心怀感恩，才能一路前行。感谢全国高校古委会的关心扶持；感谢学校、学院领导和相关部门的倾情支持；感谢全所同仁的共同努力，使我们有幸看见古籍所由幼而壮，奋发前行。最后，愿诸位能够在学术的道路上严谨求是，勉力奋进，愿我所能够谱写新章，傲立学林。

2013 年 10 月 22 日

附记：这是在浙江大学古籍所 30 周年所庆开幕式上的发言。

关于"礼"的两则对话

期待以身作则的垂范效应

讲述人：王云路

（浙江大学古籍研究所教授）

在中华民族的传统精神中，最核心的思想就是"和谐"，而构成"和"的关键"材料"就是礼，所谓的"礼"，就是我们的行为规范和道德准则。

传统礼学，在中国古代，是深深渗入到人们的脑海、血液乃至基因中的东西。

孔孟的"老吾老以及人之老，幼吾幼以及人之幼"，不仅是观念，也是行为。过马路时搀扶一下老人，帮助照看邻居家的孩子，古人是这样提倡的，也是这样做的。

我们经常能在古书中看到"路不拾遗、夜不闭户"的记载，这样好的社会风气。在古代社会，礼仪不仅是"要我做"的外在的规矩，而且内化成为人们"我要做"的习惯，完全发自内心。

举个例子，在公共场合，如果一个人吐口痰在地上，连自己都觉得受不了的话，那他绝对不会有意去吐，即使痰从喉咙里涌上来了，他也会先吐到餐巾纸上，团起来丢到垃圾桶里，如果身边没有纸，他会忍住，含着痰找到垃圾桶或洗手间再吐。这就是完成了内化，是自觉的行为。

然而，在身边，我们每天都能在公共场合看到的，乱闯红灯、随地吐痰、乱扔垃圾，拿着手机"哇啦哇啦"地叫……还有，多少老人独居在家无人赡养，公交车上又有多少人愿意为老年人让座……

不合规范的做法可以堂而皇之，旁人也是熟视无睹，很少会表明态度，对不合礼仪者施加压力。

所谓"礼义廉耻"，有了廉耻，才会有礼义。很大程度上，我们失去了廉耻。

如何让国人知廉耻？的确是非常难。但是，说难也难，说容易也容易。我觉得，尤为有效的一个途径，便是上层领导的以身作则。战国时，赵武灵王的胡服骑射，硬是扭转了顽固的习惯性势力。

当然，这需要雷厉风行，如果治理所谓的"中国式过马路"，能够像治酒驾那么严格，假以时日，风气必然转好。

你看，在规范礼仪上，政府已经有了诸多实质性动作——"光盘行动"、公款吃喝禁令、公款买贺卡禁令等等。至少在短期内，实效很明显，而能否"内化"成为人们的习惯，关键得看有没有长期坚持的决心和行动了。

我们正在编纂的《中华礼藏》，就是要将古人在礼仪方面做的示范告诉现代人。

当然，我们不是婚庆公司，也不是礼仪培训班，我们做的是第一步，是打地基——为规范我们中华民族的行为和道德，提供历史借鉴和理论指导。

附记：原载于《钱江晚报》2013年11月17日。

"礼"就是一种全社会公认的行为规范
——浙江大学教授王云路谈"礼"

有一种观点认为"礼"只是一种形式，您认为这种观点正确吗？"礼"和"仪"的关系是什么？

"礼"是一种全社会共同遵守的行为规范。汉代刘熙在《释名》中解释说："礼，体也。言得事之体也。"这里是说得体的行为就是礼仪。"礼仪""礼仪"，是"礼"和"仪"的结合。"礼"和"仪"的关系，是"内修"和"外达"的关系。"礼"不是一种形式，而是人们发自内心的一种观念，具有社会的共识性，"仪"是举止、行为，是让别人能看见的东西。所谓"谦谦君子""彬彬有礼"，体现的就是人的品格与行为举止之间的"内""外"

关系。《礼记》的《礼器》篇说："忠信，礼之本也；义理，礼之文也。无本不立，无文不行。"已经说明了二者的关系。只有"礼"没有"仪"，无法体现出"礼"之所在，反之，一是不可能持久，二是徒有其表的"仪"，人们是很容易辨别出来的。"仪"也是"礼"的很重要的组成部分，程式感的好处，一是通过一步一步外在规定动作产生的庄重感，给行礼人产生深刻影响，使之意识到"礼"前"礼"后身份的变化，以及这一变化带来的一系列所要承担的责任、义务，所要遵守的规则，等等，是社会道德对个体的约束的体现。

您认为"家风"和"礼"是什么关系？有学者指出，"礼"之传统应在家风中承袭，您怎么认为？如何做到？

家庭是社会的基本单元，家风传承"礼"，也体现"礼"。"家风"就是"礼"的载体之一。多少年来，中国人的"家风"，就是依据"礼"来构建的。中国古人非常重视家规家训。《颜氏家训》可以说是中国最早的一本成系统的、规范的"家礼"文献，全书约五万字。它诞生于南北朝时期的北齐，是文学家颜之推的传世代表作，如何修身、治家、处世、为学，以及家庭生活的方方面面都有涉及，比如学习的重要，比如婆媳相处，一篇一个主题，有对各种细微的家庭生活的行为规范的表述。它最初的作用就是"家风建设"，是一家之主为自己的子孙写的"劝学"。古人崇尚"不学礼无以立"，"不学诗无以言"，《世说新语·文学篇》里就有一则汉代大学问家郑玄家奴婢皆读书的记载：仆人干活不称职还辩解，郑玄生气地让人拽她到泥地上站着，另一个女仆经过，问："胡为乎泥中？"就是怎么站在泥水里？答曰："薄言往愬，逢彼之怒。"意思是我想解释，正碰上他发怒。两个仆人的一问一答，都是用《诗经》中的诗句，又吻合当时的情境。举这个故事，想说明的就是一个家庭倡导什么，就会有什么样的风气，哪怕是仆人，也会受到感染，这就是"家风"。颜氏先祖也好，郑玄也好，从中我们都可以看出，"家礼"是通过"家风"来体现和传承的。

在把礼落实到家风的问题上，前人的做法有值得借鉴之处。家长的倡导和行为是构建"家风"的关键。社会对家风的建设也有重要作用。社会倡导的价值观时刻规范和引导着每一个成员。新闻用词、电视电影、文娱节目，无不是在倡导和解读"礼"。

您认为，什么是"礼"的核心？目前我们的人际交往中，最需要通过"礼"来规范的是什么？

"礼"的核心是"和"。所谓"和"，就是顺达。人体五脏通顺是"和"，自然界"风调雨顺"是"和"，而对社会而言，"风清气正""政通人和"就是"和"，这就是中华民族的"礼"的本质。

中华民族的礼追求人与人、人与自然的平衡，这种平衡的本质是对人和自然的尊重。这是通过对个体行为的规范和引导实现的。

孟子早在两千年前就说过："不违农时，谷不可胜食也。数罟不入洿池，鱼鳖不可胜食也。斧斤以时入山林，材木不可胜用也。"说的是尊重自然规律，人与自然的和谐相处：种庄稼要根据农时、捕鱼不能用细网（让小鱼得以生长）、伐木要避开树木生长期。同一篇又说："谨庠序之教，申之以孝悌之义，颁白者不负戴于道路矣。"这里讲的是礼仪教化，形成尊老爱幼的社会风尚。可见，祖先对人的生产活动应当如何遵循自然规律，家庭与社会如何形成良好的风气，都已经有了相当明确的表述，这是中华文明的结晶，归根结底就是"和"。在这个意义上我们可以说，"礼"的核心是"和"，以及与"和"的主旨相符的"仪"。

"礼仪"在我们的日常生活中无处不在。从具体的言行中约束自己，从细节中多加自觉，为他人着想。这大概就是人际交往中最该注意的了。

我们在现实生活中存在很多"礼"的迷惘，比如，对陌生人的称谓。您认为是什么原因造成的？

现在社会上普遍存在对礼的误解，是"官本位"和"官场文化"对"礼"的冲击造成的。就说我自己，我曾经当过两届人文学院副院长，现在我已经不再担任这个职务了，但还有很多人和我打招呼称我"王院长"，因为多数人觉得称呼官位是一种尊重。但称官位也有问题，一般同事，没有官位的，怎么称呼？所以"老师"竟然成了一种社会流行的称谓，不是学校单位也一概用"老师"

替代了人与人之间最基本的称谓"先生"和"女士"。现在很普遍的现象是,称谓中最不会产生疑惑的就是称"官衔"、开个会花精力最多的是主席台排位、人际交往中最乐意干的事是让领导高兴。如果这样的"规范"成了社会的主流,成了大家都要遵循的"礼",那我们社会的"和"也就虚假不实了。

现在一说到"礼",人们很容易产生疑问:"五四"运动,反的不就是"封建礼教"嘛?很多人马上产生的联想就是"君君臣臣父父子子""三纲五常"这些"儒学"为"官"所用的过程中形成的"礼"的糟粕。那么,在公共社会生活的层面,是不是有我们可以推进和应当进行的对"礼"的教育?

确实,在当下,关于"礼",我们有很多理论上的重大问题需要研究。但这很短的篇幅是不能展开讨论的。仅仅强调尊卑等级,这不是礼的本质,而是统治阶级治理的需要。随着现代社会的发展,我们的生活习惯和古人有很大的不同,比如我们不再"席地而坐",我们不再"三叩九拜"。穿汉服、学盘腿只是外在形式,重要的是继承古代礼仪的精神,并落实在日常生活中。

重构"礼"的教育,家风很重要,学校也很重要,为"长"者的身教更重要。如果家中长者、学校教师、单位大大小小的"官",都能以"礼"待人,各社会单元的成员之间,相互谦让、尊重、平等,和睦相处,这就是无所不在的"礼"的教化。家风也好,社会风尚也好,"倡导"很关键。如果我们的孩子每天都是在假话、奉承的"厚黑学"中成长,在仰视语境中受熏陶,那么"无以立"的后果,就是很可以想见的了。

2014 年 3 月 11 日

学习世界眼光，不忘历史眼光

汉语有无穷的魅力，有生动的画面，我们学习、研究汉语的人对这一点应当都有体会。所以到现在为止我都深深地觉得汉语是世界历史上非常宝贵的文化遗产，它也不仅仅是遗产，因为到现在它还在发挥着极强的生命力。迄今为止，汉语依然是作为母语使用人数最多的语言。随着中国国力、地位的提高，汉语会发挥越来越大的作用，我想以后汉语也会成为继英语之后世界通用的科技语言，汉语的地位会越来越高。汉语有这样重要的学术地位，不仅是将其作为母语的中华民族在用，而且海外华人也都在用。那么怎样将汉语更好地推向世界，在这方面，今天我们会议真正的主人公——周有光先生发挥了极大的作用。他作为制定汉语拼音方案的主要执笔人之一，在推动汉语走向世界的进程中扮演了绝对重要的角色。

浙江大学成立周有光语言文字学研究中心，各方面的关系真是因缘际会。周先生跟浙大有比较深的渊源，他和夫人张允和女士在这里谈过恋爱,对杭州西湖,对浙大都有很好的感情。在罗卫东副校长的直接推动下,周有光先生部分珍贵的资料、档案,跟我们学校档案馆有了密切的接触。周先生的家乡人也都非常热情,向我们捐赠了很多宝贵的东西。今天能有这样一个活动,我首先代表研究中心向各位先生、嘉宾,远道而来的朋友,还有我们浙江大学的老师、同学们表示热烈的欢迎和衷心的感谢。我还想说一点,罗校长很有眼光,是他极力促成了周有光语言文字学研究中心的成立。但是他也有没有眼光的地方,一定要我来担任中心主任。我研究中国语言,热爱汉语,但是我对周有光先生的研究很少,确实只是皮毛。周有光先生在中国语言进程中发挥的巨大作用,也是这几个月来让我担任这个工作后我才逐步体会到的。我有两个方面非常钦佩周先生:第一是他用"世界眼光"看问题的"世界视野",这一点是最令人钦佩的。很多难题在他那里变得简单,什么问题到他那儿真是云淡风轻,视野开阔。第二是他驾驭语言的能力。他的文章都短,我们用一段、一页,甚至一章来表达的,他可以只用一句话来表达。这是我最初钦佩周先生的地方,等后来罗校长给了我这个活儿,我看了周先生的书,是越看越钦佩。所以我想周有光先生的研究能够得到大家的支持和肯定是相当有道理的。

研究中心要真正做好工作,需要依靠大家的力量,包括我们学校的力量,还有国内外专家的力量,真正把周有光的研究深入地进行下去。为了做好这个工作,我们征得学校同意,聘请了十二位同志担任浙江大学周有光语言文字学研究中心的特聘研究员。我按照姓氏为序宣读一下：北京语言大学崔希亮教授，北京语言大学李宇明教授，中国社会科学院刘丹青研究员，湖南师范大学彭泽润教授，北京语言大学施春宏教授，贵州师范大学史光辉教授，北京大学苏培成教授，浙江科技学院王建华教授，江苏师范大学杨亦鸣教授，浙江师范大学张先亮教授，上海外国语大学赵蓉晖教授，武汉大学赵世举教授。我们非常感谢这些先生能够答应做我们的特聘研究员。

从罗卫东副校长的讲话中，大家已经能够清楚我们这个中心成立的缘由、使命，所以我感觉任务很重，但是研究周有光先生是件有光的事情，对大家有好处。从最基本的、刚才说到的快乐人生来说，能够研究好周先生，可能也会使我们修炼到一定程度。我们达不到周先生这样人瑞的长寿，起码对改善我们的生活质量、延年益寿也会有好处。刚才罗校长说到的社会关怀、人文情怀也都相当重要，我在这里就不重复了。

张跃部长刚才提到的三点：资源共享，合作交流，设立面向海内外的"周有光语文现代化贡献奖"。我相信在常州市委和浙江大学的共同推动下，尤其现场这么多的专家学者的合作下，一定能实现。希望下一次的活动，我们中心的各位特聘研究员都到常州青果巷去。昨晚我看了梅香老师编的这本书，第一页是周先生的序，我非常震撼。周先生说：我是从青果巷出来的，离家越来越远了，不知不觉中一百多年过去了。最后一句话"不知不觉中一百多年过去了"，除了周先生，谁还有资格说这句话？

刚才杨亦鸣老师讲的五点从最细节的庆祝文集、半年内的简报，一直讲到启蒙运动的中心，最后引领学术界，引领思想界，引领社会的推动，这真是伟大的愿望。杨老师说的非常重要，我们要借助国内外学界同仁的力量，把相关研究吸收进来，然后分为几个专题，相信很快一个研究周有光语言文字学的纪念文集就能出来。

我们周有光研究中心第一步的研究对象应当是周有光的语言文字学，以后希望有更大的发展。从语言文字学入手，我们可以扩展开研究周有光同辈的一些著名语言学家，比如周先生的老乡赵元任等。我们可以出文集、简报，各位有了信息活动我们都可以刊登。这次会议之后，我们明年可以在青果巷开个小型的会议，薛院长做东道主，大家在那儿讨论，也看看赵元任生活的地方，感受一下民国时代语言学家的生活场景。刚才各位老师都讲了不少，都很专业，很有深度。大家都公认的一点，是周有光先生有世界眼光。我还想说一点，我们还要注重历史的眼光。我相信历史的眼光对于研究中国语言文字是非常重要的，历史不能割断，要传承下去，汉语的文脉不能断。

附记：这是在浙江大学周有光语言文字学研究中心成立仪式暨语文现代化高峰论坛上的发言。浙江大学周有光语言文字学研究中心于2015年5月25日成立，每年召开一次学术年会。2020年12月更名为浙江大学中国语文研究中心。

2015年在本科生毕业典礼上的发言

我是人文学院的教师王云路。很荣幸能够作为教师代表在这里跟大家共同见证2015届毕业生的喜悦时刻。祝贺你们顺利完成学业，祝福你们在毕业后，仍然能坚定追寻自己的梦想。

亲爱的同学们，你们也给我们留下了深深的记忆。我记得你们上课时的专注神情，研讨时的唇枪舌剑，记得我上"古汉语与古诗文赏析"课时同学们精彩的情景剧和诗朗诵。你们让我们知道了"教学相长"的道理，更获得了得天下英才而教之的幸福与感动。让我们永远珍藏这美好的记忆吧！

感恩是一种美德，更是一种境界。亲爱的同学们，你们除了要感谢母校，感谢师长，感谢朋友，更要感谢自己的父母。是他们，愿倾其所有帮你渡过难关；是他们，感同身受地倾听你们哭诉；是他们，庆贺你取得成绩比你还要激动；是他们，无时无刻不在牵挂着你。用感恩的心向所有帮助你走到今天的人，真诚地说声谢谢吧。

毕业季，你们一直在以自己的形式进行着告别：聚会、旅行、晚会，甚至以一部微电影告别大学的青葱岁月，告别与自己朝夕相处的室友和老师。越年轻越怕离别，我大学时遇到分班，曾和另一个最小的同学仿佛"摊上大事了"，睡不着觉，老想哭。你们肯定也有体会。但是"莫愁前路无知己，天下谁人不识君"，告别是为了更好地相见，是为了踏入更广阔的天地。

离别在即，四句赠言送给即将迈向新征程的你们：一是"每天一小时，足以改变一生"。比起我们，你们的人生还很长，要善于利用空闲时间，做有意义的事情，每天坚持，会有惊人的收获。二是"头三十年好读书"。著名的已故语言学家，我的老师蒋礼鸿先生给年轻人的忠告："拳拳相寄无他语，头三十年好读书。"在人生最美好的阶段，用书籍增长智慧、净化心灵。三是与志趣高尚的人为友。和什么样的人在一起，你就会变成什么样子，要结交纯洁善良、志存高远的人，而容貌、地位、金钱都不能持久可靠。四是珍惜汉语，学好语文。汉语承载了祖先的智慧，对人生的领悟，对大自然的敬畏，对幸福与苦难的感受，是与我们灵魂相融一辈子的东西。作为汉语史的教师，我愿与大家共勉。

同学们，相信未来的你们，无论何种处境，都能免于庸俗，不偏信、不盲从，始终保持一份清醒、一份敏锐、一份担当；一定能在新的领域开辟出新的天地，祝福你们！

"金无足赤，人无完人"

2016年3月4日，习近平总书记看望全国政协民建、工商联界委员并发表重要讲话指出："非公有制经济要健康发展，前提是非公有制经济人士要健康成长。广大非公有制经济人士也要认识到这一点，加强自我学习、自我教育、自我提升。不要听到这个要求就感到不舒服，我们共产党内对领导干部也是这样要求的，而且要求得更严，正所谓'金无足赤，人无完人'。我们都要'自强不息，止于至善'。"

"金无足赤，人无完人"是一句俗语，意思是没有成色十足的金子，也没有十全十美的人。"金无足赤"是对"物"的描述，"人无完人"是对"人"的说明，这里使用了传统"比兴"的修辞手法，以金比人。

这句话出自宋人戴复古《寄兴》一诗："黄金无足色，白璧有微瑕。求人不求备，妾愿老君家。"意思是说，黄金无法求足色，白璧也会有细微的瑕疵，对人无须求全责备，即便你有些小缺点，我仍然愿意与你一起相携到老。后人把这首诗凝缩成"金无足赤，人无完人"这个俗语，说的是世界上没有十全十美的人，就像没有成色十足的金子；也比喻不能求全责备，要求一个人没有一点瑕疵和错误。

"金无足赤，人无完人"使用了传统"比兴"的修辞手法，以金比人。"足"，本义为"人之足也"，是个象形字。徐锴认为上半部分的"口"象"股胫之形"。"股"指大腿，"胫"指小腿。下半部分象"止"之形状，即脚趾。则"足"的本意即为大腿到脚趾的部分。后来可以单指脚，也可用来指代整个腿脚部分，甚至身体，因而抽象就有"整个""全体"的意思，再虚化就是"满""全"或"纯"的状态。以"足"来形容金银成色足够、充分，通常写作"足色"。依据目前的资料，最早见于北宋何薳《春渚纪闻·凤翔僧煅朱熔金》："其法以一药煅朱，取金之不足色者，随其数，每一分入煅朱一钱，与金俱镕，既出坯，则朱不耗折，而金色十分耳。"这种用法在道家著述中也有所体现，如南宋白玉蟾《金华冲碧丹经秘旨》："足色真金八两，铸成混沌胎元合子一具，形如鸡子，或若圆球皆可。"一直延续到明清，"足色"甚至引申出"十全十美、无可指摘"的含义。如：《古今小说·张道陵七试赵升》："又如父母生了恶疾，子孙在床前服事，若不是足色孝顺的，口中虽不说，心下未免憎嫌。"《警世通言·小夫人金钱赠年少》："人材十分足色。"在明清时期，"足"逐渐与货币材质搭配，出现"足金""足银""足纹"等词。

但"金无足赤"一语中,使用的是"足赤",而非"足金"。怎么理解呢?

在古人书中,对金子的成色有如下的记载:明曹昭《格古要论》卷中《金铁论·金》:"古云:金怕石头银怕火。其色七青八黄九紫十赤,以赤色为足色金也。"明宋应星《天工开物·五金》卷下:"其高下色,分七青、八黄、九紫、十赤。"明李时珍《本草纲目》记载:"金有山金、沙金二种,其色七青、八黄、九紫、十赤,以赤为足色。"可以看出,在古人的理解中,含金七成则黄金黄中带青,含金八成呈黄色,含金九成则黄中透紫,含金十成呈赤色,足金即为赤色。因此赤金则可代指成色十足的黄金,在后世,赤金、足金、足赤往往同义,都表示无杂质的金子。

然而直到现在,我们依然无法提取出百分之百的纯金,更遑论古人了,这也便是"金无足赤"一说的来源。

"完"在《说文解字》中被解释为"全",最初往往作为动词,表示"使完整""保全"。后来词义虚化,逐渐有"完美"意。在"完人"一词中,"完"作形容词,意为完美,表示德行完美的人。"完人"一词,在宋代已见,多指身体健全的人。如宋沈括《梦溪补笔谈·艺文》:"纵其精神筋骨犹西施、王嫱,而手足乖戾,终不为完人。"宋张齐贤《洛阳缙绅旧闻记》:"但随而署字,后亦以患心疾,不得亲民,掌关市,赋于外,迨不为完人矣。"在元代,"完人"才开始有"完美无缺的人"的意思。最早见于元带刘祁《归潜志》卷十三:"士之立身如素丝然,慎不可使点污,少有点污则不得为完人矣。"这种义项，明清一直延续下来，如明吕坤《呻吟语选·圣贤》："为宇宙完人甚难；自初生以至属纩，彻头彻尾，无些子破绽，尤难。"《清史稿·文丰传》："同治元年，追念忠节诸臣，以'文丰从容赴难，不愧完人'褒之，加恩予谥忠毅。"现在，我们通常不用"完人"指代身体健全的人，而往往形容十全十美的人了。历览前史，完人实在是凤毛麟角，"人非圣贤，孰能无过？"哪一位杰出的政治家、实业家、学问家、艺术家，没有一点缺陷和不足呢？所以说"人无完人"是至理名言。

"金无足赤，人无完人"，这句话对我们的启示太大了，可以从对客观事物、对他人、对自己三个方面分析。一是要用客观的眼光来看待世界。如中国的文艺作品有一个传统：善恶分明，褒贬迥异。所以很多人动笔写作，常要把所追忆的人物描写成大智大勇，完美无瑕。这就造成作品中的人物要么是好人、完人，要么是坏人、小人。京剧中，为了明确区分善恶给人物画上了青脸、白脸，就是一个例子。事实上，生活中的人物没有如此简单划一，历史上真正的优秀文学作品中的人物也性格丰满而多面。

二是我们对人要有包容的态度。既然承认"金无足赤，人无完人"，我们对人就要宽厚包容，与人相处要有宽容大度之心。对于主事者来说，关键在于用人所长。晏子谈"任人之大略"时说："任人之长，不强其短；任人之工，不强其拙。"善用人者能够量才适用，把不同专长的人才安排到合适的位置，使才位相配、人岗相适，故能人尽其才、才尽其用。

三是提醒我们要有自知之明。对人要宽宏，对己则要谦虚，要认识到自己的不足并不断加以改正。《左传·宣公二年》云："人谁无过，过而能改，善莫大焉。"一切事物永远在变化和发展，人生是一个不断追求完善的过程。《大学》所谓"止于至善"，是千百年来士人学子修身的终极目标。晚清重臣曾国藩被誉为"千古第一完人"，但他自谓"吾生平短于才""秉质愚柔"，梁启超曾评价说"文正固非有超群绝伦之天才，在并时诸贤杰中，称最钝拙"。可贵的是，"中人之资"的曾国藩靠着"坚忍有恒"的意志，不断学习向善，一生实践了儒家"修身、齐家、治国、平天下"的理念，在自我完善的道路上走得比别人更远，因而离完人的目标也更近。《周易》说："天行健，君子以自强不息。""君子进德修业"，自我净化、自我完善、自我革新、自我提高的脚步永不停息，所谓"终日乾乾，夕惕若"。这是"金无足赤，人无完人"给予我们的启示。

习近平总书记多次引用"金无足赤，人无完人"，强调非公有制经济人士要"加强自我学习、自我教育、自我提升"，文艺工作者要"加强文艺评论工作"，这些都说明，只有不断学习、接受教育，才能保证个人得到不断完善。从这种认识考虑，对个体而言，就要严于律己，对于共产党员，更要严格要求，从严治党。对社会制度而言，就要不断推进全面深化改革，建立更完备、更稳定、更管用的制度体系。对于国家和整个社会而言，尤其需要全面推进依法治国，努力避免"人治"的缺陷与偏见，实现公平与公正，保证人民的根本利益。

附记：原载《光明日报·光明论坛·温故》栏目2017年3月29日，是应约写稿。现在据原稿有所增删。

谈谈如何做学问

选择一种职业，就是选择一种生活方式。在我看来，学者的生活方式是围绕做学问形成的，它应当有四个特点：

做学问，要志于斯且乐于斯。志不在此，乐不在此，学问就做不深、做不透、做不大，即便"著作等身"，也难"著作等心"。任何重大理论问题都源于重大现实问题，任何重大现实问题都蕴含重大理论问题。以理论的方式面向现实，就会在理论与现实的交接点上找到值得研究的问题，揭示出大大小小有意义的规律。因此，真正的学者总是有读不完的书、想不完的道理、写不完的思想，总会有"抑制不住的渴望""不待扬鞭自奋蹄"的劲头、"欲穷千里目，更上一层楼"的追求。乐此不疲、欲罢不能，应当是学者生活的真实写照。

做学问，既要有"平常心"，又要有"异常思"；既要"美其道"，又要"慎其行"。没有"平常心"，总想一鸣惊人、出人头地，就静不下心、沉不住气，既不能"苦读"，又不能"笨想"，就丢掉了做学问的大气和从容。有了"平常心",就会读出人家的好处、吸收人家的营养,从而悟出自己的思想、形成自己的体系,也就是具有启发性和震撼力的"异常之思"。没有谁能一下子就有思想、有创见,也没有谁能一下子就成名。学者的"成名",大体上是水到渠成的。学者把自己的学问和思想讲出来、写出来,这就是"美其道";不光这样讲、这样写,而且言行一致、笃志践行,这就是"慎其行"。以"平常心"达成"异常思",以"美其道"引领"慎其行",就会形成富有魅力的学问人生,就会自然而然地发挥"学为人师、行为世范"的作用。

做学问,要"忙别人之所闲,闲别人之所忙",致力于钻研,不屑于钻营。"钻研"与"钻营"虽只有一字之差,却道出了真学者与伪学者的本质区别。鲁迅说过:"捣鬼有术,也有效,然而有限。"就这么十几个字,言简意赅,发人深省。投机钻营,"捣鬼有术",做学问或可名噪一时,但终究名实难副、行之不远,总之是"有效"但"有限"。要把学问做大、做好,"钻研"是不二法门。这就必须坐得住板凳、耐得住寂寞,下功夫钻研,把学问作为自己的人生追求。

做学问,需要学者之间人格上相互尊重、治学上相互欣赏、学问上相互批评。闻道有先后,术业有专攻。人家有人家的特色,人家有人家的专长;自己有自己的学问,自己有自己的思想。相互尊重、相互欣赏、相互批评,才能交换思想、收获友情。如果对人家不是"棒杀"(常常看到的所谓"商榷"),就是"捧杀"(常常看到的所谓"推介"），或者"抹杀"（常常看到的"集体沉默"），学者就很难长进，学术就很难繁荣。相互欣赏、相互尊重既不是"你好我好"，也不是"吹吹拍拍"，而是对他人劳动成果的尊重；相互批评不是"打棍子""扣帽子"，而是持之有据的探讨与争鸣。隔靴搔痒之"赞"与借题发挥之"骂"，都不是繁荣学术的相互欣赏和相互批评。只有同情之了解和带有敬意的批评，才能真正推动学术的繁荣和发展。

2018 年 1 月 8 日

关注当代语言学家和语言学的最新动态

周有光语言学论坛已经办到了第四届。四年前,我们从杭州出发,一路走到上海,走到常州,这一次,大家在这样一个充满着桂花香的季节,又相聚在杭州。

首先,和大家简单介绍一下中心的工作。浙江大学周有光语言文字学研究中心,自 2015 年成立以来,除了我们四届学术会议以外,还举办了多场学术报告。在此我也先向各位老师发出邀请,欢迎大家来浙大,为师生带来更多精彩的学术讲座。最近要启动的《周有光丛书》项目,包括了《周有光学术年谱》《周有光论语言》《周有光与语文现代化》《周有光传》《周有光交往录》《周有光语言词典》《汉语拼音方案》七个部分,同时中心联系浙江大学出版社筹备出版《周有光研究丛书》。这些都是我们近期工作的一个重点和大致计划。

在此,我主要想和大家分享一个问题,如何看待周有光研讨会,我们会议的名称叫"周有光语言文字学学术研讨会暨语言现代化高峰论坛"。什么是"高峰论坛"?如何打造一个高端的语言学论坛?我想至少有以下两个方面的内容值得我们注意。

第一点,关注现代语言学家。我们纪念周有光先生,不仅是因为周先生对语言学界的贡献,也因为他是近百年来语言学界诸多灿若星辰的名字的代表。当我们把目光投向常州,那一条悠悠的青果巷,就走出了故宫博物院开创者吴瀛、剧作家吴祖光、语言学家赵元任、汉语拼音之父周有光、革命先驱瞿秋白、民国七君子之一史良、民族工业开创者刘国钧等学者名士。而语言学家吕叔湘先生,也是毕业于常州中学的。《常州赋》云:"入千果之巷,桃梅杏李色色俱陈。"其实我们也可以说:"入千果之巷,学者名士色色俱陈。"

因此我们的高端论坛,不仅要纪念周有光先生,更要关注他们那一代语言学家的思想。钱玄同、刘半农、夏丏尊、赵元任、李方桂、罗常培、王力、吕叔湘、饶宗颐、金克木……这些章太炎、梁启超以来的语言学大家,都是值得我们学习和研究的。

第二点,关注语言学发展的最新走向。我们关注周先生的语言学思想,也要关注语言学科发展的前瞻性问题。周有光先生在《朝闻道集》中说过:"信息化时代,信息技术穿透各国的国境界线,全球化一往无前。全球化改变了人们的观点和立场,过去从国家看世界,现在从世界看国家。""从世界看中国"这是周老先生的名言。周有光先生正是用他的全局观念、世界眼光和当代意识,去看待问题,解决问题。

周有光先生结合汉语的实际，真正做到了汉语国际化。而在当今"地球村"的背景下，语言学研究如何与世界接轨，如何继承和发扬周老的思想，拥有全局观念和世界眼光，这是值得我们思考的。在当今的世界环境下，汉语的地位一定是越来越重要的。周有光先生的切入点在汉语拼音和语言现代化，虽然在座各位学者的所专所长不一样，但是都可以学习周有光先生看待问题的角度和方法，系联传统语言学与现代语言学，关注自己所研究领域的前瞻性话题，推动汉语走向世界。

最后我想说，希望我们的研讨会，既是"纪念"的会，更是"发展"的会。我们的"高端论坛"，既有"高朋满座"，更有"高端视野"。我们"瞻前顾后"，向前瞻望中国语言学的未来，向后采撷现代语言学家们的累累果实。我们纪念周老先生，更要在前辈的肩膀上看得更远。数往知来，才能更进一竿；饮水思源，才能料远若近。这是我们每一个语言工作者的责任，也是我们献给周老最好的礼物。谢谢大家！

附记：这是2019年4月17日在第四届浙江大学周有光研究中心论坛上的发言。

呼吁《史记校注》的诞生

在《史记》研究领域我是一个外行,没有多少发言权,我也未曾参与过文献、版本方面的研究工作,我是怀着接受教育的心态来参加本次会议的。昨天晚上我去参观了校经处,原来我早就听说过,仰慕已久,昨天终于亲眼见到,感觉特别好。能这样沉潜下来校书的地方在广袤的中国大地上也已经不多了。赵老师(赵生群教授)能够加盟这样一个团队,把自己毕生研究的事情在这里进一步安营扎寨,我觉得特别好。(杜泽逊教授接着说:校经处又加了个校史处)你们的做法在全国范围内都是罕见的,特别像赵老师在这方面始终进行着持久而执着的研究,令人赞叹。

我还对徐俊先生领导下的中华书局特别钦佩,刚才我们提到产学研,中华书局做到了产学研一体化,在产的同时还要继续推进工作,像这样的出版社也是很少见的,就是始终关注学术研究,始终支持研究工作的深入推进,当然最终的目的是产出。中华书局所推动的双向共赢的举措特别有意义,让研究者受益颇多,利于学术研究的长远发展。

因为会议主题要讨论《史记》的研究与发展，昨天晚上参观完校经处回去以后，我又读了《史记》中的两篇列传，一篇是《淮阴侯列传》，一篇是《魏其武安侯列传》，也看了赵老师附在全文后面的校勘记，我觉得都很见功力。就下一步的工作而言，我结合我自己所从事的语言研究，产生了一个想法。我认为目前相当急迫和重要的工作是推出《史记》新的校注本。文献的考订、佚文的汇编这类工作裨益的是研究者，无疑是面向研究者的需求的，而且这一类的研究已经很多了。张大可先生讲过这些工作要齐头并进，在我看来这些工作很重要，肯定要长期做。但是一个比较科学的、高质量的校注本，对提升《史记》文本的准确度和推动《史记》的普及是更为重要的，也是更为迫切的。

我为什么这样说呢？因为我昨天晚上重看了这两篇列传，我觉得现在的校注当然体现了很多人的研究成果，但还不完善。我通过这两篇的校注发现其中一些注释存在的问题。我看不论所注的是官职、史实还是人名，单纯从语词的角度上说，三家注等注本提供的注文已经很多了，但是现在看有些语词的注释还是不够妥当的，分为两类：一类是注释不准确，另一类是当注未注。三家注往往是在释义而不是在解词，而释文意与解词义这二者是有很大不同的。如果想要给读者一个准确的理解，还是需要释义的。我就昨晚所看举几个例子。《魏其武安侯列传》里头说："太后岂以为臣有爱，不相魏其？魏其者，沾沾自喜耳，多易。难以为相，持重。"这里面注释说"爱，犹惜也"，这是对的，意思就是太后难道认为我吝啬，不给魏其官位。而"沾沾自喜耳，多易"，裴骃在《集解》中说："多易，多轻易之行也。"从文义上讲没错，但是在词的解释上不准确。"多易"应该就是多变，或者多轻率。"易"作"变"或"轻率"解都是常见的，所以下文才有对它的说明，"难以为相，持重"，就是说他不堪为相，做相需要老成稳重，但他却多变、沾沾自喜。所以这个"易"的解释应该是变，这才准确。我再举一个例子，《魏其武安侯列传》："二年，夫与长乐卫尉窦甫饮，轻重不得，失醉，搏甫。"就是说灌夫醉了就和窦甫打起来了，《集解》注"轻重不得"曰："饮酒轻重不得其平也。"这个注解从意思看当然也对。但"不得"没有解释，"不得"就和我们说的"不相得"一样，指的是两者不相合，不相当，不合适，"不得"就是不当，不适合。"得"的核心义就是一致、吻合，很多的例子都可以证明这一点，如《左传·哀公二十四年》："闰月，公如越，得太子适郢。"杜注："得，相亲悦也。"《韵会》："与人契合曰相得。"还有一个注解有误的例子，是《淮阴侯列传》里面的"秋豪无所害"。《索隐》案："豪，秋乃成。"这样的解释意思也差不多，但是"秋豪无所害"中的"无所害"应当解释，指的是无所妨，是没有影响，整个短语指的就是我们常说的"秋毫无犯"，这样细致地释义才能够贴近文意，要不然释义和当今读者的理解会产生隔阂。

另一类需要注意的体现在三家注中没有注的字词，若有必要我们还是要对其进行注解。我举《淮阴侯列传》的一个例子，韩信说："陛下不能将兵，而善将将，此乃信之所以为陛下禽也。"这句话前面接的就是关于"韩信将兵多多益善"的内容，这是众所周知的一个典故了。我们看头一句，"陛下不能将兵"，这句话说的不是陛下不能够将兵，而是陛下不善于将兵，而善于将将，其中"能"和"善"对文同义，所以我们说"能言善辩""能征善战""能歌善舞"，里面这两个字都是对文同义的，"能说会道"与之类似。《荀子·劝学》："吾尝终日而思矣，不如须臾之所学也；吾尝跂而望矣，不如登高之博见也。登高而招，臂非加长也，而见者远；顺风而呼，声非加疾也，而闻者彰。假舆马者，非利足也，而致千里；假舟楫者，非能水也，而绝江河。君子生非异也，善假于物也。"其中"假舟楫者，非能水也，而绝江河"，是说凭借舟船的人，不是善于游泳，而能够渡过江河。"能"是"善于""擅长"义。宋苏东坡《记与君谟论书》："作字要手熟，则神气完实而有余韵，于静中自是一乐事。然常患少暇，岂于其所乐常不足耶？自苏子美死，遂觉笔法中绝。近年蔡君谟独步当世，往往谦让不肯主盟。往年，予尝戏谓君谟言，学书如溯急流，用尽气力，船不离旧处。君谟颇诺，以谓能取譬。今思此语已四十余年，竟如何哉？"这里的"君谟颇诺，以谓能取譬"，是说君谟很赞赏，认为善于比喻。"能"也是"善于"的意思。可见从上古到现代保留的成语中，"能"都有"善于""擅长"的意思。如果《史记》注释了"不能将兵"指的是不善将兵，我相信这将提高读者理解的准确度。

还有一个例子，在"信方斩"时，韩信说："吾悔不用蒯通之计，乃为儿女子所诈，岂非天哉！"对这里的"儿女子"历代是否有过考释我没有查，但我记得一般的解释是将"儿女子"解作"小女子"，但吕后已经年迈，不再是小女子了，那为什么韩信还叫她"儿女子"呢？其实是因为"儿女"或"儿女子"不是指男孩女孩或者年轻男女，这两个词的结构同样是偏正关系，"儿"有鄙视的意味，是一个蔑称，"儿女子"的音节切分是"儿/女子"，意思就是这个卑贱女人。在这里"儿"不表男子这个意思，"儿"是贬义词。如果诸如此类的词语能够被准确地解释，我们对《史记》的理解无疑就更加准确深入了。《魏其武安侯列传》中写道，有人对魏其侯说："君侯资性喜善疾恶，方今善人誉君侯，故至丞相。然君侯且疾恶，恶人众，亦且废君侯。"这里面"喜善疾恶"就是"喜欢善良，憎恨恶行"，"疾恶"就是"嫉恶如仇"的意思。如果我们能够准确解释出它的结构关系以及与现代汉语之间的关系，那么大家就会理解后文"方今善人誉君侯，故至丞相；然君侯且疾恶，恶人众，亦且毁君侯"一句的意思了。这些没被关注的词语如果能够加以注释，《史记》注本就更加准确易读了。希望将来能够出一个更好的校注本，能够比较准确地解释词句，让普通人能够读懂《史记》，并且让专业人士进一步理解《史记》。我期待这种校注本的问世。

附记：这是 2019 年 12 月 1 日在山东大学"《史记》文献整理的回顾与展望研讨会"上的发言，由山东大学林孜同学记录整理。

在辽宁师范大学70周年典礼上的视频发言

我是辽师1977级中文系的校友王云路，在杭州向大家问好！很荣幸能够跟大家共同见证母校70华诞的喜悦时刻。

四年大学生活的辽师是我人生启程的地方，留给了我们太多深刻的印象。感谢母校老师。记得我大一的国庆征文，得了诗歌一等奖，写作老师的肯定给了我激情和冲动；康健老师没有给我们上过课，但不知道什么原因，我应邀去了老师在辽师宿舍的家，后来有一次我去，看见老师家葱绿茂盛的水竹，很喜欢，康健老师分出一大束给我。那时年轻，捧着水竹蹦蹦跳跳下楼，康老师喊住我说，你拿水竹的样子太可爱了。许多老师的讲课给了我很深的印象，如刘长恒老师的文艺理论课，严密有逻辑，有激情。我最感谢的是郭栋教授，在他的古汉语课上，我写了一篇讨论清代训诂大家王念孙关于"乘"字含义的文章。王念孙在《读书杂志》《广雅疏证》中的不同场合说"乘"作为数量词有1、2、4这三种含义，这怎么可能？数字的语境下不可能说"乘雁"会有一只雁或两只雁两种理解，"乘马"除了四匹马也不可能有其他说法。我细心查阅，精心撰写，得出了"乘"只能有"四"这一个数量含义，完成了我人生的第一篇论文，得到了郭栋老师一堂课的分析点评，而最后的结论是"后生可畏"，由此奠定了我从事古汉语研究的学术方向。所以，老师的鼓励是多么重要啊！

我还要感谢当年一起读书的同窗好友，尤其走读班在一个教室读书的同学们，他们有些年长点，跟我们一起讨论、争辩，更对我们呵护有加，告诉我们怎么找书，怎么写作业，带我去看病，成了我四年大学生活的依靠。同学情谊是真诚不变的，到现在想起他们都非常温暖。记得一次班级活动搞游戏，两个纸盒箱里分别装着一些写字的纸条，一个盒里的纸条都写处所，作为状语；另一个盒里的纸条上都写动词，作为谓语，每人在两个箱里掏出一个处所纸条和一个动词纸条，凑到一起，加上抓纸条的人，就组成一句话了，这真是中文学生的游戏。我抓到的是"在月亮里""做美梦"。我暗自高兴：好啊，我就一辈子在月亮里做美梦吧！辽师的大学生活，成了我美好生活的开端。所以我感激母校。

亲爱的同学们，校庆之际，我相信你们也有了对学校、对老师更深的敬重，也增加了同学间更真的情谊。读书期间，是人生最美好的阶段，你们也会毕业离校。所以我还想对在校的同学（差了三四十年，说学弟学妹就可笑了）说几句赠言（这几句话，我在其他场合也说过，我们没有做到，就寄希望于后辈了）：一是

"每天一小时,足以改变一生"。比起我们,你们的人生还很长很长,但还是要善于利用空闲时间,做一件有意义的事情,每天坚持,会有惊人的收获。二是"头三十年好读书"。已故著名的语言学家,我的老师蒋礼鸿先生给年轻人的忠告是:"拳拳相寄无他语,头三十年好读书。"三十岁前是人精力、记忆力最好的时光,读书最有效,一定要多读书。三是"与志趣高尚的人为友"。和什么样的人在一起,你就会变成什么样子,要结交纯洁善良、志存高远的人,而容貌、地位、金钱都不能持久可靠。四是"珍惜汉语,学好语文"。会汉语很容易,理解和用好汉语很难,汉语体现在文史哲文献这些看似无用的东西里,承载了祖先的智慧,对人生的领悟,对大自然的敬畏,对幸福与苦难的感受,是与我们的灵魂相融一辈子的东西。我希望大家珍惜汉语,去体会她的美妙与深邃,以说母语为荣。作为汉语史的教师,我愿与大家共勉。

同学们,我相信未来的你们,无论何种处境,都能免于庸俗,不偏信、不盲从,始终保持一份敏锐、一份担当;一定能在各自的领域开辟出新的天地,成为母校的荣耀!成为有理想、有坚持、有激情、有担当的中国青年!作为辽师的老学生,我们依然愿意与母校一同成长,再次祝福母校七十华诞。谢谢大家。

2021 年 9 月 13 日

我的第一篇投稿论文

上个月接到《中国语文》编辑部的约稿函：

> 2022年适逢《中国语文》创刊70年。今特约请您以"我与《中国语文》"为主题惠赐相关回顾文章，您的经历和体悟将是我们珍视的财富。

一看内容，我立刻想起了我的第一篇投稿论文，就是我读硕士研究生阶段发表在《中国语文》1986年第1期的《读〈读书杂志〉札记》。其实，我开始发表论文比这篇要早，第一篇论文刊登在《文学评论》1984年第6期，题目是《〈文心雕龙·熔裁篇〉"二意两出"新解》，由硕士生导师郭在贻先生逐字修改并帮助推荐；第二篇论文《古书句读札记》，刊于《杭州大学学报》1985年第3期，母校的刊物，编辑陈谋勇先生跟我们挺熟的，直接把文章拿给他，然后送审。所以都不是真正的"投稿"。我真正自主投稿，放入邮筒，等待录用通知的就是1985年春寄给《中国语文》的这篇《读〈读书杂志〉札记》。所以我称为"第一篇投稿论文"。如果从1985年投稿时算起来，我跟《中国语文》的"缘分"应当是37年前就开始了。

我是恢复高考后的首批（1977级）大学生。在辽宁师范学院（后更名"辽宁师范大学"）上学时，古代汉语课的教材采用王力先生主编的《古代汉语》四册。当时别的参考书很少，这套教材就读得很认真。第三册文选部分，扬雄《解嘲》"乘雁集不为之多，双凫飞不为之少"，注释是："乘雁，一只雁。"书上注明是据王念孙的《读书杂志》。而在1979年第4期《中国语文》期刊上，刊登了赵振铎先生《读〈广雅疏证〉》的文章，说"乘雁"就是二只雁，根据也是王念孙的《广雅疏证》和《读书杂志》。这样两种解释，都源自王念孙，其中必然有误。我就去找王念孙的《读书杂志》来看，好不容易在大连市图书馆古籍馆（好像位于山上的大庙里）找到的，很难得。反复查找，抄录了王念孙在不同篇章中关于"乘"的解释，竟然分见四处，而且有一、二、四这样三种数字解释，这显然不合情理。所以我花了很长时间分析王念孙对"乘"作为数量词含义的解释，对每个论据都找来原文，逐一辨析。

我的本科论文《王念孙"乘"字说浅论》就是在那个时候写成的（后修改发表于《杭州大学学报》1988年第1期），年近花甲的本科论文导师郭栋教授用一节课的时间在阶梯大教室里讨论

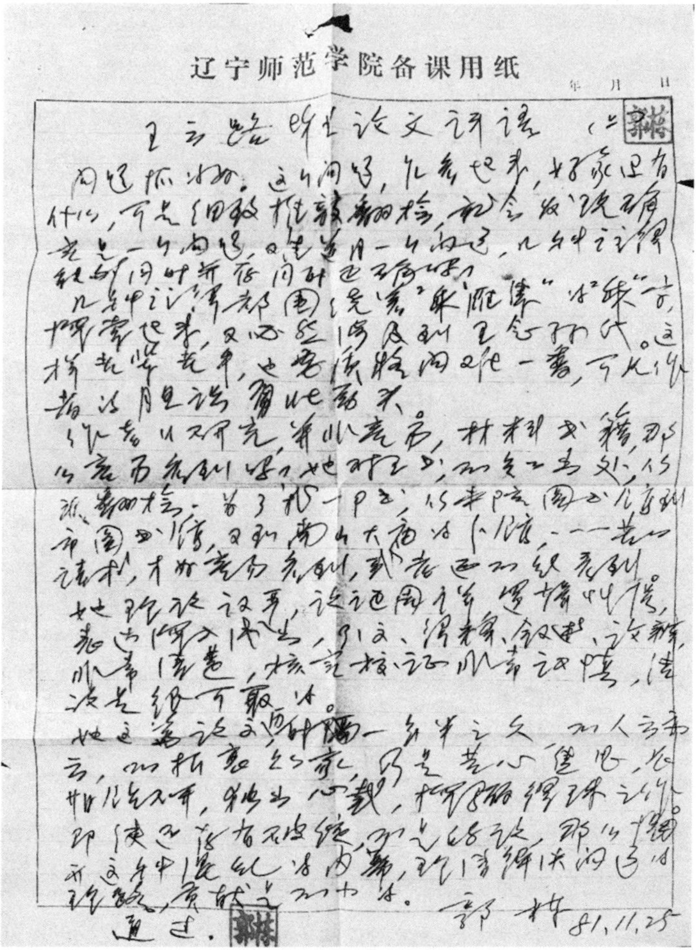
辽宁师范学院备课用纸

年 月 日

王云路同志论文评语

郭栋 81.11.25

图1 郭栋老师写的本科毕业论文评语

这篇小文,最后的评价是"后生可畏"。这让我信心大增,同时也坚定了学习古汉语的想法。上图是我本科论文的评语,评价等级是"上"。在我毕业工作后,郭栋老师专门把评语寄给了我,我也一直保存至今。

郭栋老师 1981 年 11 月 25 日的评语说:

> 问题抓得好。这个问题,乍看起来,好像没有什么,可是细致推敲翻检,就会发现确实是一个问题。……几种注释,都围绕着"乘雁集"的"乘"字,探索起来,又必然涉及到王念孙氏。这样老辈老手,也要质疑问难一番,可见作者的胆识勇壮劲头……

其实,我根本没有什么勇气胆识,只是无知者无畏罢了。今天录下来,不是炫耀,只是为了纪念我的古汉语启蒙导师和引路人郭栋先生。郭栋先生平时话语极少,不善于跟人寒暄。记得我考上杭州大学之后的一个暑假回大连,阑尾炎发作,不知道郭老师怎么知道了,那时候都没有电话,他急着要来看我,只知道我家在马栏河桥一带的重型机器厂家属宿舍,就贸然来找了,一幢楼一幢楼,大约中午时分敲门找到了我家,可是那天我病已经好了,跑出去玩了,我妈妈开门后知道了是郭栋老师,一个劲往家里请,正值暑热,郭老师已经六十多岁了,头上汗津津的,我妈希望郭老师进家坐坐,歇歇腿,但是郭老师说:王云路没有事我就放心了。没有进家门喝一口水就回去了。这就是郭栋老师的为人。

因为本科阶段的经历,我到杭州大学读硕士时,仍选择以王念孙《读书杂志》为研究对象。1985年,当我毕业论文完成初稿,就挑选其中一部分,写成《读〈读书杂志〉札记》一文。该往哪里投稿呢?记得1982年初春,我在《中国语文》上读到郭在贻先生的《释"努力"》一文(当时我正在读《太平广记》,也发现了几则与现代汉语意义不同的"努力"的例句,还抄录给郭先生),这大约是我较早注意到的古汉语词语考释的文章,也激发了我对词语考释的兴趣。我的小文虽然是指出王念孙失误的,但本质上也是词语考释,比如我认为"不正爵禄"就是"不征爵禄";"備追"就是"惼追""憊追";"可得料也"当是"可得科也"之误;解释了"征"有"求"义,"科"有"断"义等。所以,我没有犹豫,第一次投稿就想寄给《中国语文》。

所谓"初生牛犊不怕虎",那时根本不知道刊物有等级之分,更没有听说权威或C刊之说,把文章认真录到稿纸上,到中文系阅览室抄好《中国语文》编辑部地址,贴好邮票就投进邮筒了,这是我的平生第一次自主投稿,心里挺忐忑。大约三个多月后,得到了录用通知,我马上告诉了导师郭在贻先生。郭老师很高兴,说这个刊物很好啊!后来,在给我写攻读博士生的推荐信(图2)中,郭老师还提到了这篇论文:

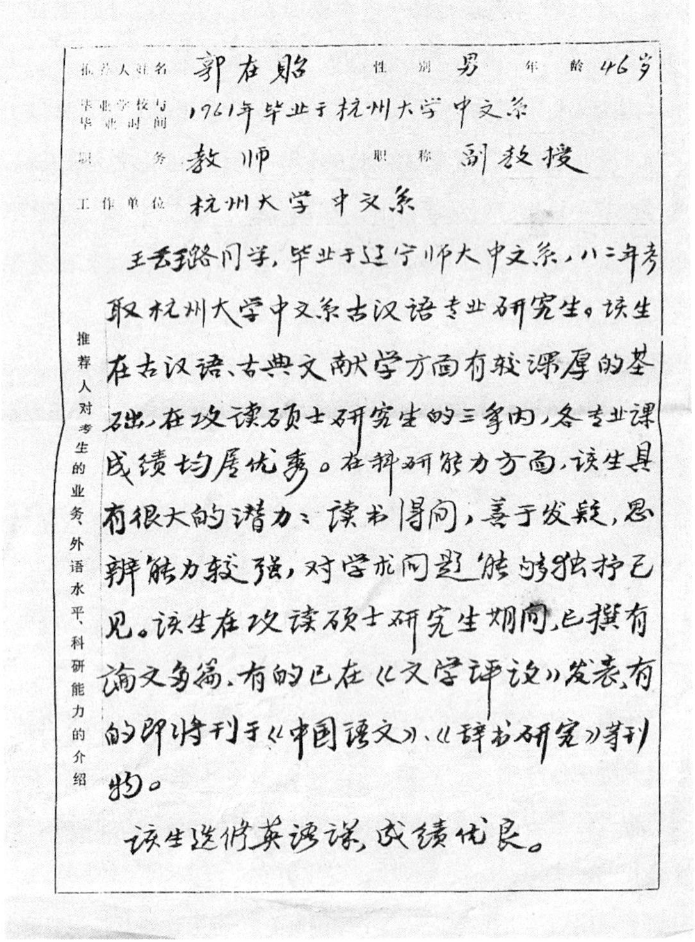

> 报考人姓名 郭在贻　性别 男　年龄 46岁
> 毕业学校与毕业时间 1961年毕业于杭州大学中文系
> 职务 教师　职称 副教授
> 工作单位 杭州大学中文系
>
> 推荐人对考生的业务、外语水平、科研能力的介绍：
>
> 王云路同学，毕业于辽宁师大中文系，八二年考取杭州大学中文系古汉语专业研究生。该生在古汉语、古典文献学方面有较深厚的基础。在攻读硕士研究生的三年内，各专业课成绩均属优秀。在科研能力方面，该生具有很大的潜力：读书得间，善于发疑，思辨能力较强，对学术问题能够独持己见。该生在攻读硕士研究生期间已撰有论文多篇，有的已在《文学评论》发表，有的即将刊于《中国语文》、《辞书研究》等刊物。
>
> 该生选修英语课，成绩优良。

图2　郭在贻老师写的推荐信

该生在攻读硕士研究生期间，已撰有论文多篇，有的已在《文学评论》发表，有的即将刊于《中国语文》《辞书研究》等刊物。

推算时间，这封推荐信大约写于1985年9、10月份，因为当时发表于《杭州大学学报》1985年第3期的《古书句读札记》尚未见刊，所以郭老师没有提及。可以看出，自己的学生能够在《中国语文》发文章，郭老师是很欣慰的。

后来我去北京开会，编辑部有人看到我时说："你就是王云路啊，我们还以为是个老先生呢！"可见《中国语文》杂志只看论文质量，不管作者身份，这是我留下的深刻印象。多年后，我这篇投给《中国语文》的手稿不知怎么流落在网上拍卖，我就想，大家看到那个幼稚笨拙的字迹时，大约就不会认为是"老先生"了。这么难看的字，根本不值得收藏，我也没有理会，论文手稿不知被哪位"慈善"买家收藏了，反正我没有这个手稿。后来，我1994年11月投给《中国语文》的手稿也在网上出现时，有朋友花钱买了寄给我，当时我说，这真不值啊！有感于朋友情谊，我就留下来了，现在看来，也还有用。这篇《试说"冰矜"》发表在1996年第6期。下图是手稿的第一页，旁注是编辑的排版说明。

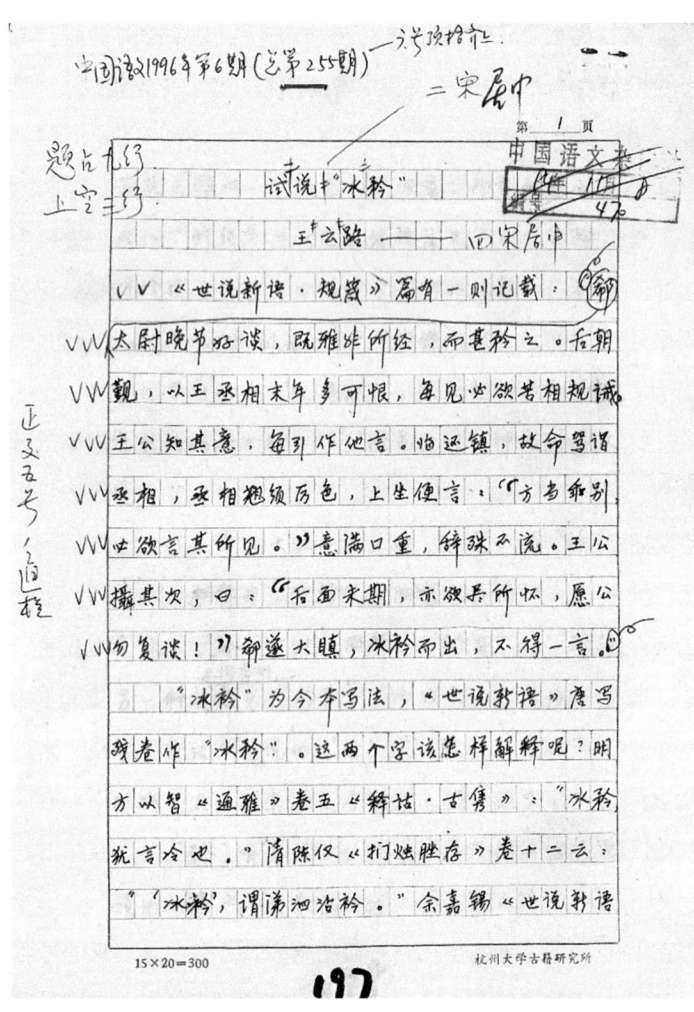

图3 《试说"冰矜"》手稿

那篇发表在1986年第1期《中国语文》的《读〈读书杂志〉札记》一文,是我自己尝试投稿的第一篇论文,对我的影响非常大,给了我很大的鼓舞和信心。尤其当我后来知道了《中国语文》刊物在学界的地位后,更是有了些许心理暗示:看来我可以写出好文章,可以在这条路上继续走下去。要知道,对一个初出茅庐的年轻人来说,学术期刊的认可是相当重要的。所以,我跟《中国语文》的"交情"不一般啊,这个"一往情深"的感情虽然是单向的,一厢情愿的,但是我非常珍惜。

一个刊物跟作者的关系应当是什么样的呢?我想应当是以文章为纽带的。我个人跟《中国语文》编辑部的交往就完全是这样的"君子之交"。1993年,我在北京参加中国语言学年会,在电梯里偶遇《中国语文》主编侯精一先生,他热情地说:"祝贺啊!你们有大作要发表啦!"我说:"什么论文啊?"侯先生说:"就是你们写的评价张永言先生《世说新语辞典》的文章啊!要知道长篇书评可不容易发啊!"哦,我想起来了,是我丈夫方一新和我合写的书评,文章第一段说:

> 展读这部内容充实全面的专书辞典,遨游于比比皆是的释证精当的词汇海洋中,就如同"从山阴道上行,山川自相映发,使人应接不暇"(《世说新语·言语》语)。

记得当时侯先生专门提及我们引用的这段话,表示肯定。其实我知道，刊登这篇书评，更主要是对张永言先生《世说新语辞典》的充分肯定。这就是发表在《中国语文》1993年第5期上的《〈世说新语辞典〉（张永言等）读后》。

为十分敬重的张永言先生主编的《世说新语辞典》写书评，对我们来说，是一种荣耀和自豪，也是一种责任。因为方一新的博士论文正是《世说新语》词语研究，对《世说新语》了熟于心。而且我们的导师郭在贻先生也常常对《世说新语》信手拈来。比如1987年夏季杭州一场罕见的暴风雨后，我在大连度暑假，收到了郭老师给我的信，他这样描绘他的小庭园："葡萄架犹自岿然不动，安石榴、桂花树、蔷薇、绣球花、书衣草都长得好好的，且经此一番风雨，愈发显得明丽鲜美。《世说新语》载晋简文帝入华林园，顾谓左右曰：'会心处不必在远，翳然林木，便有濠濮间想也。'此种境界，不必远求，在我的小庭园中便可得到。"郭老师的引用贴切自然，给了我们潜移默化的影响。

那时《中国语文》坚持照章办事，是很严格的，我就亲身经历过。因为评价张永言先生的书评发表在《中国语文》，影响较大，后来有好几位学界前辈找我们写书评。1998年底，我们应邀为尊敬的李维琦先生的《佛经续释词》写了书评《评〈佛经续释词〉》，在发给李先生的同时，也寄给了《中国语文》。过了几个月，接到《中国语文》编辑部录用通知，不久又接到编辑部一位先生的电话，问我们："《评〈佛经续释词〉》一稿我们已经发排，怎么发现在《语言研究》刊物上已经发表了？你们一稿两投？这可要列入'黑名单'的!"我们慌了,怎么回事?赶紧给李维琦先生电话报告,李先生说:"我不知道你们投稿的情况,我着急就给其他刊物了。实在抱歉。"我们也赶紧道歉,我们有责任,应当在发送论文的同时报告先生我们已经投稿了。《中国语文》编辑部马上跟《语言研究》刊物联系,核实了投稿人和投稿时间,又来电话:"弄清楚了,是双方没有沟通造成的,跟你们投稿没有关系。"方一新和我都松了一口气:这次不发表没有关系,可不能列入一稿两投的黑名单啊。

早期我们虽然是无名小辈,《中国语文》也根据论文水平刊用;后来虽然已经了解了作者,但一切还要照章办事,这就是很早就对《中国语文》办刊风格的认识。这次《中国语文》编辑部来邮件征稿,我本来只想说说我的第一篇投稿论文的发表过程,但是为了找到来龙去脉,顺带翻检出了一些对我来说很珍贵的资料。我的本科论文导师和硕士生导师都姓郭:郭栋先生、郭在贻先生。我投稿的第一篇论文都与他们有关系,所以就多拍了几张照片,以此纪念我心中的两位学术引路人。在一定意义上说,《中国语文》也算我的学术引导者。另外,我很想用我经历的这几件小事说说《中国语文》刊物与作者的关系,那就是以文章质量为准绳,对投稿者一视同仁,无论知名与否。这应当是理想的刊物与作者的关系。现在可能是因为各种考评的要求,有的刊物对博士生的论文一律不送外审,而我在《中国语文》发表第一篇论文时还在读硕士啊。

值此《中国语文》创刊 70 周年之际,衷心希望《中国语文》越办越好,始终作为学界榜样,以传世之文惠及学林,将办刊宗旨和精神薪火相传。

2022 年 1 月 20 日完稿于浙江大学紫金港校区

讲好汉语故事：学习《关于推进新时代古籍工作的意见》的体会

近期，中共中央办公厅、国务院办公厅印发了《关于推进新时代古籍工作的意见》，《意见》指出，要"做好古籍工作，把祖国宝贵的文化遗产保护好、传承好、发展好"，作为浙江大学古籍研究所的所长，我感触很多。中国人历来讲究天时地利人和，我觉得，《意见》的发布，为新时期推进、做好古籍工作作出了部署，指明了方向，非常及时，非常重要。

（一）领会新时代古籍工作指导思想

我很幸运，中华人民共和国成立以来，中央对古籍工作有过两次重要的批示，我都经历过了。第一次是1981年9月，在陈云同志作出关于保护、重视古籍整理研究的重要指示后，中共中央下发了《关于整理我国古籍的指示》的文件（中发[1981]37号），指出：整理古籍，把祖国的宝贵遗产继承下来，是一项十分重要的、关系到子孙后代的工作。1983年，全国高等院校古籍整理研究工作委员会成立，负责组织协调高校古籍整理的科研和人才培养工作，其中的一项重要措施，就是在高校设立古典文献学专业，设立古籍研究所。我是1982年到杭州大学（1998年合并为浙江大学）读硕士研究生的，1985年毕业就留在刚刚成立不久的古籍研究所工作。可以说，我是与浙江大学古籍研究所一起成长的，我工作近四十年，见证了古籍所的成长。今年，又迎来了中央《关于推进新时代古籍工作的意见》，必将迎来古籍事业的大发展。可以说，浙大古籍所的成长，我个人的成长，都与中央关于古籍工作的指示精神息息相关。我们将守正创新，为进一步激发古籍事业发展活力而努力。

（二）稳步提升古籍工作质量

学习《关于推进新时代古籍工作的意见》，我们浙大古籍所师生都很兴奋，我们希望古籍所在新形势下有更大的发展。明年就是古籍所的"不惑"之年，我们要出版《四十不惑——庆祝浙江大学古籍所成立四十周年》论文集，深化古籍学科理论构建，展示古籍研究的优秀成果；出版一套13种文献学研究生系列教材，推进古籍学科专业建设，促进古籍整理研究人才的培养，强化传承古籍的人才队伍；出齐《中华礼藏》首批50种精华编，做好古籍深度整理出版工作，《中华礼藏》系统蕴含了中华优秀传统文化核心思想理念、中华传统美德和中华人文精神，具有很高的时代价值。好好总结一下古籍所的发展。我们将继续努力，在古籍整理与研究上踏踏实实工作，为我国的古籍事业、为传承和弘扬中华优秀传统文化贡献自己的力量。

（三）致力古籍研究与普及传播

现在我已经过了"耳顺"之年，依然觉得还有很多事情要做。古籍是文化传承的载体，是国家繁荣发展的根基，是民族身份的象征和标志。而古籍中的每一部、每一页都是由汉字构成的，因此，在整理、研究古籍的同时，做好汉语语言文字的研究是至关重要的。要读懂古籍、传播思想，一定要理解古文献中的词义；要深入理解一个字、一个词，一定要明白它的来龙去脉。

我在整理古籍的同时主要从事古代语言的研究。我以为要向世界讲好中国故事，汉语的故事是最为丰富生动的，每一个汉字，每一个词语，都是一个故事，呈现着先民对世界的认知，体现着他们的思维方式，深刻而富于逻辑，最能够体现中国传统文化的独特魅力。

中国人应当了解汉语的前世今生。我们知道汉语有三千年的历史，汉字是文明史上唯一没有中断的文字，但是你知道自己张口就说的语词背后隐藏着哪些意蕴和道理，是怎样产生的吗？都是一个故事，都是一幅画，搞清了现代汉语的语义来源，传播、翻译和教授汉语将变得更为准确生动。

比如我们现在知道的帝王陵墓都在大山中，有长长的甬道，经过多道关口，才能到达放置棺椁的墓地中心。先秦古书就有相关内容。《左传·隐公元年》记载庄公对母亲武姜发誓："不及黄泉，无相见也。"马上又后悔了。颍考叔支招是："若阙地及泉，隧而相见,其谁曰不然?"这是教科书常见的篇章,我们是否想过:为什么按照这个方式就没有违背誓言,还能母子相见?原来帝王下葬要通过隧道进入墓穴,这是帝王葬礼的规制,而一般人则直接挖穴下葬。那么,在隧道中见面,就符合了"不及黄泉,无相见也"的誓言。还可以补充的是:帝王葬礼可以称"隧",坟墓也可称"隧墓"。送老衣也有个专字"禭",因为死者是躺在"隧墓"中的。"燧人氏"的名称也源于钻木取火,钻木就是在木头中钻出一个深洞。现代汉语还有"深邃"的说法,都源于长长的隧道、甬道。而这个特征源于"遂",这个字古时候表达的是小径、小路。所以,"遂—隧—禭—燧—邃",其间是不是都有联系?这就是古人对词义特征的把握,把毫不相干的字用一个声符"遂"串联起来,因为它们都跟长长甬道的特点有些关联。这种关联事物、认识事物的方式是汉字独有的,显示了古人高超的认识世界、表达观念的方式。讲好中国故事,传递中国声音,应当从讲好汉语故事开始。

(四)追溯词义源头、增进民族认同

再比如我们熟悉的"管理""主张""申请""奋斗""习惯""利息""凌晨"等都是怎么组合的?意义来源是什么?恐怕很少有人说得清楚。

我有一个梦想,开展"现代汉语词义溯源工程"。历代学者尤其到了清代段玉裁等学者,都梳理了不少汉字的意义来源。但还有一些我们不知道其来龙去脉。无论从传承中华历史文化的角度，还是从提高国民素质的角度看，探究汉字得义缘由都是十分紧迫的重大基础性工作，具有极强的学术价值和深远的社会意义。

外语是我们观察世界的一条路径，我们付出了很多精力去学习；而母语是我们借以安宁的精神家园，更需要真正理解与阐释。就像每个人都希望找到自己的祖先和根脉一样，找出日常所用的词语的源头，对于增进文化认同和民族认同都极为重要。所以，探索和解释汉语是语言研究者义不容辞的责任与使命。

附记：原文写于2022年夏，载于《高校古籍工作通报》第138期。

在北京大学"汉语形音义关系研究"高端论坛上的致辞

尊敬的各位老师、各位朋友,大家好!

"汉语形音义关系研究"高端论坛如期召开了,首先表示祝贺!预祝会议圆满成功。

汉语形音义关系这个会议主题非常好。早在近200年前,中国训诂研究的顶峰人物段玉裁、王念孙就清醒地认识到了汉语形音义的关系。段玉裁《广雅疏证》序说:

> 小学有形,有音,有义,三者互相求,举一可得其二;有古形、有今形,有古音、有今音,有古义、有今义,六者互相求,举一可得其五。古今者,不定之名也。三代为古,则汉为今;汉魏晋为古,则唐宋以下为今。圣人之制字,有义而后有音,有音而后有形。学者之考字,因形以得其音,因音以得其义。治经莫重于得义,得义莫切于得音。

汉字是形音义的结合体，传统的中国语言学根据汉字汉语的特点形成了训诂学、文字学和音韵学三个学科，统称为"小学"。这三者应当合而求之，应当互相求；应当古今合而求之。这是被无数语言事实证明了的真理。但是往往有隔离或割裂的倾向。今天，我们又重新强调形音义三者的关系，强调合而求之，是很有意义的。相信在这个视角下，汉语的研究会更加深入，更加接近本原。

这次会议由三家单位合办，非常好。北大是汉语言研究界的老大哥，而遥遥相对的四川大学语言所有着悠久的历史，也是颇具实力的汉语言研究的重镇。而1981年正式成立的中国训诂学研究会，也是具有40余年历史的全国性学术团体，集结了全国数百位传统语言学、训诂学者。今天参会的许多学者都是学会会员和学术中坚。

中国训诂学会除了每两年召开一届学术年会外，还分别围绕着许慎、郑玄、段玉裁、王念孙、王引之、孙诒让、俞樾、黄侃等学术大家的诞辰或著作出版等纪念日举办了一系列学术活动，也为学界前辈如陆宗达、徐复等召开了许多专题会议，我们还与地方政府合作举办全国性、海峡两岸或国际性的学术研讨会或纪念会；协助建立许慎、王念孙父子、段玉裁纪念馆等。训诂学会致力于继承、研究中国传统语言学的理论和方法，建立和健全训诂学的理论体系；加强训诂学的应用研究，促进训诂学的社会功能。我们希望组织并参与全国性学术活动，促进学术繁荣。所以，与北京大学、四川大学合办这次论坛，很有意义。我们希望这样的活动持续下去，办出特色。

什么特色呢？除了主题集中，讲究深度外，还希望这样的论坛活泼清新快乐。受疫情影响，我们不能痛快把臂畅聊，隔空相对，也希望传递出深邃的思考和快乐的情绪。这是一点私愿。最后，再次祝福会议圆满成功，祝福各位朋友健康快乐。

2022 年 9 月 15 日

浙江工业大学"第二届汉语音义学研究国际学术研讨会"开幕词

尊敬的各位老师、各位朋友,大家好!

"第二届汉语音义学研究国际学术研讨会"如期召开了,首先表示祝贺!预祝会议圆满成功。在疫情时代,开会不易,但是我们可以线上线下相结合,倒使得学术交流的时空变得灵活和扩大了。看看微信中出现的应接不暇的学术会议信息,对于兴盛的学术交流也是一大好事。国家重视传统文化,重视语言研究,我们遇到了大好的研究时代。应接不暇的学术交流就是一个证明。

随着研究的深入,现在我们的会议主题往往从领域到了专题;从专题到了关系,即视角。"汉语音义关系"这个会议主题非常好,既是专题,更是视角和方法。清代是中国古代语言学发展的鼎盛时代,产生了一大批著名的训诂学家、文字学家、音韵学家,传统语言学取得了丰富的成果。梁启超就认为科学的研究方法最为重要。他在《清代学术概论》中评价清人的研究:

然则诸公曷为能有此成绩耶？一言以蔽之曰：用科学的研究法而已。试细读王氏父子之著述，最能表现此等精神。

就是说方法、视角相当重要。梁启超说：

吾尝研察其治学方法，第一曰注意。凡常人容易滑眼看过之处，彼善能注意观察，发现其应特别研究之点，所谓读书得间也。如自有天地以来，苹果落地不知凡几，惟奈端能注意及之。家家日日皆有沸水，惟瓦特能注意及之。《经义述闻》所厘正之各经文，吾辈自童时即诵习如流，惟王氏能注意及之。凡学问上能有发明者，其第一步工夫必恃此也。

梁启超将之称为"科学的研究法"，总结出注意、虚己、立说、搜证、断案、推论六大治学方法。王力先生在《中国语言学史》中也指出："这是训诂学上的革命，段、王等人把训诂学推进到崭新的一个历史阶段，他们的贡献是很大的。"这是近100年前的归纳。而近200年前的中国训诂研究的顶峰人物段玉裁、王念孙就清醒地认识到了汉语形音义的关系问题，提出了"小学有形，有音，有义"，"三者互相求""六者互相求"的精彩论断，并说："治经莫重于得义，得义莫切于得音。"而我们今天的主题即是音义关系。所以这个会议是非常有意义的。相信在这个视角下，汉语的研究会更加深入，更加接近本原。

由此我想到了中国传统语言学话语权的现状问题。话语是人类言语表达的载体，是人类传播信息的工具。"话语即权力"，话语的外在功能，就是"对世界秩序的整理"（法国学者米歇尔·福柯的话语理论）。因此，谁掌握了话语，谁就掌握了对世界秩序的主导权，也就掌握了"权力"。话语权代表着某种"游戏规则"。这个规则的实质就是指在社会上，谁有权说话，谁说的话能传达出去。话语权掌握在谁手里，决定了社会舆论的走向。而汉语研究的话语权，目前尚没有真正掌握在我们手中，主要表现在三个方面。

一是研究者言必称国外理论。汉语研究者在思维方式、语言概念上受西方英语制约，甚至控制，这在现代汉语研究中尤为明显。比如汉语研究者多以研究语法为主，因为西方学者以语法研究为主，而看看汉语历史上的语言研究，都是以词汇语义为主的。因而一般认为语法有理论，词汇没有理论，或者说我们的理论源于外语。

二是我们严重忽视了传统语言学已有的理论与观点。比如：瑞士语言学家费尔南·德·索绪尔在《普通语言学教程》中提出语言研究的"共时"和"历时"两个概念，流传很广：

> 正如政治史既包括各个时代的描写，又包括事件的

叙述一样，描写语言的一个接一个的状态还不能设想为沿着时间的轴线在研究语言，要做到这一点，还应该研究使语言从一个状态过渡到另一个状态的现象。演化和演化语言学这两个术语比较确切，我们以后要常常使用；与它相对的可以叫作语言状态的科学或者静态语言学。

但是为了更好地表明有关同一对象的两大秩序的现象的对立和交叉，我们不如叫作共时语言学和历时语言学。有关语言学的静态方面的一切都是共时的，有关演化的一切都是历时的。同样，共时态和历时态分别指语言的状态和演化的阶段。

以上所引，正是索绪尔完整的原话。那么，中国传统学者有没有这样的理论？早在1791年（乾隆辛亥年），段玉裁在为王念孙《广雅疏证》所作序中就提出了同样的主张：

小学有形，有音，有义，三者互相求，举一可得其二；有古形、有今形，有古音、有今音，有古义、有今义，六者互相求，举一可得其五。古今者，不定之名也。三代为古，则汉为今；汉魏晋为古，则唐宋以下为今。圣人之制字，有义而后有音，有音而后有形。学者之考字，因形以得其音，因音以得其义。治经莫重于得义，得义莫切于得音。

这里有了语言文字形音义的古今关系，有了古今具有相对性的历史发展观。三者互相求属于共时，六者互相求属于历时。多么周全，多么具有辩证精神！

蒋礼鸿先生在20世纪50年代出版的《敦煌变文字义通释序目》（1959年）中说：

> 研究古代语言，我以为应该从纵横两方面做起。所谓横的方面是研究一代的语言，如元代。其中可以包括一种文学作品方面的，如元剧；也可以综合这一时代的各种材料，如元剧之外，可以加上那时的小说、笔记、诏令等。当然后者的做法更能看出一个时代语言的全貌。所谓纵的方面，就是联系起各个时代的语言来看它们的继承、发展和异同，《诗词曲语辞汇释》就是这样做的。入手不妨而且也只能从一小部分一小部分做起，但到后来总不能为这一小部分所限制；无论是纵的和横的，都应该有较广泛的综合。

蒋先生所说的横向即属于共时，纵向即属于历时，清清楚楚，怎么就不值得一提了呢？

索绪尔《普通语言学教程》是在他过世后整理出版的，第一版是1916年。高名凯翻译过来，由商务印书馆出版，是1980年。段玉裁的"三者互相求、六者互相求"理论比索绪尔的"共时历时理论"早了115年（1916-1791=115）；蒋礼鸿先生的"横向纵向理论"比索绪尔理论翻译过来早了21年（1980-1959=21）。但是为什么我们自己的原创理论不被提及，不被利用？我想也有两个原因：中国人历来有"远来和尚会念经"的思维定式，看不起本土理论；二是我们愧对先贤，对于前辈学者的论述提炼还不够，宣传不够，这是我们的失职。

第三，我们没有认真研究好古代语言，没有提炼出比许慎、比段玉裁更多的语言规律。而事实上汉语是极有规律的，极具科学精神的语言。我们亟需从观念上重视汉语特色的理论构建，既要具体单个的词语考释，也要宏观全局地把握语言概貌。语言体系不是单个语词或单类词语的简单堆砌，而是有理论支撑的、有具体内涵的概念或范畴的有机组合，概念与范畴在话语体系构建中发挥着基础作用，需要高度的凝练。因而我们有责任既研究细节，也注重宏观，从而形成鲜明的具有标志性的理论，提出科学精练的核心术语或概念，并广为传播。

习近平总书记说："讲好中国故事，传播好中国声音，展示真实、立体、全面的中国，是加强我国国际传播能力建设的重要任务。"并指出，"要加快构建中国话语和中国叙事体系，用中国理论阐释中国实践，用中国实践升华中国理论，打造融通中外的新概念、新范畴、新表述，更加充分、更加鲜明地展现中国故事及其背后的思想力量和精神力量"。"下大气力加强国际传播能力建设，形成同我国综合国力和国际地位相匹配的国际话语权"。这是非常有意义的主张,我们汉语言研究者需要好好贯彻落实。

希望我们的会议办出特色。特色之一是主题集中,讲究深度,传递出深邃的思考,超前的思维与认知;特色之二是希望洋溢着快乐和谐的氛围。相信这一点容易实现。因为浙工大给我们创造了很好的条件,在我们下榻的浙江宾馆,有秋日桂花的淡香,你推开窗户,就能够与桂花拥抱,享受大自然馈赠的香水;走到户外,就能够看到大自然打翻了的调色板,或者雅致的山水画,植物斑斓浓烈的色彩,让人惊叹。希望大家在杭州度过难忘的周末。谢谢。

2022 年 10 月 29 日

我对幸福的理解

尊敬的各位领导、老师和同学们：

大家早上好！

这是学校的第五次文科大会，让我发言。说点什么呢？我从1982年读硕士开始，在学校整整四十年了，从学院、学部到学校领导，都对我很关心，我也还努力，因而在60多岁的人生经历中，感受到了幸福。今天我就讲讲我个人对幸福的理解吧。

幸福，跟年龄与阅历相关。小孩子如果给一个糖果或小车玩具，他就欢天喜地。年轻人的幸福其实也容易满足，记得大约20年前的学校三八妇女节庆祝会，让我讲一点话，我就说过：幸福其实很简单，一个细节、一个瞬间就会让人感受到幸福。我举的例子是：一个初秋的傍晚，我跟我丈夫方一新一起去看电影，回来的路上，买了两根冰糖葫芦，在文一西路天桥上，凉爽的晚风吹拂着，迎着漫天的霞光，我们俩一人举着一个冰糖葫芦，哼着歌，啊，我顿时觉得好幸福！这是我年轻时对幸福的理解。

随着年龄的增长，中年的我对幸福的理解比年轻时要深沉一点，我觉得，当一个人的爱好成为持久的兴趣，进而成为职业，成为生活的一部分，这样的工作就是事业，这就是幸福。换句话说，当一个人将职业当作事业，成为生活中不可或缺的一部分，这就是幸福。我用擅长的方式，从事自己喜欢的汉语研究是一种幸福，工作和生活融为一体也是一种幸福。当然，美好的瞬间依然让我感动。

过了耳顺之年，随着学术研究的深入，我似乎对幸福的理解又有所不同了。我是研究古代汉语的，我们知道汉语有三千年的历史，汉字是文明史上唯一没有中断的文字，但是我们是否知道自己张口就说的语词背后隐藏着哪些意蕴和道理，是怎样产生的？古人是怎么造字成词的？这些成了我研究的重点。而随着思考的深入，我似乎理解了一点古人造字的思路和想法。汉语是一面镜子，映照出古人认识世界、表达意愿的途径和思维方式。汉语每个字词的构造与变化，都体现着古人认识世界的思维印记，承载了先民独特的认知模式。用倒推的方式入手，我从词语的构词方式和意义上，似乎对古人的思维方式和认识世界、表达意愿的途径和方式有了一些理解。

比如今天的大会，是人的集合，古人用他们常见的鸟落在树上的情形表示，就是"集"。当然，原先是三只鸟，表示多，就是三个"隹"，简化后就是一只鸟在树上了，表达的是人的聚集。所以，大多字面之外的含义才是古人要表达的意思。

还有更抽象的表达。如何表达心理上的快乐与满足？甲骨文有一个字：一只手拿着一个贝壳㝵，后来作"䙷"，表示在路上捡到一枚贝壳，这就是"得"，字面是"拾贝"，先人用这个生活场景表达的是获取，更是一种心理预期与实际的吻合，就是"亲和""契合"的意思。所以"怡然自得""得意""得意洋洋"是心理上的满足，"得体"是行为与规范的吻合，"相得甚欢"是二人情感的一致，"得心应手"是心手相应，吻合自如。我在对一个个词语的分析中逐步感知古人的世界，知道了一点古人如何造字、如何用词和如何创造词义的，这让我兴奋不已。

文化是一个国家、一个民族的灵魂，而文化的载体主要是语言文字。10月，习近平总书记视察河南安阳博物馆，指出："中国的汉文字非常了不起，中华民族的形成和发展离不开汉文字的维系。"现在是汉语言文字研究的大好时机。国家提出建设"汉字文化阐释工程"，因而我的研究既有历史意义，更具现实价值。作为研究汉语的学者，做的事情有益于民族文化与传承，我感到了更为深沉的幸福感和责任。

以上我说的感受幸福的四个阶段，也还是个人的小我的幸福。什么是大我的幸福？我是民盟盟员，我想，民盟前辈费孝通先生在他80岁生日时提出："各美其美、美人之美，美美与共、天下大同。"这大约就是大我幸福的最高境界了。

一个学科单位、一个学校怎么样营造氛围、感受幸福？记得十年前的一次文科大会，让我发言，我提出了"信乐静"三个想法：

"信"，就是学者对学问的坚信，管理者对教师的信任；"乐"，就是教师因为沉潜研究而快乐，管理者要乐于服务，乐见其成；"静"，就是我们都要静心干事业，不折腾。现在我想在"信、乐、静"的基础上，增加"简"和"真"。"简"就是简单、简洁，不复杂。比如指导学生，最好程序简单一点，直接对学生的指导最重要，复杂登记的网上流程建议尽量简化。"真"就是真诚、真实，不要太看重形式。比如上课中融入"思政"内容，这个我很赞同，教书育人，是我们本来的职责啊！我的课上，同学用配乐视频的形式朗诵《沁园春·雪》，声情并茂，和谐优美，这个过程，不就是直观、自然的思政教育么？授课中真实流畅地讲了科学的规律、讲了真善美的内容，就是真正的思政了。未必需要在表格上标注，流于形式。我想，"随风潜入夜，润物细无声"，应当就是思政最高的境界了。"信乐静简真"，或许是构成幸福文科的必要元素，有助于帮助我们营造幸福的工作环境。

"潮平两岸阔，风正一帆悬"。在新的历史时期，相信浙大文科会越来越好，在学界乃至社会上起到引领作用，让大家都能在工作和学习中感知幸福，体味美好。谢谢大家。

附记：这是2022年12月15日在浙江大学第五次文科大会上的发言。

汉字蕴含的思维方式和文化基因

文化是一个国家、一个民族的灵魂，而文化的载体主要是语言文字。去年 10 月，习近平总书记视察安阳殷墟博物馆，指出："中国的汉文字非常了不起，中华民族的形成和发展离不开汉文字的维系。"我们研究汉语汉字，溯源探流，正能够印证这一论断的正确性。也是去年，全国古籍整理出版规划领导小组印发了《2021—2035 年国家古籍工作规划》，更明确把"加强汉字阐释，揭示汉字蕴含的中华文化内涵"列为"促进古籍资源普及推广"的重要工作内容，要求语言工作者"科学解读汉字文化，解释汉字发展规律，为中华文明传承发展和古籍保护传承夯实文化根基"。

在此背景下，我们呼吁在现有语言研究基础上，开展发掘汉字密码、传承文化基因的现代汉语溯源研究，建设全新的现代汉语语源数据库，讲好汉语故事。中国故事中最具特色的是汉语的故事，每一个汉字、每一个词语都是一幅画、一个故事。每个字词的构造与变化，都体现着古人认识世界的思维印记，承载着先民独特的认知模式。我们希望通过揭示汉语字词演变规律，呈现汉语的来龙去脉，从而揭秘古人的思维方式。

母语是我们每个人赖以生存的精神家园，了解汉语字词的来龙去脉，对于提升个人修养、增进文化认同和民族认同都极为重要。就像每个人都希望找到自己的祖先和根脉一样，我们日常所用的语言发展源流在哪里，每个以汉语作为母语的人都应该了解。

汉字蕴含先民思维方式

汉字是保留汉民族文化基因的重要载体。因为汉字是一面镜子，其独特的造字方式，映射出古人认识世界、表达意愿的途径和方法。汉字的创造和使用，承载了汉民族独特而严谨的思维方式和基因密码；研究汉语字词关系和演变中呈现出的传统文化基因，是我们这一代语言研究者的使命。我们从具象思维与抽象思维两个角度揭示先民造字与用字的特点。

一个汉字可以用一幅图画表示，或源于日常生活，或源于自然山水，也可以源于人体自身，我们要透过这幅"画"去看其中的深意。这里举"夺""得""间"三个汉语中极为常见的字，说说它们的造字理据，看看古人是如何通过具体画面表达抽象含义的。

从字形看"夺"（奪）的造字之义："奞"表示鸟展翅欲飞，

"寸"就是右手,整体表示手里抓着的一只大鸟一下子飞走了,其蕴含的特征义是"失落,离开","夺"的所有词义都由此展开:校勘学术语"夺文"指文字脱落;"泪水夺眶而出",指泪水离开眼眶;"夺目"指目光离开原来所视之物、即目光转移。失去与夺走这两者本质上是一体两面。使一方失去的手段,便是另一方进行逼迫或夺取。李密《陈情表》"舅夺母志",是说舅舅让母亲失掉了不再嫁人的志向(想法),换言之就是逼迫母亲改嫁。夺走对方的东西,也就意味着使对方丧失了原有的东西。"失落—丧失(使失落)—夺取(使对方丧失而自己获得)",这就是古人思考的线索。

"得"的甲骨文字形㝵表示一只手拿着一个贝壳,后来作"𢔎",表示在路上捡到一枚贝壳。"贝"在远古时代曾是通用货币,"拾贝"是一种获得,更是一种快乐与满足,是一种心理预期与实际获得的吻合。古人用所经历过的这个生活场景,既表达获取之义,也表达心理上的"相亲和""相契合"的意思。如此,我们就可以准确理解"得计""得体""得意洋洋""得心应手""相得甚欢"等众多复音词和成语的含义了。你看,汉语是不是很有趣!

一个"间"字,画出了一幅生活场景:两扇门的门缝中有一个月亮。表达的景象是:夜晚,皎洁的月光从门缝中透入。这里传达出的含义是什么?约2000年前的许慎有解释:《说文·门部》:"间(閒),

图1 甲骨文"间"字

隙也，从门，从月。"具象的含义是门缝，而奥妙在于画面之间各种事物的关系，也就是抽象义，表达出的概括特征是缝隙（或形成缝隙）。活动的场所叫"空间"，活动的过程有"时间"，拥有充足的时间是"闲暇"（繁体字即"閒暇"，"闲"字是借用，其本义是栅栏，已经不用），让人产生隔阂叫"离间"，窥探对方国家（地区）或敌对方内部事务的人叫"间谍"……这些词义都是由"缝隙"这个特征义产生的。从空隙到空间，再到时间，以及抽象的人与人之间的心理距离，不凭借这个生活场景呈现出的画面，我们真不知该如何表达！

汉字保存民族文化基因

汉字大多数呈现出来的图画是传达意义的载体，而不是意义本身。我们从造字中提取出抽象特征义，就会明白古人如何用具体表达抽象，用客观表达主观，用物质表达心理的。在掌握从具象到抽象的思维模式之后，古人主要使用了两种方式来运用它：表现在字词上，运用偏旁创造了大量同源词等；表现在词义上，运用联想和类推使单个字发展出了多种词义。

首先来看同源词。一幅画是一个字，创造出的意象就是单个的字义。如果每个字都这样画，不仅费工夫，有些也无法画出。古人采用了提取抽象特征的方法，把一系列相关的事物共用同一个象形字作为偏旁，加上类属偏旁，从而产生了一组同源词，表

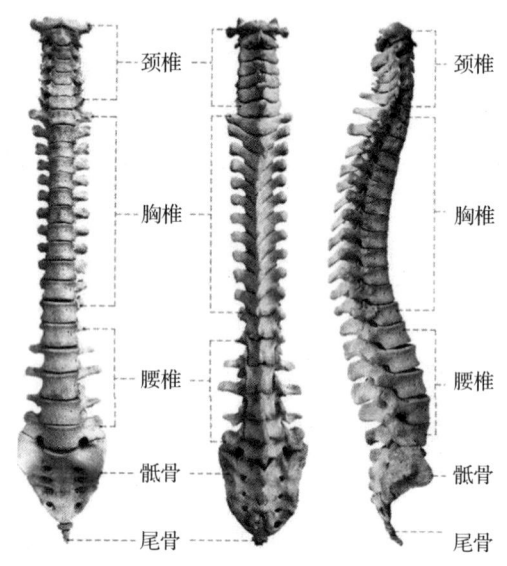

图2 人体脊柱图

达出对一类事物的认识。

比如"吕"就是一个取象人体的字,画的是一节节脊椎骨相连的样子,其特征就是"相连"。先民从人体脊椎骨的形象联想到了其他具有同类特征的事物:把一节节铺排下来的屋檐叫作"梠",把成片的野生谷子叫作"稆",把一户户人家构成的里巷叫作"闾",把人跟人的结伴叫作"侣",甚至把一块块布缝缀成衣服叫作"绺"。这些我们称为"同源词",其实也是"同源字"。这是根据事物抽象特征创造的新字,是一种高智商的造字法。屋檐、人家、伴侣、野生植物、缝纫衣服,这些毫不相干的不同类属的事物，如何能够联系到一起？靠的是古人高超的联想，而这个联想的纽带是这些事物或动作的抽象特征——相连。这个特征是共性的，是这些事物之间最大的公约数。可见，古人的抽象概括能力是惊人的。用偏旁部首合成形声字，尤其同源字，是先民造字中普遍运用的最为经济和便捷的手段。

认识到这一点，我们在分析这些字时，就不能随意分解，把古人布局好的一系列有规则的具有同类抽象特征的事物打乱，按照浅显的表面现象进行归类：将"侣"字归入"亻"旁，"闾"归入"门"旁，如此分类，我们就太低估古人的认知水平了，"侣"是人，但是要表达的是人与人相连的关系特征；"闾"是里巷门户，但是要传达的是门户与门户的连接。所以其核心特征是相连，这是偏旁"吕"展示的，我们就应当将这些字归入"吕"部，这种分类能够呈现出先民善于抓住事物本质特征的认知风格。

其次，一个字为什么有许多含义？我们查阅词典，一个字头下可以有十个、二十个义项，这些义项是怎么联系的？词典只用数字标注，并没有揭示其间的联系。事实上，汉语词义的演化最能够展示古人用字上丰富奇妙的联想，而这个联想是有规律的，是用原始造字义抽象出的特征贯穿诸多义项。

我们也用例子来说明。是"候"的甲骨文字形，表示瞄准箭头射向靶子。箭头射到靶子上，必须目光集中到靶心，就是瞄准，这是其造字义。其用字义就是目光对事物的瞄准，也就是"察看"。目光接触的

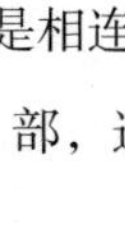

图1 甲骨文候字

对象不同,含义则发生变化,由此,古人展开了丰富的联想。

(1)目光瞄准敌人及其军事设施,就是伺望,侦察。双音词有"侦候""刺候""斥候"等。(2)目光瞄准下属及其管理对象,就是监视,督察。双音词有"候望""逻候""虞候",督查和实施督查的官吏也都称"候"。那么,各个地方的管理者就是"诸侯"("侯"与"候"本为一字),这已经是一个泛称了。(3)目光瞄准宾客,就是迎接、问候。组成双音词"等候""守候""伺候""问候""恭候""崇候"等的"候"即是此含义。(4)目光瞄准其他特定对象,就是观察。对病人的观察,就是候诊、候脉。转为名词,有"征候""症候"等。对火的观察,转为名词,就是"火候"。(5)目光瞄准天空,就是观天象,占验,测算。转为名词,"候"表示时令、时节、天气,有"气候""节候""时候""岁候"等并列双音词。可以看出:"候"的核心义是"察看",即目光对事物的关注。

古人以最适合于他们的认知方式,画出一幅简单且可理解的外界图像,这种图像的运用则是在经验的基础上。射箭需要目光对准,就是注视,而目光从箭靶子移到其他事物,就产生了一系列的义位,然后先民就用这种认知体系来指代周边的相关事物,这是词义间产生联想的关键环节。为什么"候"构词能力强?因为人无论干什么都离不开眼睛观察,都离不开注视。古人把射箭的主要动作"瞄准"应用到了一切可以观察的事物上。用这样抓住核心义的方法来系联词义,比如气候、火候、时候、等候、候诊、候鸟、问候、恭候等，这些常用词的来历就都怡然理顺了。

再如"汉字"的"字"，造字义是一个小孩子在屋子里，是说孩子在屋里出生。从"生育"的角度延伸，"字"有四义：嫁—孕—生—养，"字"是"生育"义，之前的婚嫁、孕育、之后的抚养也都与之衔接。既然"字"是生育义，与文字有何关系？原来，古人先创造出象形字，就是图画，称为"文"（独体字）。然后用"文"这样的独体字组合起来，就创造出合体字，生育后代是繁衍，产生新字也是"文"的繁衍滋生，于是"字"由生孩子义转到了"（产生）文字"的意义，这是事物抽象特征义的联想，即把造字义的特征提取出来，移到有类似抽象特征的事物上，而其关键是"联想"。

以上仅是举例性质，已经可以证明：汉语词义是有规律可循的，通过一个个汉字，我们可以穿越到古人的生活情景中，看看他们是如何认识世界的。

汉语探源以赓续传统文脉

现代汉语词汇语义的溯源与演变研究，包括两个方面：第一、汉字怎样形成？字形往往记录本义，这是对词义来源的探讨。第二、词义怎样发展？词义的引申往往有迹可循，这是对词义演变路径的追溯，也涉及词义发展过程中新字形的产生。由此揭示汉字的基因密码，进而探索中国传统文化的思维模式以及汉民族观察世界的认知思路。

依据先人的造字模式,就可以推导古人认识事物的思维特点和规律。上文已经讨论,创造汉字,完美体现了中国人的思维方式:构造汉字,是一种艺术创造,主要运用形象思维的方式,描摹出一个个具象的场景或画面;创造同源字,是一种科学推理,运用抽象思维的方式,提取出事物意义间的共性特征,加上类属,其意义范畴与隐含特征就都清晰地呈现出来了。而使用汉字,同样是理性的、科学性的推演:一是用抽象思维提取其特征义,施用于其他对象,比如"奋(奮)"的造字义是大鸟展翅飞过原野,其特征是用力向上,由此构成的"奋力""奋勇""振奋""奋不顾身"等常用词却都用于"人"。二是对造字义特征的联想,比如"管理"的"管",本指竹管,后来指称古时的钥匙,因为其形状像长而中空的竹管。掌握钥匙就是掌控事物,"管家""管事""管理"的"管"都由钥匙这个意思产生。三是对相关事物的联系,比如"字"由生育义联系到相关的"婚嫁、孕育、抚养"义,就是线性引申。凡此意义的演变与应用,靠的是符合逻辑的联想与推理。按照这样的思路,我们可以一步步走进美妙的汉字世界,走进古人观察事物的视野中。

我们的具体方法主要有二:一是由今及古,古今融合,通过现代汉语追溯其词语源头。二是从造字义入手,结合训诂材料和文献例证,运用核心义分析的方法,探讨词语产生的构词理据和意义变化等。我们的目的是呈现出汉语造字、用字、构词与意义演变中呈现出的独特思维模式和认知理念,揭示出传统的文化基因。期望进一步挖掘传统语言文字学的活性学术因子,汲取养分,赋予传统学术以更多的现代意义,从而做到传统与现代交融,开展语言学史和社会文化史的多层级和多维度研究。

附记:原文载《光明日报》2023年2月26日语言文字版。